老学闲抄

汪曾祺 著

辽宁人民出版社

图书在版编目（CIP）数据

老学闲抄 / 汪曾祺著 . —沈阳：辽宁人民出版社，
2022.8
ISBN 978-7-205-10456-6

Ⅰ . ①老… Ⅱ . ①汪… Ⅲ . ①随笔—作品集—中国—
当代 Ⅳ . ① I267.1

中国版本图书馆 CIP 数据核字（2022）第 072413 号

出版发行：辽宁人民出版社
　　　　　地址：沈阳市和平区十一纬路 25 号　邮编：110003
　　　　　电话：024-23284191（发行部）　　024-23284304（办公室）
　　　　　http：//www.lnpph.com.cn
印　　刷：北京长宁印刷有限公司天津分公司
幅面尺寸：145mm×210mm
印　　张：11.75
字　　数：300 千字
出版时间：2022 年 8 月第 1 版
印刷时间：2022 年 8 月第 1 次印刷
责任编辑：蔡　伟　段　琼
封面设计：丁末末
版式设计：一诺设计
责任校对：冯　莹
书　　号：ISBN 978-7-205-10456-6

定　　价：59.80 元

关于"回顾丛书"

约半年前，艾明秋女士来电，要我"再做点贡献"。小艾是辽宁人民出版社文史编辑室主任，也是我的第一本书《大汉开国谋士群》的责任编辑，我们的合作，非常愉快，进而"成为生活中的益友"（张立宪语）。

对小艾的要求，我一向近乎有求必应。听她谈过初步构想后，觉得挺有意思，可以操作。今年初，辽宁人民出版社副总编辑张洪兄来电，进一步讨论、商定了相关细则。这便是"回顾丛书"的由来。

"回顾丛书"拟每年出一辑，每辑6册左右。以经过时间和市场淘洗的旧书再版为主，新作为辅；以专著为主，文集为辅；以史为主，政治经济军事社会思想文学为辅。入选的各类书籍，都是我所感兴趣的，有料，有趣，有种。回顾的目的，当然是为了更好地前瞻、前行。

太白诗：却顾所来径，苍苍横翠微。2008年初夏，收到首册样书时，欧洲杯激战方酣。去年秋天再版，新书出炉时，我正沿着318国道驱车前往珠峰大本营。此情此景，宛如昨日。我想，再过五年、十年，回过头来看这套"回顾丛书"，又会是什么心境呢？

是为序。

"回顾丛书"总策划　梁由之

2013 年 6 月 6 日，夏历癸巳蛇年芒种后一日，于深圳天海楼。

序

　　我已经出过两本散文集。有一本小品文集正在付印。在编这本集子的同时，又为另一出版社编一本比较全面的散文选。那么，这本集子怎么编法呢？为了避免雷同互见太多，确立了这样一些原则：

　　游记不选；

　　纪念师友的文章不选；

　　文论不选；

　　抒情散文不选。

　　剔除了这几点，剩下的，也许倒有点像本随笔集了。

　　是为序。

1993 年

目录

国子监

　　为了写国子监，我到国子监去逛了一趟，不得要领。从首都图书馆抱了几十本书回来，看了几天，看得眼花气闷，而所得不多。后来，我去找了一个"老"朋友聊了两个晚上，倒像是明白了不少事情。我这朋友世代在国子监当差，"侍候"过翁同龢、陆润庠、王垿等祭酒，给新科状元打过"状元及第"的旗，国子监生人，今年 73 岁，姓董。

　　国子监，就是从前的大学。

　　这个地方原先是什么样子，没法知道了（也许是一片荒郊）。立为国子监，是在元代迁都大都以后，至元二十四年（1287 年），距今约已 700 年。

　　元代的遗迹，已经难于查考。给这段时间作证的，有两棵老树：一棵槐树，一棵柏树。一在彝伦堂前，一在大成殿阶下。据说，这都是元朝的第一任国立大学校长——国子监祭酒许衡——手植的。柏树至今仍颇顽健，老干横枝，婆娑弄碧，看样子还能再活个几百年。那棵槐树，约有北方常用二号洗衣绿盆粗细，稀稀疏疏地披着几根细瘦的枝条，干枯僵直，全无一点生气，已经老得不成样子了，很难断定它是否还活着。传说它老早就已经死过一次，死了几十年，有一年不知道怎么又活了。这是乾隆年间的事，这年正赶上是慈宁太后的六十"万寿"，嗬，这是大喜事！于是皇上、大臣赋诗作记，还给老槐树画了像，全都刻在石头上，着实热闹了一通。这些石碑，至今犹在。

国子监是学校，除了一些大树和石碑之外，主要的是一些作为大学校舍的建筑。这些建筑的规模大概是明朝的永乐所创建的（大体依据洪武帝在南京所创立的国子监，而规模似不如原来之大），清朝又改建或修改过。其中修建最多的，是那位站在大清帝国极盛的峰顶，喜武功亦好文事的乾隆。

一进国子监的大门——集贤门，是一个黄色琉璃牌楼。牌楼之里是一座十分庞大华丽的建筑。这就是辟雍。这是国子监最中心、最突出的一个建筑。这就是乾隆所创建的。辟雍者，天子之学也。天子之学，到底该是个什么样子，从汉朝以来就众说纷纭，谁也闹不清楚。照现在看起来，是在平地上开出一个正圆的池子，当中留出一块四方的陆地，上面盖起一座十分宏大的四方的大殿，重檐，有两层廊柱，盖黄色琉璃瓦，安一个巨大的镏金顶子，梁柱檐饰，皆朱漆描金，透刻敷彩，看起来像一顶大花轿子似的。辟雍殿四面开门，可以洞启。池上围以白石栏杆，四面有石桥通达。这样的格局是有许多讲究的，这里不必说它。辟雍，是乾隆以前的皇帝就想到要建筑的，但都因为没有水而作罢了（据说天子之学必得有水）。到了乾隆，气魄果然要大些，认为"北京为天下都会，教化所先也，大典缺如，非所以崇儒重道，古与稽而今与居也"（《御制国学新建辟雍圜水工成碑记》）。没有水，那有什么关系！下令打了四口井，从井里把水汲上来，从暗道里注入，通过四个龙头（螭首），喷到白石砌就的水池里，于是石池中涵空照影，泛着潋滟的波光了。二、八月里，祀孔释奠之后，乾隆来了。前面钟楼里撞钟，鼓楼里擂鼓，殿前四个大香炉里烧着檀香，他走入讲台，坐上宝座，讲《大学》或《孝经》一章，叫王公大臣和国子监的学生跪在石池的桥边听着，这个盛典，叫做"临雍"。

这"临雍"的盛典，道光、嘉庆年间，似乎还举行过，到了光绪，据我那朋友老董说，就根本没有这档子事了。大殿里一年难得打扫两回，月牙河（老董管辟雍殿四边的池子叫做四个"月牙河"）里整年是干的，只有在夏天大雨之后，各处的雨水一齐奔到这里面来。这水是死水，那光景是不难想象的。

然而辟雍殿确实是个美丽的、独特的建筑。北京有名的建筑，除了天安门、天坛祈年殿那个蓝色的圆顶、九梁十八柱的故宫角楼，应该数到这顶四方的大花轿。

辟雍之后，正面一间大厅，是彝伦堂，是校长——祭酒和教务长——司业办公的地方。此外有"四厅六堂"，敬一亭，东厢西厢。四厅是教职员办公室。六堂本来应该是教室，但清朝另于国子监斜对门盖了一些房子作为学生住宿进修之所，叫做"南学"（北方戏文动辄说"一到南学去攻书"，指的即是这个地方），六堂作为考场时似更多些。学生的月考、季考在此举行，每科的乡会试也要先在这里考一天，然后才能到贡院下场。

六堂之中原来排列着一套世界上最重的书，这书一页有三四尺宽，七八尺长，一尺许厚，重不知几千斤。这是一套石刻的十三经，是一个老书生蒋衡一手写出来的。据老董说，这是他默写出来的！他把这套书献给皇帝，皇帝接受了，刻在国子监中，作为重要的装点。这皇帝，就是高宗纯皇帝乾隆陛下。

国子监碑刻甚多，数量最多的，便是蒋衡所写的经。著名的，旧称有赵松雪临写的"黄庭""乐毅""兰亭定武本"；颜鲁公"争座位"，这几块碑不晓得现在还在不在，我这回未暇查考。不过我觉得最有意思、最值得一看的是明太祖训示太学生的一通敕谕：

恁学生每听着：先前那宗讷做祭酒呵，学规好生严肃，秀才每循规蹈矩，都肯向学，所以教出来的个个中用，朝廷好生得人。后来他善终了，以礼送他回乡安葬，沿路上著有司官祭他。

近年著那老秀才每做祭酒呵，他每都怀着异心，不肯教诲，把宗讷的学规都改坏了，所以生徒全不务学，用著他呵，好生坏事。

如今著那年纪小的秀才官人每来署学事，他定的学规，恁每当依著行。敢有抗拒不服，撒泼皮，违犯学规的，若祭酒来奏著恁呵，都不饶！全家发向烟瘴地面去，或充军，或充吏，或做首领官。

今后学规严紧，若有无籍之徒，敢有似前贴没头帖子，诽谤师长的，许诸人出首，或绑缚将来，赏大银两个。若先前贴了票子，有知道的，或出首，或绑缚将来呵，也一般赏他大银两个。将那犯人凌迟了，枭令在监前，全家抄没，人口发往烟瘴地面。钦此！

这里面有一个血淋淋的故事：明太祖为了要"人才"，对于办学校非常热心。他的办学的政策只有一个字：严。他所委任的第一任国子监祭酒宗讷，就秉承他的意旨，订出许多规条。待学生非常的残酷，学生曾有饿死吊死的。学生受不了这样的迫害和饥饿，曾经闹过两次学潮。第二次学潮起事的是学生赵麟，出了张壁报（没头帖子）。太祖闻之，龙颜大怒，把赵麟杀了，并在国子监立一长竿，把他的脑袋挂在上面示众（照明太祖的语言，是"枭令"）。隔了十年，他还忘不了这件事，有一天又召集全体教职员和学生训话。碑上所刻，就是训话的原文。

这些本来是发生在南京国子监的事，怎么北京的国子监也有这么一块碑呢？想必是永乐皇帝觉得他老大人的这通话训得十分精彩，应该垂之久远，所以特在北京又刻了一个复本。是的，这值得一看。他的这篇白话训词比历朝皇帝的"崇儒重道"之类的话都要真实得多，有力得多。

这块碑在国子监仪门外侧右手，很容易找到。碑分上下两截，下截是对工役膳夫的规矩，那更不得了："打五十竹篦"！"处斩"！"割了脚筋"……

历代皇帝虽然都似乎颇为重视国子监，不断地订立了许多学规，但不知道为什么，国子监出的人才并不是那样的多。

《戴斗夜谈》一书中说，北京人已把国子监打入"十可笑"之列：

京师相传有十可笑：光禄寺茶汤，太医院药方，神乐观祈禳，武库司刀枪，营缮司作场，养济院衣粮，教坊司婆娘，都察院宪纲，国子监学堂，翰林院文章。

国子监的课业历来似颇为稀松。学生主要的功课是读书、写字、作文。国子监学生——监生的肄业、待遇情况各时期都有变革。到清朝末年，据老董说，是每隔六日作一次文，每一年转堂（升级）一次，六年毕业，学生每月领助学金（膏火）八两。学生毕业之后，大部分发作为县级干部，或为县长（知县）、副县长（县丞），或为教育科长（训导）。另外还有一种特殊的用途，是调到中央去写字（清朝有一个时期光禄寺的面袋都是国子监学生的仿纸做的）。从明朝起就有调国子监善书学生去抄录《实录》的例。明朝的一部大丛书《永乐大典》，清朝的一部更大的丛书《四库全书》的底稿，那里面的端正严谨（也毫无个性）的馆阁体楷书，有些就是出自国子监高材生的手笔。这种工作，叫做"在誊桌上行走"。

国子监监生的身份不十分为人所看重。从明景泰帝开生员纳粟纳马入监之例以后，国子监的门槛就低了。尔后捐监之风大开，监生就更不值钱了。

国子监是个清高的学府，国子监祭酒是个清贵的官员——京官中，四品而掌印的，只有这一个。做祭酒的，生活实在颇为清闲，每月只逢六逢一上班，去了之后，当差的在门口喝一声短道，沏上一碗盖碗茶，他到彝伦堂上坐了一阵，给学生出出题目，看看卷子；初一、十五带着学生上大成殿磕头，此外简直没有什么事情。清朝时他们还有两桩特殊任务：一是每年十月初一，率领属官到午门去领来年的黄历；一是遇到日蚀、月蚀，穿了素服到礼部和太常寺去"救护"，但领黄历一年只一次，日蚀、月蚀，更是难得碰到的事。戴璐《藤阴杂记》说此官"清简恬静"，这几个字是下得很恰当的。

但是，一般做官的似乎都对这个差事不大发生兴趣。朝廷似乎也知道这种心理，所以，除了特殊例外，祭酒不上三年就会迁调。这是为什么？因为这个差事没有油水。

查清朝的旧例，祭酒每月的俸银是一百零五两，一年一千二百六十两；外加办公费每月三两，一年三十六两，加在一起，实在不算多。国子监一没人打官司告状，二没有盐税河工可以承揽，没有什么外快。但是毕竟能够养住上上下下的堂官皂役的，赖有相当稳定的银子，这就是每年捐监的手续费。

据朋友老董说，纳监的监生除了要向吏部交一笔钱，领取一张"护照"外，还需向国子监交钱领"监照"——就是大学毕业证书。照例一张监照，交银一两七钱。国子监旧例，积银二百八十两，算一个"字"，按《千字文》数，有一个字算一个字，平均每年收入五百字上下。我算了算，每年国子监收入的监照银约有十四万两，即每年有八十二三万不经过入学和考试只花钱向国家买证书而取得大学毕业资格——监生的人。原来这是一种比乌鸦还要多的东西！这十四万两银子照国家的规定是不上缴的，由国子监官吏皂役按份摊分，祭酒每一字分十两，那么一年约可收入五千银子，比他的正薪要多得多。其余司业以下各有差。据老董说，连他一个"字"也分五钱八分，一年也从这一项上收入二百八九十两银子！

老董说，国子监还有许多定例。比如，像他，是典籍厅的刷印匠，管给学生"做卷"——印制作文用的红格本子，这事包给了他，每月例领十三两银子。他父亲在时还会这宗手艺，到他时则根本没有学过，只是到大栅栏口买一刀毛边纸，拿到琉璃厂找铺子去印，成本共花三两，剩下十两，是他的。所以，老董说，那年头，手里的钱花不清——烩鸭条才一吊四百钱一卖！至于那几位"堂皂"，就更不得了了！单是每科给应考的举子包"枪手"（这事值得专写一文），就是一笔大财。那时候，当差的都兴喝黄酒，街头巷尾都是黄酒馆，跟茶馆似的，就是专为当差的预备着的。所以，像国子监的差事也都是世袭。这是一宗产业，可以卖，也可以顶出去！

老董的记性极好，我的复述倘无错误，这实在是一宗未见载录的珍贵史料。我所以不惮其烦地缕写出来，用意是在告诉比我更年轻的人，封建时代的经济、财政、人事制度，是一个多么古怪的东西！

国子监，现在已经作为首都图书馆的馆址了。首都图书馆的老底子是头发胡同的北京市图书馆，即原先的通俗图书馆——由于鲁迅先生的倡议而成立，鲁迅先生曾经襄赞其事，并捐赠过书籍的图书馆；前曾移到天坛，因为天坛地点逼仄，又挪到这里了。首都图书馆藏书除原头发胡同的和新中国成立后新买的以外，主要为原来孔德学校和法文图书馆的藏书。就中最具特色，在国内搜藏较富的，是鼓词俗曲。

果园杂记

/ 涂白 /

一个孩子问我：干吗把树涂白了？

我从前也非常反对把树涂白了，以为很难看。

后来我到果园干了两年活，知道这是为了保护树木过冬。

把牛油、石灰在一个大铁锅里熬得稠稠的，这就是涂白剂。我们拿了棕刷，担了一桶一桶的涂白剂，给果树涂白。要涂得很细，特别是树皮有伤损的地方、坑坑洼洼的地方，要涂到，而且要涂得厚厚的，免得来年存留雨水，窝藏虫蚁。

涂白都是在冬日的晴天。男的、女的，穿了各种颜色的棉衣，在脱尽了树叶的果林里劳动着。大家的心情都很开朗，很高兴。

涂白是果园一年最后的农活了。涂完白，我们就很少到果园里来了。这以后，雪就落下来了。果园一冬天埋在雪里。

从此，我就不反对涂白了。

/ 粉蝶 /

我曾经做梦一样在一片盛开的茼蒿花上看见成千上万的粉蝶——在我童年的时候。那么多的粉蝶，在深绿的蒿叶和金黄的花瓣上乱纷纷地飞着，看得我想叫，想把这些粉蝶放在嘴里嚼，我醉了。

后来我知道这是一场灾难。

我知道粉蝶是菜青虫变的。

菜青虫吃我们的圆白菜。那么多的菜青虫！而且它们的胃口那么好，食量那么大。它们贪婪地、迫不及待地、不停地吃，吃得菜地里沙沙地响。一上午的工夫，一地的圆白菜就叫它们咬得全是窟窿。

我们用 DDT 喷它们，使劲地喷它们。DDT 的激流猛烈地射在菜青虫身上，它们滚了几滚，僵直了，扑的一声掉在了地上，我们的心里痛快极了。我们是很残忍的，充满了杀机。

但是粉蝶还是挺好看的。在散步的时候，草丛里飞着两个粉蝶，我现在还时常要停下来看它们半天。我也不反对国画家用它们来点缀画面。

/ 波尔多液 /

喷了一夏天的波尔多液，我的所有的衬衫都变成浅蓝色的了。

硫酸铜、石灰，加一定比例的水，这就是波尔多液。波尔多液是很好看的，呈天蓝色。过去有一种浅蓝的阴丹士林布，就是那种颜色。这是一个果园的看家的农药，一年不知道要喷多少次。不喷波尔多液，就不成其为果园。波尔多液防病，能保证水果的丰收。果农都知道，喷波尔多液虽然费钱，却是划得来的。

这是个细致的活。把喷头绑在竹竿上，把药水压上去，喷在梨树叶子上、苹果树叶子上、葡萄叶子上。要喷得很均匀，不多，也不少。喷多了，药水的水珠糊成一片，挂不住，流了；喷少了，不管用。树叶的正面、反面都要喷到。这活不重，但是干完了，眼睛、脖颈，都是酸的。

我是个喷波尔多液的能手。大家叫我总结经验。我说：一、我干不了重活，这活我能胜任；二、我觉得这活有诗意。

为什么叫个"波尔多液"呢？——中国的老果农说这个外国名字已经说得很顺口了。这有个故事。

波尔多是法国的一个小城，出马铃薯。有一年，法国的马铃薯都得了晚疫病，——晚疫病很厉害，得了病的薯地像火烧过一样，只有波尔多的马铃薯却安然无恙。大伙捉摸，这是什么道理呢？原来波尔多城外有一个铜矿，有一条小河从矿里流出来，河床是石灰石的。这水蓝蓝的，是不能吃的，农民用它来浇地。莫非就是这条河，使波尔多的马铃薯不得疫病？

于是世界上就有了波尔多液。

中国的老农现在说这个法国名字也说得很顺口了。

去年，有一个朋友到法国去，我问他到过什么地方，他很得意地说：波尔多！

我也到过波尔多，在中国。

葡萄月令

一月，下大雪。

雪静静地下着。果园一片白。听不到一点声音。

葡萄睡在铺着白雪的窖里。

二月里刮春风。

立春后，要刮48天"摆条风"。风摆动树的枝条，树醒了，忙忙地把汁液送到全身。树枝软了。树绿了。

雪化了，土地是黑的。

黑色的土地里，长出了茵陈蒿。碧绿。

葡萄出窖。

把葡萄窖一锹一锹挖开。挖下的土，堆在四面。葡萄藤露出来了，乌黑的。有的梢头已经绽开了芽苞，吐出指甲大的苍白的小叶。它已经等不及了。

把葡萄藤拉出来，放在松松的湿土上。

不大一会儿，小叶就变了颜色，叶边发红；——又不大一会儿，绿了。

三月，葡萄上架。

先得备料。把立柱、横梁、小棍，槐木的、柳木的、杨木的、桦木的，按照树棵大小，分别堆放在旁边。立柱有汤碗口粗的、饭碗口粗的、茶杯口粗的。一棵大葡萄得用八根、十根，乃至十二根立柱。中等的，六根、四根。

先刨坑，竖柱。然后搭横梁，用粗铁丝拉紧。然后搭小棍，用细铁丝缚住。

然后，请葡萄上架。把在土里趴了一冬的老藤扛起来，得费一点劲。大的，得四五个人一起来。"起！——起！"哎，它起来了。把它放在葡萄架上，把枝条向三面伸开，像五个指头一样地伸开，扇面似的伸开。然后，用麻筋在小棍上固定住。葡萄藤舒舒展展，凉凉快快地在上面待着。

上了架，就施肥。在葡萄根的后面，距主干一尺，挖一道半月形的沟，把大粪倒在里面。葡萄上大粪，不用稀释，就这样把原汁大粪倒下去。大棵的，得三四桶。小葡萄，一桶也就够了。

四月，浇水。

挖窖挖出的土，堆在四面，筑成垄，就成一个池子。池里放满了水。葡萄园里水气溟溟，沁人心肺。

葡萄喝起水来是惊人的。它真是在喝哎！葡萄藤的组织跟别的果树不一样，它里面是一根一根细小的导管。这一点，中国的古人早就发现了。《图经》云："根苗中空相通。圃人将货之，欲得厚利，暮溉其根，而晨朝水浸子中矣，故俗呼其苗为木通。""暮溉其根，而晨朝水浸子中矣"，是不对的，葡萄成熟了，就不能再浇水了。再浇，果粒就会涨破。"中空相通"却是很准确的。浇了水，不大一会儿，它就从根直吸到梢，简直是小孩喝奶似的拼命往上喝。浇过了水，你再回来看看吧：梢头切断过的破口，就嗒嗒地往下滴水了。

是一种什么力量使葡萄拼命地往上吸水呢？

施了肥，浇了水，葡萄就使劲抽条、长叶子。真快！原来是几根枯藤，几天工夫，就变成青枝绿叶的一大片。

五月，浇水，喷药，打梢，掐须。

葡萄一年不知道要喝多少水，别的果树都不这样。别的果树都是刨一个"树碗"，往里浇几担水就得了，没有像它这样的："漫灌"，整池子地喝。

喷波尔多液。从抽条长叶，一直到坐果成熟，不知道要喷多少次。喷了波尔多液，太阳一晒，葡萄叶子就都变成蓝的了。

葡萄抽条，丝毫不知节制，它简直是瞎长！几天工夫，就抽出好长的一截新条。这样长法还行呀，还结不结果呀？因此，过几天就得给它打一次条。葡萄打条，也用不着什么技巧，是个人就能干，拿起树剪，劈劈啪啪，把新抽出来的一截都给它铰了就得了。一铰，一地的长着新叶的条。

葡萄的卷须，在它还是野生的时候是有用的，好攀附在别的什么树木上。现在，已经有人给它好好地固定在架上了，就一点用也没有了。卷须这东西最耗养分，——凡是作物，都是优先把养分输送到顶端，因此，长出来就给它掐了，长出来就给它掐了。

葡萄的卷须有一点淡淡的甜味。这东西如果腌成咸菜，大概不难吃。

五月中下旬，果树开花了。果园，美极了。梨树开花了，苹果树开花了，葡萄也开花了。

都说梨花像雪，其实苹果花才像雪。雪是厚重的，不是透明的。梨花像什么呢？——梨花的瓣子是月亮做的。

有人说葡萄不开花，哪能呢！只是葡萄花很小，颜色淡黄微绿，不钻进葡萄架是看不出的。而且它开花期很短。很快，就结出了绿豆大的葡萄粒。

六月，浇水，喷药，打条，掐须。

葡萄粒长了一点了，一颗一颗，像绿玻璃料做的纽子。硬的。

葡萄不招虫。葡萄会生病，所以要经常喷波尔多液。但是它不像桃，桃有桃食心虫；梨，梨有梨食心虫。葡萄不用疏虫果。——果园每年疏虫果是要费很多工的。虫果没有用，黑黑的一个半干的球，可是它耗养分呀！所以，要把它"疏"掉。

七月，葡萄"膨大"了。

掐须、打条、喷药，大大地浇一次水。

追一次肥。追硫铵。在原来施粪肥的沟里撒上硫铵。然后，就把沟填平了，把硫铵封在里面。

汉朝是不会追这次肥的，汉朝没有硫铵。

八月，葡萄"着色"。

你别以为我这里是把画家的术语借用来了。不是的。这是果农的语言，他们就叫"着色"。

下过大雨，你来看看葡萄园吧，那叫好看！白的像白玛瑙，红的像红宝石，紫的像紫水晶，黑的像黑玉。一串一串，饱满、磁棒、挺括，璀璨琳琅。你就把《说文解字》里的玉字偏旁的字都搬了来吧，那也不够用呀！

可是你得快来！明天，对不起，你全看不到了。我们要喷波尔多液了。一喷波尔多液，它们的晶莹鲜艳全都没有了，它们蒙上一层蓝兮兮、白糊糊的东西，成了磨砂玻璃。我们不得不这样干。葡萄是吃的，不是看的。我们得保护它。

过不两天，就下葡萄了。

一串一串剪下来，把病果、瘪果去掉，妥妥地放在果筐里。果筐满了，盖上盖，要一个棒小伙子跳上去蹦两下，用麻筋缝的筐盖。——新下的果子，不怕压，它很结实，压不坏。倒怕是装不紧，逛里逛当的。那，来回一晃悠，全得烂！

葡萄装上车，走了。

去吧，葡萄，让人们吃去吧！

九月的果园像一个生过孩子的少妇，宁静、幸福，而慵懒。

我们还给葡萄喷一次波尔多液。哦，下了果子，就不管了？人，总不能这样无情无义吧。

十月，我们有别的农活。我们要去割稻子。葡萄，你愿意怎么长，就怎么长着吧。

十一月，葡萄下架。

把葡萄架拆下来。检查一下，还能再用的，搁在一边。糟朽了的，只好烧火。立柱、横梁、小棍，分别堆垛起来。

剪葡萄条。干脆得很，除了老条，一概剪光。葡萄又成了一个大秃子。

剪下的葡萄条，挑有三个芽眼的，剪成二尺多长的一截，捆起来，放在屋里，准备明春插条。

其余的，连枝带叶，都用竹笤帚扫成一堆，装走了。

葡萄园光秃秃。

十一月下旬，十二月上旬，葡萄入窖。

这是个重活。把老本放倒，挖土把它埋起来。要埋得很厚实，外面要用铁锹拍平。这个活不能马虎。都要经过验收，才给记工。

葡萄窖，一个一个长方形的土墩墩。一行一行，整整齐齐地排列着。风一吹，土色发了白。

这真是一年的冬景了。热热闹闹的果园，现在什么颜色都没有了。眼界空阔，一览无余，只剩下发白的黄土。

下雪了。我们踏着碎玻璃碴似的雪，检查葡萄窖，扛着铁锹。

一到冬天，要检查几次。不是怕别的，怕老鼠打了洞。葡萄窖里很暖和，老鼠爱往这里面钻。它倒是暖和了，咱们的葡萄可就受了冷啦！

钓鱼台

我在钓鱼台西边住了好几年，不知道钓鱼台里面是什么样子。

钓鱼台原是一片野地，清代，清明前后，偶尔有闲散官员爱写写诗的，携酒来游。这地方很荒凉，有很多坟。张问陶《船山诗草·闰二月十六日清明与王香圃徐石溪查苗圃小山兄弟携酒游钓鱼台看桃花归过白云观法源寺即事二首》云："荒坟沿路有，浮世几人间。"可证。这里的景致大概是："柳枝漠漠笼青烟，山桃欲开红可怜。人声渐远波声小，一片明湖出林杪。"（《船山诗草·十九日习之招国子卿竹堂稚存琴山质夫立凡携酒游钓鱼台》）不知道从什么时候起，逐渐营建，最后成了国宾馆。

钓鱼台的周围原来是竹竿扎成的篱笆，竹竿上涂绿油漆，从篱笆窟窿中约略可见里面的房屋树木。"文化大革命"初期，不是1966年就是1967年，改筑了围墙，里面就什么也看不见了。围墙上安了电网，隔不远有一个红灯泡。晚上红灯一亮，瞧着有点瘆人。围墙东面、北面各开一座大门。东面大门里是一座假山；北面大门里砌了一个很大的照壁，遮住行人的视线。照壁上涂了红漆，堆出五个笔势飞动的金字："为人民服务"。门里安照壁，本是常事，但是这五个字用在这里，似乎不怎么合适。为什么搞得这样戒备森严起来了呢？原因之一，是江青常常住在这里，"文化大革命"的许多重大决策都是由这里作出的。不妨说，这是"文革"的策源地。我每天要从"为人民服务"之前经过，觉得照壁后面，神秘莫测。

我们街坊有两个孩子爬到五楼房顶上拿着照相机对着钓鱼台拍照，刚按快门，这座楼已经被钓鱼台的警卫围上了。

钓鱼台原来有一座门，靠南边，朝西，像一座小城门，石额上有三个馆阁体的楷书："钓鱼台"。附近的居民称之为"古门"。这座门正对玉渊潭。玉渊潭和钓鱼台原是一体。张问陶诗中的"一片明湖出林杪"，指的正是玉渊潭。玉渊潭有一条贯通南北的堤，把潭分成东西两半，堤中有水闸，东西两湖的水是相通的。原来潭东、潭西和当中的土堤都是可以走人的。自从江青住进钓鱼台之后，把挨近钓鱼台的东湖沿岸都安了带毛刺的铁丝网，——老百姓叫它"铁蒺藜"。铁蒺藜是钉在沿岸的柳树上的。这样，东湖就成了禁地。行人从潭中的堤上走过时，不免要向东边看一眼，看看可望而不可即的钓鱼台，沉沉烟霭，苍苍树木。

"四人帮"垮台后，铁蒺藜拆掉了，东湖解放了。湖中有人划船、钓鱼、游泳。东堤上又可通行了。很多人散步、练气功、遛鸟。有些游人还爱趴在"古门"的门缝上往里看。警卫的战士看到，也并不呵斥。有一年，修缮西南角的建筑，为了运料方便，打开了"古门"，人们可以看到里面的"养元斋"一湾流水，几块太湖石，丛竹高树。钓鱼台不再那么神秘了。

原来的铁蒺藜有的是在柳树上箍一个圈，再用钉子钉上的，有一棵柳树上的铁蒺藜拆不净，因为它已经长进树皮里，拔不出来了。这棵柳树就带着外面拖着一截的铁蒺藜往上长，一天比一天高。这棵带着铁蒺藜的树，是"四人帮"作恶的一个历史见证。似乎这也像经了"文化大革命"一通折腾之后的中国人。

1987 年 8 月 17 日

午门忆旧

　　北京解放前夕，1948 年夏天到 1949 年春天，我曾在午门的历史
博物馆工作过一段时间。

　　午门是紫禁城总体建筑的一个重要的组成部分。这是故宫的正门，
是真正的"宫门"。进了天安门、端门，这只是宫廷的"前奏"，进
了午门，才算是进了宫。有午门，没有午门，是不大一样的。没有午门，
进天安门、端门，直接看到三大殿，就太敞了，好像一件衣裳没有领子。
有午门当中一隔，后面是什么，都瞧不见，这才显得宫里神秘庄严，
深不可测。

　　午门的建筑是很特别的。下面是一个凹形的城台。城台上正面是
一座九间重檐庑殿顶的城楼；左右有重檐的方亭四座。城楼和这四座
正方的亭子之间，有廊庑相连属，稳重而不笨拙，玲珑而不纤巧，极
有气派，俗称为"五凤楼"。在旧戏里，五凤楼成了皇宫的代称。《草
桥关》里姚期唱道："到来朝陪王在那五凤楼"，《珠帘寨》里程敬
思唱道："为千岁懒登五凤楼"，指的就是这里。实际上姚期和程敬
思都是不会登上五凤楼的。楼不但大臣上不去，就是皇帝也很少上去。

午门有什么用呢？旧戏和评书里常有一句话："推出午门斩首！"哪能呢！这是编戏编书的人想象出来的。午门的用处大概有这么三项：一是逢什么大典时，皇上登上城楼接见外国使节。曾见过一幅紫铜的版刻，刻的就是这一盛典。外国使节、满汉官员，分班肃立，极为隆重。是哪一位皇上，庆的是何节日，已经记不清了。其次是献俘。打了胜仗（一般就是镇压了少数民族），要把俘虏（当然不是俘虏的全部，只是代表性的人物）押解到京城来。献俘本来应该在太庙。《清会典·礼部》："解送俘囚至京师，钦天监择日献俘于太庙社稷。"但据熟悉掌故的同志说，在午门。到时候皇上还要坐到城楼亲自过目。究竟在哪里，余生也晚，未能亲历，只好存疑。第三，大概是午门最有历史意义，也最有戏剧性的故实，是在这里举行廷杖。廷杖，顾名思义，是在朝廷上受杖。不过把一位大臣按在太和殿上打屁股，也实在不大像样子，所以都在午门外举行。廷杖是对廷臣的酷刑。据朱国桢《涌幢小品》，廷杖始于唐玄宗时。但是盛行似在明代。原来不过是"意思意思"。《涌幢小品》说："成化以前，凡廷杖者不去衣，用厚棉底衣，毛毡迭毑，示辱而已。"穿了厚棉裤，又垫着几层毡子，打起来想必不会太疼。但就这样也够呛，挨打以后，要"卧床数日，而后得愈"。"正德初年，逆瑾（刘瑾）用事，恶廷臣，始去衣。"——那就说脱了裤子，露出屁股挨打了。"遂有杖死者。"掌刑的是"厂卫"。明朝宦官掌握的特务机关有东厂、西厂，后来又有中行厂。廷杖在午门外进行，抢杖的该是中行厂的锦衣卫。五凤楼下，血肉横飞，是何景象？

不知从什么时候起，五凤楼就很少有人上去。"马道"的门锁着。民国以后，在这里建立了历史博物馆。据历史博物馆的老工友说，建馆后，曾经修缮过一次，从城楼的天花板上扫出了一些烧鸡骨头、荔枝壳和桂圆壳。他们说,这是"飞贼"留下来的。北京的"飞贼"做了案,就到五凤楼天花板上藏着,谁也找不着——那倒是,谁能搜到这样的地方呢? 老工友们说,"飞贼"用一根麻绳,一头系一个大铁钩,一甩麻绳,把铁钩搭在城垛子上,三把两把,就"就"上来了。这种情形,他们谁也不会见过,但是言之凿凿。这种燕子李三式的人物引起老工友们美丽的向往,因为他们都已经老了,而且有的已经半身不遂。

"历史博物馆"名气很大,但是没有多少藏品,东边的马道里有两尊"将军炮"。是很大的铜炮,炮管有两丈多长。一尊叫做"武威将军炮",另一尊叫什么将军炮,忘了。据说张勋复辟时曾启用过两尊将军炮,有的老工友说他还听到过军令:"传武威将军炮!""传××将军炮!"是谁传? 张勋,还是张勋的对立面? 说不清。马道拐角处有一架李大钊烈士就义的绞刑机。据说这架绞刑机是德国进口的,只用过一次。为什么要把这东西陈列在这里呢? 我们在写说明卡片时,实在不知道如何下笔。

城楼(我们习惯叫做"正殿")里保留了皇上的宝座。两边铁架子上挂着十多件袁世凯祭孔用的礼服,黑缎的面料,白领子,式样古怪,道袍不像道袍。这一套服装为什么陈列在这里,也莫名其妙。

四个方亭子陈列的都是没有多大价值,也不值什么钱的文物:不知道来历的墓志、烧瘫在"匣"里的钧窑磁碗、清代的"黄册"(为征派赋役编造的户口册)、殿试的卷子、大臣的奏折……西北角一间亭子里陈列的东西却有点特别,是多种刑具。有两把杀人用的鬼头刀,都只有一尺多长。我这才知道杀头不是用力把脑袋砍下来,而是用"巧劲"把脑袋"切"下来。最引人注意的是一套凌迟用的刀具,装在一个木匣里,有一二十把,大小不一。还有一把细长的锥子。据说受凌迟的人挨了很多刀,还不会死,最后要用这把锥子刺穿心脏,才会气绝。

中国的剐刑搞得这样精细而科学，真是令人叹为观止。

整天和一些价值不大、不成系统的文物打交道，真正是"抱残守缺"。日子过得倒是蛮清闲的。白天检查检查仓库，更换更换说明卡片，翻翻资料，都是可做可不做的事情。下班后，到左掖门外筒子河边看看算卦的算卦，——河边有好几个卦摊；看人叉鱼，——叉鱼的沿河走，捏着鱼叉，欻地一叉下去，一条二尺来长的黑鱼就叉上来了。到了晚上，天安门、端门、左右掖门都关死了，我就到屋里看书。我住的宿舍在右掖门旁边，据说原是锦衣卫——就是执行廷杖的特务值宿的房子。四外无声，异常安静。我有时走出房门，站在午门前的石头坪场上，仰看满天星斗，觉得全世界都是凉的，就我这里一点是热的。

北平一解放，我就告别了午门，参加四野南下工作团南下了。

从此就再也没有到午门去看过，不知道午门现在是什么样子。

有一件事可以记一记。解放前一天，我们正准备迎接解放，来了一个人，说："你们赶紧收拾收拾，我们还要办事呢！"他是想在午门上登基。这人是个疯子。

1986 年 1 月 9 日

昆明的雨

　　宁坤要我给他画一张画，要有昆明的特点。我想了一些时候，画了一幅：右上角画了一片倒挂着的浓绿的仙人掌，末端开出一朵金黄色的花；左下画了几朵青头菌和牛肝菌。题了这样几行字：

　　昆明人家常于门头挂仙人掌一片以辟邪，仙人掌悬空倒挂，尚能存活开花。于此可见仙人掌生命之顽强，亦可见昆明雨季空气之湿润。雨季则有青头菌、牛肝菌，味极鲜腴。

　　我想念昆明的雨。

　　我以前不知道有所谓雨季。"雨季"，是到昆明以后才有了具体感受的。

　　我不记得昆明的雨季有多长，从几月到几月，好像是相当长的。但是并不使人厌烦。因为是下下停停、停停下下，不是连绵不断，下起来没完。而且并不使人气闷。我觉得昆明雨季气压不低，人很舒服。

　　昆明的雨季是明亮的、丰满的，使人动情的。城春草木深，孟夏草木长。昆明的雨季，是浓绿的。草木的枝叶里的水分都到了饱和状态，显示出过分的、近于夸张的旺盛。

我的那张画是写实的。我确实亲眼看见过倒挂着还能开花的仙人掌。旧日昆明人家门头上用以辟邪的多是这样一些东西：一面小镜子，周围画着八卦，下面便是一片仙人掌，——在仙人掌上扎一个洞，用麻线穿了，挂在钉子上。昆明仙人掌多，且极肥大。有些人家在菜园的周围种了一圈仙人掌以代替篱笆。——种了仙人掌，猪羊便不敢进园吃菜了。仙人掌有刺，猪和羊怕扎。

昆明菌子极多。雨季逛菜市场，随时可以看到各种菌子。最多，也最便宜的是牛肝菌。牛肝菌下来的时候，家家饭馆卖炒牛肝菌，连西南联大食堂的桌子上都可以有一碗。牛肝菌色如牛肝，滑，嫩，鲜，香，很好吃。炒牛肝菌须多放蒜，否则容易使人晕倒。青头菌比牛肝菌略贵。这种菌子炒熟了也还是浅绿色的，格调比牛肝菌高。菌中之王是鸡㙡，味道鲜浓，无可方比。鸡㙡是名贵的山珍，但并不真的贵得惊人。一盘红烧鸡㙡的价钱和一碗黄焖鸡不相上下，因为这东西在云南并不难得。有一个笑话：有人从昆明坐火车到呈贡，在车上看到地上有一棵鸡㙡，他跳下去把鸡㙡捡了，紧赶两步，还能爬上火车。这笑话用意在说明昆明到呈贡的火车之慢，但也说明鸡㙡随处可见。有一种菌子，中吃不中看，叫做干巴菌。乍一看那样子，真叫人怀疑：这种东西也能吃？！颜色深褐带绿，有点像一堆半干的牛粪或一个被踩破了的马蜂窝。里头还有许多草茎、松毛，乱七八糟！可是下点功夫，把草茎松毛择净，撕成蟹腿肉粗细的丝，和青辣椒同炒，入口便会使你张目结舌：这东西这么好吃？！还有一种菌子，中看不中吃，叫鸡油菌。都是一般大小，有一块银元那样大，滴溜圆，颜色浅黄，恰似鸡油一样。这种菌子只有做菜时配色用，没甚味道。

雨季的果子，是杨梅。卖杨梅的都是苗族女孩子，戴一顶小花帽子，穿着扳尖的绣了满帮花的鞋，坐在人家阶石的一角，不时吆唤一声："卖杨梅——"声音娇娇的。她们的声音使得昆明雨季的空气更加柔和了。昆明的杨梅很大，有一个乒乓球那样大，颜色黑红黑红的，叫做"火炭梅"。这个名字起得真好，真是像一球烧得炽红的火炭！一点都不酸！我吃过苏州洞庭山的杨梅、井冈山的杨梅，好像都比不上昆明的火炭梅。

雨季的花是缅桂花。缅桂花即白兰花，北京叫做"把儿兰"（这个名字真不好听）。云南把这种花叫做缅桂花，可能最初这种花是从缅甸传入的，而花的香味又有点像桂花，其实这跟桂花实在没有什么关系。——不过话又说回来，别处叫它白兰、把儿兰，它和兰花也挨不上呀，也不过是因为它很香，香得像兰花。我在家乡看到的白兰多是一人高，昆明的缅桂是大树！我在若园巷二号住过，院里有一棵大缅桂，密密的叶子，把四周房间都映绿了。缅桂盛开的时候，房东（是一个50多岁的寡妇）和她的一个养女，搭了梯子上去摘，每天要摘下来好些，拿到花市上去卖。她大概是怕房客们乱摘她的花，时常给各家送去一些。有时送来一个七寸盘子，里面摆得满满的缅桂花！带着雨珠的缅桂花使我的心软软的，不是怀人，不是思乡。

雨，有时是会引起人一点淡淡的乡愁的。李商隐的《夜雨寄北》是为许多久客的游子而写的。我有一天在积雨少住的早晨和德熙从联大新校舍到莲花池去。看了池里的满池清水，看了着比丘尼装的陈圆圆的石像（传说陈圆圆随吴三桂到云南后出家，暮年投莲花池而死），雨又下起来了。莲花池边有一条小街，有一个小酒店，我们走进去，要了一碟猪头肉，半市斤酒（装在上了绿釉的土瓷杯里），坐了下来。雨下大了。酒店有几只鸡，都把脑袋反插在翅膀下面，一只脚着地，一动也不动地在檐下站着。酒店院子里有一架大木香花。昆明木香花很多。有的小河沿岸都是木香。但是这样大的木香却不多见。一棵木香，爬在架上，把院子遮得严严的。密匝匝的细碎的绿叶，数不清的半开的白花和饱涨的花骨朵，都被雨水淋得湿透了。我们走不了，就这样一直坐到午后。40 年后，我还忘不了那天的情味，写了一首诗：

莲花池外少行人，
野店苔痕一寸深。
浊酒一杯天过午，
木香花湿雨沉沉。

我想念昆明的雨。

1984 年 5 月 19 日

有一个姑娘，牙长得好。有人问她：

"姑娘，你多大了？"

"十七。"

"住在哪里？"

"翠湖西。"

"爱吃什么？"

"辣子鸡。"

过了两天，姑娘摔了一跤，磕掉了门牙。有人问她：

"姑娘多大了？"

"十五。"

"住在哪里？"

"翠湖。"

"爱吃什么？"

"麻婆豆腐。"

这是我在44年前听到的一个笑话。当时觉得很无聊（是在一个座谈会上听一个本地才子说的）。现在想起来觉得很亲切。因为它让我想起翠湖。

昆明和翠湖分不开，很多城市都有湖。杭州西湖、济南大明湖、扬州瘦西湖。然而这些湖和城的关系都还不是那样密切。似乎把这些湖挪开，城市也还是城市。翠湖可不能挪开。没有翠湖，昆明就不成其为昆明了。翠湖在城里，而且几乎就挨着市中心。城中有湖，这在中国，在世界上，都是不多的。说某某湖是某某城的眼睛，这是一个俗得不能再俗的比喻了。然而说到翠湖，这个比喻还是躲不开。只能说：翠湖是昆明的眼睛。有什么办法呢，因为它非常贴切。

翠湖是一片湖，同时也是一条路。城中有湖，并不妨碍交通。湖之中，有一条很整齐的贯通南北的大路。从文林街、先生坡、府甬道，到华山南道、正义路，这是一条直达的捷径。——否则就要走翠湖东路或翠湖西路，那就绕远多了。昆明人特意来游翠湖的也有，不多。多数人只是从这里穿过。翠湖中游人少而行人多。但是行人到了翠湖，也就成了游人了。从喧嚣扰攘的闹市和刻板枯燥的机关里，匆匆忙忙地走过来，一进了翠湖，即刻就会觉得浑身轻松下来；生活的重压、柴米油盐、委屈烦恼，就会冲淡一些。人们不知不觉地放慢了脚步，甚至可以停下来，在路边的石凳上坐一坐，抽一支烟，四边看看。即使仍在匆忙地赶路，人在湖光树影中，精神也很不一样了。翠湖每天每日，给了昆明人多少浮世的安慰和精神的疗养啊。因此，昆明人——包括外来的游子，对翠湖充满感激。

翠湖这个名字起得好！湖不大，也不小，正合适。小了，不够一游；太大了，游起来怪累。湖的周围和湖中都有堤。堤边密密地栽着树。树都很高大。主要的是垂柳。"秋尽江南草未凋"，昆明的树好像到了冬天也还是绿的。尤其是雨季，翠湖的柳树真是绿得好像要滴下来。

湖水极清。我的印象里翠湖似没有蚊子。夏天的夜晚，我们在湖中漫步或在堤边浅草中坐卧，好像都没有被蚊子咬过。水常年盈满。我在昆明住了七年，没有看见过翠湖干得见了底。偶尔接连下了几天大雨，湖水涨了，湖中的大路也被淹没，不能通过了。但这样的时候很少。翠湖的水不深。浅处没膝，深处也不过齐腰。因此没有人到这里来自杀。我们有一个广东籍的同学，因为失恋，曾投过翠湖。但是他下湖在水里走了一截，又爬上来了。因为他大概还不太想死，而且翠湖里也淹不死人。翠湖不种荷花，但是有许多水浮莲。肥厚碧绿的猪耳状的叶子，开着一望无际的粉紫色的蝶形的花，很热闹。我是在翠湖才认识这种水生植物的。我以后再也没看到过这样大片大片的水浮莲。湖中多红鱼，很大，都有一尺多长。这些鱼已经习惯于人声脚步，见人不惊，整天只是安安静静地，悠然地浮沉游动着。有时夜晚从湖中大路上过，会忽然拨剌一声，从湖心跃起一条极大的大鱼，吓你一跳。湖水、柳树、粉紫色的水浮莲、红鱼，共同组成一个印象：翠。

1939 年的夏天，我到昆明来考大学，寄住在青莲街的同济中学的宿舍里，几乎每天都要到翠湖。学校已经发了榜，还没有开学，我们除了骑马到黑龙潭、金殿，坐船到大观楼，就是到翠湖图书馆去看书。这是我这一生去过次数最多的一个图书馆，也是印象极佳的一个图书馆。图书馆不大，形制有一点像一个道观。非常安静整洁。有一个侧院，院里种了好多盆白茶花。这些白茶花有时整天没有一个人来看它，就只是安安静静地欣然地开着。图书馆的管理员是一个妙人。他没有准确的上下班时间。有时我们去得早了，他还没有来，门没有开，我们就在外面等着。他来了，谁也不理，开了门，走进阅览室，把壁上一个不走的挂钟的时针"喀啦啦"一拨，拨到 8 点，这就上班了，开始借书。这个图书馆的藏书室在楼上。楼板上挖出一个长方形的洞，从洞里用绳子吊下一个长方形的木盘。借书人开好借书单，——管理员把借书单叫做"飞子"，昆明人把一切不大的纸片都叫做"飞子"，买米的发票、包裹单、汽车票，都叫"飞子"，——这位管理员看一看，放在木盘里，一拽旁边的铃铛，"当啷啷"，木盘就从洞里吊上去了。——上面大概有个滑车。不一会儿，上面拽一下铃铛，木盘又系了下来，你要的书来了。这种古老而有趣的借书手续我以后再也没有见过。这个小图书馆藏书似不少，而且有些善本。我们想看的书大都能够借到。过了两三个小时，这位干瘦而沉默的有点像陈老莲画出来的古典的图书管理员站起来，把壁上不走的挂钟的时针"喀啦啦"一拨，拨到12点：下班！我们对他这种以意为之的计时方法完全没有意见。因为我们没有一定要看完的书，到这里来只是享受一点安静。我们的看书，是没有目的的，从《南诏国志》到福尔摩斯，逮什么看什么。

翠湖图书馆现在还有么？这位图书管理员大概早已作古了。不知道为什么，我会常常想起他来，并和我所认识的几个孤独、贫穷而有点怪癖的小知识分子的印象掺和在一起，越来越鲜明。总有一天这个人物的形象会出现在我的小说里的。

翠湖的好处是建筑物少。我最怕风景区挤满了亭台楼阁。除了翠湖图书馆，有一簇洋房，是法国人开的翠湖饭店。这饭店似乎是终年空着的。大门虽开着，但我从未见过有人进去，不论是中国人还是法国人。此外，大路之东，有几间黑瓦朱栏的平房，狭长的，按形制似应该叫做"轩"。也许里面是有一方题作什么轩的横匾的，但是我记不得了。也许根本没有。轩里有一阵曾有人卖过面点，大概因为生意不好，停歇了。轩内空荡荡的，没有桌椅。只在廊下有一个卖"糠虾"的老婆婆。"糠虾"是只有皮壳没有肉的小虾。晒干了，卖给游人喂鱼。花极少的钱，便可从老婆婆手里买半碗，一把一把撒在水里，一尺多长的红鱼就很兴奋地游过来，抢食水面的糠虾，嘈喋有声。糠虾喂完，人鱼俱散，轩中又是空荡荡的，剩下老婆婆一个人寂然地坐在那里。

路东伸进湖水，有一个半岛。半岛上有一个两层的楼阁。阁上是个茶馆。茶馆的地势很好，四面有窗，入目都是湖水。夏天，在阁子上喝茶，很凉快。这家茶馆，夏天，是到了晚上还卖茶的（昆明的茶馆都是这样，收市很晚），我们有时会一直坐到 10 点多钟。茶馆卖盖碗茶，还卖炒葵花子、南瓜子、花生米，都装在一个白铁敲成的方碟子里，昆明的茶馆计账的方法有点特别：瓜子、花生，都是一个价钱，按碟算。喝完了茶，"收茶钱！"堂倌走过来，数一数碟子，就报出个钱数。我们的同学有时临窗饮茶，嗑完一碟瓜子，随手把铁皮碟往外一扔，"Pia——"，碟子就落进了水里。堂倌算账，还是照碟算。这些堂倌们晚上清点时，自然会发现碟子少了，并且也一定会知道这些碟子上哪里去了。但是从来没有一次收茶钱时因此和顾客吵起来过；并且在提着大铜壶用"凤凰三点头"手法为客人续水时也从不拿眼睛"贼"着客人。把瓜子碟扔进水里，自然是不大道德。不过堂倌不那么斤斤计较的风度却是很可佩服的。

除了到昆明图书馆看书，喝茶，我们更多的时候是到翠湖去"穷遛"。这"穷遛"有两层意思，一是不名一钱地遛，一是无穷无尽地遛。"园日涉以成趣"，我们遛翠湖没有个够的时候。尤其是晚上，踏着斑驳的月光树影，可以在湖里一遛遛好几圈。一面走，一面海阔天空，高谈阔论。我们那时都是 20 岁上下的人，似乎有很多话要说，可说，我们都说了些什么呢？我现在一句都记不得了！

我是 1946 年离开昆明的。一别翠湖，已经 38 年了，时间过得真快！

我是很想念翠湖的。

前几年，听说因为搞什么"建设"，挖断了水脉，翠湖没有水了。

我听了，觉得怅然，而且，愤怒了。这是怎么搞的！谁搞的？翠湖会成了什么样子呢？那些树呢？那些水浮莲呢？那些鱼呢？

最近听说，翠湖又有水了，我高兴！我当然会想到这是三中全会带来的好处。这是拨乱反正。

但是我又听说，翠湖现在很热闹，经常举办"蛇展"什么的，我又有点担心。这又会成了什么样子呢？我不反对翠湖游人多，甚至可以有游艇，甚至可以设立摊篷卖破酥包子、焖鸡米线、冰激凌、雪糕，但是最好不要搞"蛇展"。我希望还我一个明爽安静的翠湖。我想这也是很多昆明人的希望。

1984 年 5 月 9 日

跑警报

西南联大有一位历史系的教授，——听说是雷海宗先生，他开的一门课因为讲授多年，已经背得很熟，上课前无需准备；下课了，讲到哪里算哪里，他自己也不记得。每回上课，都要先问学生："我上次讲到哪里了？"然后就滔滔不绝地接着讲下去。班上有个女同学，笔记记得最详细，一句不落。雷先生有一次问她："我上一课最后说的是什么？"这位女同学打开笔记夹，看了看，说："您上次最后说：'现在已经有空袭警报，我们下课。'"

这个故事说明昆明警报之多。我刚到昆明的头二年，1939、1940年，三天两头有警报。有时每天都有，甚至一天有两次。昆明那时几乎说不上有空防力量，日本飞机想什么时候来就来。有时竟至在头一天广播：明天将有27架飞机来昆明轰炸。日本的空军指挥部还真言而有信，说来准来！

一有警报，别无他法，大家就都往郊外跑，叫做"跑警报"。"跑"和"警报"联在一起，构成一个语词，细想一下，是有些奇特的，因为所跑的并不是警报。这不像"跑马""跑生意"那样通顺。但是大家就这么叫了，谁都懂，而且觉得很合适。也有叫"逃警报"或"躲警报"的，都不如"跑警报"准确。"躲"，太消极；"逃"又太狼狈。唯有这个"跑"字于紧张中透出从容，最有风度，也最能表达丰富生动的内容。

有一个姓马的同学最善于跑警报。他早起看天，只要是万里无云，不管有无警报，他就背了一壶水，带点吃的，夹着一卷温飞卿或李商隐的诗，向郊外走去。直到太阳偏西，估计日本飞机不会来了，才慢慢地回来。这样的人不多。

警报有三种。如果在四十多年前向人介绍警报有几种，会被认为有"神经病"，这是谁都知道的。然而对今天的青年，却是一项新的课题。一曰"预行警报"。

联大有一个姓侯的同学，原系航校学生，因为反应迟钝，被淘汰下来，读了联大的哲学心理系。此人对于航空旧情不忘，曾用黄色的"标语纸"贴出巨幅"广告"，举行学术报告，题曰《防空常识》。他不知道为什么对"警报"特别敏感。他正在听课，忽然跑了出去，站在"新校舍"的南北通道上，扯起嗓子大声喊叫："现在有预行警报，五华山挂了三个红球！"可不！抬头望南一看，五华山果然挂起了三个很大的红球。五华山是昆明的制高点，红球挂出，全市皆见。我们一直很奇怪：他在教室里，正在听讲，怎么会"感觉"到五华山挂了红球呢？教室的门窗并不都正对五华山。

一有预行警报，市里的人就开始向郊外移动，住在翠湖迤北的，多半出北门或大西门，出大西门的似尤多。大西门外，越过联大新校门前的公路，有一条由南向北的用浑圆的石块铺成的宽可五六尺的小路。这条路据说是古驿道，一直可以通到滇西。路在山沟里。平常走的人不多。常见的是驮着盐巴、碗糖或其他货物的马帮走过。赶马的马锅头侧身坐在木鞍上，从齿缝里嗞嗞地吹出口哨（马锅头吹口哨都是这种吹法，没有撮唇而吹的），或低声唱着呈贡"调子"：

哥那个在至高山那个放呀放放牛，

妹那个在至花园那个梳那个梳梳头。

哥那个在至高山那招呀招招手，

妹那个在至花园点那个点点头。

这些走长道的马锅头有他们的特殊装束。他们的短褂外都套了一件白色的羊皮背心，脑后挂着漆布的凉帽，脚下是一双厚牛皮底的草鞋状的凉鞋，鞋帮上大都绣了花，还钉着亮晶晶的"鬼眨眼"亮片。——这种鞋似只有马锅头穿，我没见从事别种行业的人穿过。马锅头押着马帮，从这条斜阳古道上走过，马项铃哗棱哗棱地响，很有点浪漫主义的味道，有时会引起远客的游子一点淡淡的乡愁……

有了预行警报，这条古驿道就热闹起来了。从不同方向来的人都涌向这里，形成了一条人河。走出一截，离市较远了，就分散到古道两旁的山野，各自寻找一个合适的地方待下来，心平气和地等着，——等空袭警报。

联大的学生见到预行警报，一般是不跑的，都要等听到空袭警报：汽笛声一短一长，才动身。新校舍北边围墙上有一个后门，出了门，过铁道（这条铁道不知起讫地点，从来也没见有火车通过），就是山野了。要走，完全来得及。——所以雷先生才会说"现在已经有空袭警报"。只有预行警报，联大师生一般都是照常上课的。

跑警报大都没有准地点，漫山遍野。但人也有习惯性，跑惯了哪里，愿意上哪里。大多是找一个坟头，这样可以靠靠。昆明的坟多有碑，碑上除了刻下坟主的名讳，还刻出"×山×向"，并开出坟茔的"四至"。这风俗我在别处还未见过。这大概也是一种古风。

说是漫山遍野，但也有几个比较集中的"点"。古驿道的一侧，靠近语言研究所资料馆不远，有一片马尾松林，就是一个点。这地方除了离学校近，有一片碧绿的马尾松，树下一层厚厚的干了的松毛，很软和，空气好，——马尾松挥发出很重的松脂气味，晒着从松枝间漏下的阳光，或仰面看松树上面的蓝得要滴下来的天空，都极舒适外，是因为这里还可以买到各种零吃。昆明做小买卖的，有了警报，就把担子挑到郊外来了。五味俱全，什么都有。最常见的是"丁丁糖"。"丁丁糖"即麦芽糖，也就是北京人祭灶用的关东糖，不过做成一个直径一尺多，厚可一寸许的大糖饼，放在四方的木盘上，有人掏钱要买，糖贩即用一个刨刃形的铁片楔入糖边，然后用一个小小铁锤，一击铁片，丁的一声，一块糖就震裂下来了，——所以叫做"丁丁糖"，其次是炒松子。昆明松子极多，个大皮薄仁饱，很香，也很便宜。我们有时能在松树下面捡到一个很大的成熟了的生的松球，就掰开鳞瓣，一颗一颗地吃起来。——那时候，我们的牙都很好，那么硬的松子壳，一嗑就开了！

另一个集中点比较远，得沿古驿道走出四五里，驿道右侧较高的土山上有一横断的山沟（大概是哪一年地震造成的），沟深约三丈，沟口有二丈多宽，沟底也宽有六七尺。这是一个很好的天然防空沟，日本飞机若是投弹，只要不是直接命中，落在沟里，即便是在沟顶上爆炸，弹片也不易蹦进来。机枪扫射也不要紧，沟的两壁是死角。这道沟可以容数百人。有人常到这里，就利用闲空，在沟壁上修了一些私人专用的防空洞，大小不等，形式不一。这些防空洞不仅表面光洁，有的还用碎石子或碎瓷片嵌出图案，缀成对联。对联大都有新意。我至今记得两副，一副是：

人生几何
恋爱三角

一副是：

见机而作
入土为安

对联的嵌缀者的闲情逸致是很可叫人佩服的。前一副也许是有感而发，后一副却是记实。

警报有三种。预行警报大概是表示日本飞机已经起飞。拉空袭警报大概是表示日本飞机进入云南省境了，但是进云南省不一定到昆明来。等到汽笛拉了紧急警报：连续短音，这才可以肯定是朝昆明来的。空袭警报到紧急警报之间，有时要间隔很长时间。所以到了这里的人都不忙下沟，——沟里没有太阳，而且过早地像云冈石佛似的坐在洞里也很无聊，大都先在沟上看书、闲聊、打桥牌。很多人听到紧急警报还不动，因为紧急警报后日本飞机也不定准来，常常是折飞到别处去了。要一直等到看见飞机的影子了，这才一骨碌站起来，下沟，进洞。联大的学生以及住在昆明的人，对跑警报太有经验了，从来不仓皇失措。

上举的前一副对联或许是一种泛泛的感慨，但也是有现实意义的。跑警报是谈恋爱的机会。联大同学跑警报时，成双作对的很多。空袭警报一响，男的就在新校舍的路边等着，有时还提着一袋点心吃食，宝珠梨、花生米……他等的女同学来了，"嗨！"于是欣然并肩走出新校舍的后门。跑警报说不上是同生死，共患难，但隐隐约约有那么一点危险感，和看电影、遛翠湖时不同。这一点危险感使两方的关系更加亲近了。女同学乐于有人伺候，男同学也正好殷勤照顾，表现一点骑士风度。正如孙悟空在高老庄所说："一来医得眼好，二来又照顾了郎中，这是凑四合六的买卖。"从这点来说，跑警报是颇为罗曼蒂克的。有恋爱，就有三角，有失恋。跑警报的"对儿"并非总是固定的，有时一方被另一方"甩"了，两人"吹"了，"对儿"就要重新组合。写（姑且叫做"写"吧）那副对联的，大概就是一位被"甩"的男同学。不过，也不一定。

警报时间有时很长，长达两三个小时，也很"腻歪"。紧急警报后，日本飞机轰炸已毕，人们就轻松下来。不一会儿，"解除警报"响了：汽笛拉长音，大家就起身拍拍尘土，络绎不绝地返回市里。也有时不等解除警报，很多人就往回走：天上起了乌云，要下雨了。一下雨，日本飞机不会来。在野地里被雨淋湿，可不是事！一有雨，我们有一个同学一定是一马当先往回奔，就是前面所说那位报告预行警报的姓侯的。他奔回新校舍，到各个宿舍搜罗了很多雨伞，放在新校舍的后门外，见有女同学来，就递过一把。他怕这些女同学挨淋。这位侯同学长得五大三粗，却有一副贾宝玉的心肠。大概是上了吴雨僧先生的《红楼梦》的课，受了影响。侯兄送伞，已成定例。警报下雨，一次不落。名闻全校，贵在有恒。——这些伞，等雨住后他还会到南院女生宿舍去敛回来，再归还原主的。

跑警报，大都要把一点值钱的东西带在身边。最方便的是金子，——金戒指。有一位哲学系的研究生曾经作了这样的逻辑推理：有人带金子，必有人会丢掉金子，有人丢金子，就会有人捡到金子，我是人，故我可以捡到金子。因此，他跑警报时，特别是解除警报以后，他每次都很留心地巡视路面。他当真两次捡到过金戒指！逻辑推理有此妙用，大概是教逻辑学的金岳霖先生所未料到的。

联大师生跑警报时没有什么可带，因为身无长物，一般大都是带两本书或一册论文的草稿。有一位研究印度哲学的金先生每次跑警报总要提了一只很小的手提箱。箱子里不是什么别的东西，是一个女朋友写给他的信——情书。他把这些情书视如性命，有时也会拿出一两封来给别人看。没有什么不能看的，因为没有卿卿我我的肉麻的话，只是一个聪明女人对生活的感受，文字很俏皮，充满了英国式的机智，是一些很漂亮的 essay，字也很秀气。这些信实在是可以拿来出版的。金先生辛辛苦苦地保存了多年，现在大概也不知去向了，可惜。我看过这个女人的照片，人长得就像她写的那些信。

联大同学也有不跑警报的，据我所知，就有两人。一个是女同学，姓罗。一有警报，她就洗头。别人都走了，锅炉房的热水没人用，她可以敞开来洗，要多少水有多少水！另一个是一位广东同学，姓郑。他爱吃莲子。一有警报，他就用一个大漱口缸到锅炉火口上去煮莲子。警报解除了，他的莲子也烂了。有一次日本飞机炸了联大，昆明北院、南院，都落了炸弹，这位郑老兄听着炸弹乒乒乓乓在不远的地方爆炸，依然在新校舍大图书馆旁的锅炉上神色不动地搅和他的冰糖莲子。

抗战期间，昆明有过多少次警报，日本飞机来过多少次，无法统计。自然也死了一些人，毁了一些房屋。就我的记忆，大东门外，有一次日本飞机机枪扫射，田地里死的人较多。大西门外小树林里曾炸死了好几匹驮木柴的马。此外似无较大伤亡。警报、轰炸，并没有使人产生血肉横飞，一片焦土的印象。

日本人派飞机来轰炸昆明，其实没有什么实际的军事意义，用意不过是吓唬吓唬昆明人，施加威胁，使人产生恐惧。他们不知道中国人的心理是有很大的弹性的，不那么容易被吓得魂不附体。我们这个民族，长期以来，生于忧患，已经很"皮实"了，对于任何猝然而来的灾难，都用一种"儒道互补"的精神对待之。这种"儒道互补"的真髓，即"不在乎"。这种"不在乎"精神，是永远征不服的。

为了反映"不在乎"，作《跑警报》。

1984 年 12 月 6 日

泡茶馆

"泡茶馆"是联大学生特有的语言。本地原来似无此说法，本地人只说"坐茶馆"。"泡"是北京话。其含义很难准确地解释清楚。勉强解释，只能说是持续长久地沉浸其中，像泡泡菜似的泡在里面。"泡蘑菇""穷泡"，都有长久的意思。北京的学生把北京的"泡"字带到了昆明，和现实生活结合起来，便创造出一个新的语汇。"泡茶馆"，即长时间地在茶馆里坐着。本地的"坐茶馆"也含有时间较长的意思。到茶馆里去，首先是坐，其次才是喝茶（云南叫吃茶）。不过联大的学生在茶馆里坐的时间往往比本地人长，长得多，故谓之"泡"。

有一个姓陆的同学，是一怪人，曾经骑自行车旅行半个中国。这人真是一个泡茶馆的冠军。他有一个时期，整天在一家熟识的茶馆里泡着。他的盥洗用具就放在这家茶馆里。一起来就到茶馆里去洗脸刷牙，然后坐下来，泡一碗茶，吃两个烧饼，看书。一直到中午，起身出去吃午饭。吃了饭，又是一碗茶，直到吃晚饭。晚饭后，又是一碗，直到街上灯火阑珊，才挟着一本很厚的书回宿舍睡觉。

昆明的茶馆共分几类，我不知道。大体说来，只能分为两类，一类是大茶馆，一类是小茶馆。

正义路原先有一家很大的茶馆，楼上楼下，有几十张桌子。都是荸荠紫漆的八仙桌，很鲜亮。因为在热闹地区，坐客常满，人声嘈杂。所有的柱子上都贴着一张很醒目的字条："莫谈国事"。时常进来一个看相的术士，一手捧一个六寸来高的硬纸片，上书该术士的大名（只能叫做大名，因为往往不带姓，不能叫"姓名"；又不能叫"法名""艺名"，因为他并未出家，也不唱戏），一只手捏着一根纸媒子，在茶桌间绕来绕去，嘴里念说着"送看手相不要钱""送看手相不要钱"——他手里这根媒子即是看手相时用来指示手纹的。

这种大茶馆有时唱围鼓。围鼓即由演员或票友清唱。我很喜欢"围鼓"这个词。唱围鼓的演员、票友好像是不取报酬的。只是一群有同好的闲人聚拢来唱着玩。但茶馆却可借来招揽顾客，所以茶馆里便于闹市张贴告条："某月日围鼓"。到这样的茶馆里来一边听围鼓，一边吃茶，也就叫做"吃围鼓茶"。"围鼓"这个词大概是从四川来的，但昆明的围鼓似多唱滇剧。我在昆明七年，对滇剧始终没有入门。只记得不知什么戏里有一句唱词"孤王头上长青苔"。孤王的头上如何会长青苔呢？这个设想实在是奇绝，因此一听就永不能忘。

我要说的不是那种"大茶馆"。这类大茶馆我很少涉足，而且有些大茶馆，包括正义路那家兴隆鼎盛的大茶馆，后来大都陆续停闭了。我所说的是联大附近的茶馆。

从西南联大新校舍出来，有两条街，凤翥街和文林街，都不长。这两条街上有不下十家茶馆。

从联大新校舍，往东，折向南，进一座砖砌的小牌楼式的街门，便是凤翥街。街夹右手第一家便是一家茶馆。这是一家小茶馆，只有三张茶桌，而且大小不等，形状不一的茶具也是比较粗糙的，随意画了几笔蓝花的盖碗。除了卖茶，檐下挂着大串大串的草鞋和地瓜（即湖南人所谓的凉薯），这也是卖的。张罗茶座的是一个女人。这女人长得很强壮，皮色也颇白净。她生了好些孩子。身边常有两个孩子围着她转，手里还抱着一个。她经常敞着怀，一边奶着那个早该断奶的孩子，一边为客人冲茶。她的丈夫，比她大得多，状如猿猴，而目光锐利如鹰。他什么事情也不管，但是每天下午却捧了一个大碗喝牛奶。这个男人是一头种畜。这情况使我们颇为不解。这个白皙强壮的妇人，只凭一天卖几碗茶，卖一点草鞋、地瓜，怎么能喂饱了这么多张嘴，还能供应一个懒惰的丈夫每天喝牛奶呢？怪事！中国的妇女似乎有一种天授的惊人的耐力，多大的负担也压不垮。

由这家往前走几步，斜对面，曾经开过一家专门招徕大学生的新式茶馆。这家茶馆的桌椅都是新打的，涂了黑漆。堂倌系着白围裙。卖茶用细白瓷壶，不用盖碗（昆明茶馆卖茶一般都用盖碗）。除了清茶，还卖沱茶、香片、龙井。本地茶客从门外过，伸头看看这茶馆的局面，再看看里面坐得满满的大学生，就会挪步另走一家了。这家茶馆没有什么值得一记的事，而且开了不久就关了。联大学生至今还记得这家茶馆是因为隔壁有一家卖花生米的。这家似乎没有男人，站柜卖货是姑嫂两人，都还年轻，成天涂脂抹粉。尤其是那个小姑子，见人走过，辄作媚笑。联大学生叫她花生西施。这西施卖花生米是看人行事的。好看的来买，就给得多。难看的给得少。因此我们每次买花生米都推选一个挺拔英俊的"小生"去。

再往前几步，路东，是一个绍兴人开的茶馆。这位绍兴老板不知怎么会跑到昆明来，又不知为什么在这条小小的凤翥街上来开一爿茶馆。他至今乡音未改。大概他有一种独在异乡为异客的情绪，所以对待从外地来的联大学生异常亲热。他这茶馆里除了卖清茶，还卖一点芙蓉糕、萨其玛、月饼、桃酥，都装一个玻璃匣子里。我们有时觉得肚子里有点缺空而又不到吃饭的时候，便到他这里一边喝茶一边吃两块点心。有一个善于吹口琴的姓王的同学经常在绍兴人茶馆喝茶。他喝茶，可以欠账。不但喝茶可以欠账，我们有时想看电影而没有钱，就由这位口琴专家出面向绍兴老板借一点。绍兴老板每次都是欣然地打开钱柜，拿出我们需要的数目。我们于是欢欣鼓舞，兴高采烈，迈开大步，直奔南屏电影院。

再往前，走过十来家店铺，便是凤翥街口，路东路西各有一家茶馆。

路东一家较小，很干净，茶桌不多。掌柜的是个瘦瘦的男人，有几个孩子。掌柜的事情多，为客人冲茶续水，大都由一个十三四岁的大儿子担任，我们称他这个儿子为"主任儿子"。街西那家又脏又乱，地面坑洼不平，一地的烟头、火柴棍、瓜子皮。茶桌也是七大八小，摇摇晃晃，但是生意却特别好。从早到晚，人坐得满满的。也许是因为风水好。这家茶馆正在凤翥街和龙翔街交接处，门面一边对着凤翥街，一边对着龙翔街，坐在茶馆两条街上的热闹都看得见。到这家吃茶的全部是本地人，本街的闲人、赶马的"马锅头"、卖柴的、卖菜的。他们都抽叶子烟。要了茶以后，便从怀里掏出一个烟盒——圆形，皮制的，外面涂着一层黑漆，打开来，揭开覆盖着的菜叶，拿出剪好的金堂叶子，一支一支地卷起来。茶馆的墙壁上张贴、涂抹得乱七八糟。但我却于西墙上发现了一首诗，一首真正的诗：

记得旧时好，
跟随爹爹去吃茶。
门前磨螺壳，

巷口弄泥沙。

是用墨笔题写在墙上的。这使我大为惊异了。这是什么人写的呢？

每天下午，有一个盲人到这家茶馆来卖唱。他打着扬琴，说唱着。照现在的说法，这应是一种曲艺，但这种曲艺该叫什么名称，我一直没有打听着。我问过"主任儿子"，他说是"唱扬琴的"，我想不是。他唱的是什么？我有一次特意站下来听了一会儿，是：

…………

良田美地卖了，

高楼大厦拆了，

娇妻美妾跑了，

狐皮袍子当了……

我想了想，哦，这是一首劝戒鸦片的歌，他这唱的是鸦片烟之为害。这是什么时候传下来的呢？说不定是林则徐时代某一忧国之士的作品。但是这个盲人只管唱他的，茶客们似乎都没有在听，他们仍然在说话，各人想自己的心事。到了天黑，这个盲人背着扬琴，点着马杆，踽踽地走回家去。我常常想：他今天能吃饱么？

进大西门，是文林街，挨着城门口就是一家茶馆。这是一家最无趣味的茶馆。茶馆墙上的镜框里装的是美国电影明星的照片，蓓蒂·黛维丝、奥丽薇·德·哈弗兰、克拉克·盖博、泰伦宝华……除了卖茶，还卖咖啡、可可。这家的特点是：进进出出的除了穿西服和麂皮夹克的比较有钱的男同学外，还有把头发卷成一根一根香肠似的女同学。有时到了星期六，还开舞会。茶馆的门关了，从里面传出《蓝色的多瑙河》和《风流寡妇》舞曲，里面正在"嘣嚓嚓"。

和这家斜对着的一家，跟这家截然不同。这家茶馆除卖茶，还卖煎血肠。这种血肠是牦牛肠子灌的，煎起来一街都闻见一种极其强烈的气味，说不清是异香还是奇臭。这种西藏食品，那些把头发卷成香肠一样的女同学是绝对不敢问津的。

由这两家茶馆，往东，不远几步，面南，便可折向钱局街。街上有一家老式的茶馆，楼上楼下，茶座不少。说这家茶馆是"老式"的，是因为茶馆备有烟筒，可以租用。一段青竹，旁安一个粗如小指半尺长的竹管，一头装一个带爪的莲蓬嘴，这便是"烟筒"。在莲蓬嘴里装了烟丝，点以纸媒，把整个嘴埋在筒口内，尽力猛吸，筒内的水咚咚作响，浓烟便直灌肺腑，顿时觉得浑身通泰。吸烟筒要有点功夫，不会吸的吸不出烟来。茶馆的烟筒比家用的粗得多，高齐桌面，吸完就靠在桌腿边，吸时尤需底气充足。这家茶馆门前，有一个小摊，卖酸角（不知什么树上结的，形状有点像皂荚，极酸，入口使人攒眉）、拐枣（也是树上结的，应该算是果子，状如鸡爪，一疙瘩一疙瘩的，有的地方即叫做鸡脚爪，味道很怪，像红糖，又有点像甘草）和泡梨（棠梨泡在盐水里，梨味本是酸甜的，昆明人却偏于盐水内泡而食之。泡梨仍有梨香，而梨肉极脆嫩）。过了春节则有人于门前卖葛根。葛根是药，我过去只在中药铺见过，切成四方的棋子块儿，是已经经过加工的了。原物是什么样子，我是在昆明才见到的。这种东西可以当零食来吃，我也是在昆明才知道。一截葛根，粗如手臂，横放在一块板上，外包一块湿布。给很少的钱，卖葛根的便操起有点像北京切涮羊肉的肉片用的那种薄刃长刀，切下薄薄的几片给你，雪白的。嚼起来有点像干瘪的生白薯片，而有极重的药味，据说葛根能清火。联大的同学大概很少人吃过葛根。我是什么奇奇怪怪的东西都要买一点尝一尝的。

大学二年级那一年，我和两个外文系的同学经常一早就坐到这家茶馆靠窗的一张桌边，各自看自己的书，有时整整坐一上午，彼此不交一语。我这时才开始写作，我的最初几篇小说，即是在这家茶馆里写的。茶馆离翠湖很近，从翠湖吹来的风里，时时带有水浮莲的气味。

回到文林街。文林街中，正对府甬道，后来新开了一家茶馆。这家茶馆的特点一是卖茶用玻璃杯，不用盖碗，也不用壶。不卖清茶，卖绿茶和红茶。红茶色如玫瑰，绿茶苦如猪胆。第二是茶桌较少，且覆有玻璃桌面。在这样桌子上打桥牌实在是再适合不过了，因此到这家茶馆来喝茶的，大都是来打桥牌的，这茶馆实在是一个桥牌俱乐部。联大打桥牌之风很盛。有一个姓马的同学每天到这里打桥牌。解放后，我才知道他是老地下党员，昆明学生运动的领导人之一。学生运动搞得那样热火朝天，他每天都只是很闲在，很热衷地在打桥牌，谁也看不出他和学生运动有什么关系。

文林街的东头，有一家茶馆，是一个广东人开的，字号就叫"广发茶社"——昆明的茶馆我记得字号的只有这一家，原因之一，是我后来住在民强巷，离广发很近，经常到这家去。原因之二是——经常聚在这家茶馆里的，有几个助教、研究生和高年级的学生。这些人多多少少有一点玩世不恭。那时联大同学常组织什么学会，我们对这些俨乎其然的学会微存嘲讽之意。有一天，广发的茶友之一说："咱们这也是一个学会，——广发学会！"这本是一句茶余的笑话。不料广发的茶友之一，解放后，在一次运动中被整得不可开交，胡乱交待问题，说他曾参加过"广发学会"。这就惹下了麻烦。几次有人，专程到北京来外调"广发学会"问题。被调查的人心里想笑，又笑不出来，因为来外调的政工人员态度非常严肃。广发茶馆代卖广东点心。所谓广东点心，其实只是包了不同味道的甜馅的小小的酥饼，面上却一律贴

049

了几片香菜叶子，这大概是这一家饼师的特有的手艺。我在别处吃过广东点心，就没有见过面上贴有香菜叶子的——至少不是每一块都贴。

或问：泡茶馆对联大学生有些什么影响？答曰：第一，可以养其浩然之气。联大的学生自然也是贤愚不等，但多数是比较正派的。那是一个污浊而混乱的时代，学生生活又穷困得近乎潦倒，但是很多人却能自许清高，鄙视庸俗，并能保持绿意葱茏的幽默感，用来对付恶浊和穷困，并不颓丧灰心，这跟泡茶馆是有些关系的。第二，茶馆出人才。联大学生上茶馆，并不是穷泡，除了瞎聊，大部分时间都是用来读书的。联大图书馆座位不多，宿舍里没有桌凳，看书多半在茶馆里。联大同学上茶馆很少不挟着一本乃至几本书的。不少人的论文、读书报告，都是在茶馆写的。有一年一位姓石的讲师的《哲学概论》期终考试，我就是把考卷拿到茶馆里去答好了再交上去的。联大八年，出了很多人才。研究联大校史，搞"人才学"，不能不了解了解联大附近的茶馆。第三，泡茶馆可以接触社会。我对各种各样的人、各种各样的生活都发生兴趣，都想了解了解，跟泡茶馆有一定关系。如果我现在还算一个写小说的人，那么我这个小说家是在昆明的茶馆里泡出来的。

1984 年 5 月 13 日

新校舍

西南联大的校舍很分散。有一些是借用原先的会馆、祠堂、学校，只有新校舍是联大自建的，也是联大的主体。这里原来是一片坟地。坟主的后代大都已经式微或他徙了，联大征用了这片地并未引起麻烦。有一座校门，极简陋，两扇大门是用木板钉成的，不施油漆，露着白茬。门楣横书大字："国立西南联合大学"。进门是一条贯通南北的大路。路是土路，到了雨季，接连下雨，泥泞没足，极易滑倒。大路把新校舍分为东西两区。

路以西，是学生宿舍。土墼墙，草顶。两头各有门。窗户是在墙上留出方洞，直插着几根带皮的树棍。空气是很流通的，因为没有人爱在窗洞上糊纸，当然更没有玻璃。昆明气候温和，冬天从窗洞吹进一点风，也不要紧。宿舍是大统间，两边靠墙，和墙垂直，各排了十张双层木床。一张床睡两个人，一间宿舍可住 40 人。我没有留心过这样的宿舍共有多少间。我曾在 25 号宿舍住过两年。25 号不是最后一号。如果以 30 间计，则新校舍可住 1200 人。联大学生约 3000 人，工学院住在拓东路迤西会馆；女生住"南院"，新校舍住的是文、理、法三院的男生。估计起来，可以住得下。学生并不老老实实地让双层床靠墙直放，向右看齐，不少人给它重新组合，把三张床拼成一个U字，外面挂上旧床单或钉上纸板，就成了一个独立天地，屋中之屋。结邻而居的，多是谈得来的同学。也有的不是自己选择的，是学校派定的。我在25号宿舍住的时候，睡靠门的上铺，和下铺的一位同学几乎没有见过面。他是历史系的，姓刘，河南人。他是个农家子弟，到昆明来考大学是由河南自己挑了一担行李走来的。——到昆明来考联大的，多数是坐公共汽车来的，乘滇越铁路火车来的，但也有利用很奇怪的交通工具来的。物理系有个姓应的学生，是自己买了一头毛驴，从西康骑到昆明来的。我和历史系同学怎么会没有见过面呢？他是个很用功的老实学生，每天黎明即起，到树林里去读书。我是个夜猫子，天亮才回床睡觉。一般说，学生搬动床位，调换宿舍，学校是不管的，从来也没有办事职员来查看过。有人占了一个床位，却终年不来住。也有根本不是联大的，却在宿舍里住了几年。有一个青年小说家曹卣，——他很年轻时就在《文学》这样的大杂志上发表过小说，他是同济大学的，却住在25号宿舍。也不到同济上课，整天在25号写小说。

桌椅是没有的。很多人去买了一些肥皂箱。昆明肥皂箱很多，也很便宜。一般三个肥皂箱就够用了。上面一个，面上糊一层报纸，是书桌。下面两层放书，放衣物，这就书橱、衣柜都有了。椅子？——床就是。不少未来学士在这样的肥皂箱桌面上写出了洋洋洒洒的论文。

宿舍区南边，校门围墙西侧以里，是一个小操场。操场上有一副单杠和一副双杠。体育主任马约翰带着大一学生在操场上上体育课。马先生一年四季只穿一件衬衫，一件西服上衣，下身是一条猎裤，从不穿毛衣、大衣。面色红润，连光秃秃的头顶也红润，脑后一圈雪白的卷发。他上体育课不说中文，他的英语带北欧口音。学生列队，他要求学生必须站直："Boys！ You must keep your body straight！"我年轻时就有点驼背，始终没有 straight 起来。

操场上有一个篮球场，很简陋。遇有比赛，都要临时画线，现结篮网，但是很多当时的篮球名将如唐宝华、牟作云……都在这里展过身手。

大路以东，有一条较小的路。这条路经过一个池塘，池塘中间有一座大坟，成为一个岛。岛上开了很多野蔷薇，花盛时，香扑鼻。这个小岛是当初规划新校舍时特意留下的。于是成了一个景点。

往北，是大图书馆。这是新校舍唯一的瓦顶建筑。每天一早，就有一堆学生在外面等着。一开门，就争先进去，抢座位（座位不很多），抢指定参考书（参考书不够用）。晚上十点半钟，图书馆的电灯还亮着，还有很多学生在里面看书。这都是很用功的学生。大图书馆我只进去过几次。这样正襟危坐，集体苦读，我实在受不了。

图书馆门前有一片空地。联大没有大会堂，有什么全校性的集会便在这里举行。在图书馆关着的大门上用摁钉摁两面党国旗，也算是会场。我入学不久，张清常先生在这里教唱过联大校歌（校歌是张先生谱的曲），学唱校歌的同学都很激动。每月1号，举行一次"国民月会"，全称应是"国民精神总动员月会"，可是从来没有人用全称，实在太麻烦了。国民月会有时请名人来演讲，一般都是梅贻琦校长讲讲话。梅先生很严肃，面无笑容，但说话很幽默。有一阵昆明闹霍乱，梅先生劝大家不要在外面乱吃东西，说："有一位同学说：'我吃了那么多次，也没有得过一次霍乱。'这种事情是不能有第二次的。"开国民月会时，没有人老实站着，都是东张西望，心不在焉。有一次，我发现青天白日满地红的国旗的太阳竟是13只角（按规定应是12

只)！

"一二·一惨案"（国民党军队枪杀3位同学、1位老师）发生后，大图书馆曾布置成死难烈士的灵堂，四壁都是挽联，灵前摆满了花圈，大香大烛，气氛十分肃穆悲壮。那两天昆明各界前来吊唁的人络绎于途。

大图书馆后面是大食堂。学生吃的饭是通红的糙米，装在几个大木桶里，盛饭的瓢也是木头的，因此饭有木头的气味。饭里什么都有：砂粒、耗子屎……被称为"八宝饭"。8个人一桌，4个菜，装在酱色的粗陶碗里。菜多盐而少油。常吃的菜是煮芸豆，还有一种叫做蘑芋豆腐的灰色的凉粉似的东西。

大图书馆的东面，是教室。土墙，铁皮顶。铁皮上涂了一层绿漆。有时下大雨，雨点敲得铁皮丁丁当当地响。教室里放着一些白木椅子。椅子是特制的，右手有一块羽毛球拍大小的木板，可以在上面记笔记。椅子是不固定的，可以随便搬动，从这间教室搬到那间。吴宓先生上"红楼梦研究"课，见下面有女生没有坐下，就立即走到别的教室去搬椅子。一些颇有骑士风度的男同学于是追随吴先生之后，也去搬。到女同学都落座，吴先生才开始上课。

我是个吊儿郎当的学生，不爱上课。有的教授授课是很严格的。教西洋通史（这是文学院必修课）的是皮名举。他要求学生记笔记，还要交历史地图。我有一次画了一张马其顿王国的地图，皮先生在我的地图上批了两行字："阁下所绘地图美术价值甚高，科学价值全无。"第一学期期终考试，我得了37分。第二学期我至少得考83分，这样两学期平均，才能及格，这怎么办？到考试时我拉了两个历史系的同学，一个坐在我的左边，一个坐在我的右边。坐在右边的同学姓钮，左边的那个忘了。我就抄左边的同学一道答题，又抄右边的同学一道。

公布分数时，我得了 85，及格还有富余！

朱自清先生教课也很认真。他教我们宋诗。他上课时带一沓卡片，一张一张地讲。要交读书笔记，还有月考、期考。我老是缺课，因此朱先生对我印象不佳。

多数教授讲课很随便。刘文典先生教《昭明文选》，一个学期才讲了半篇木玄虚的《海赋》。

闻一多先生上课时，学生是可以抽烟的。我上过他的"楚辞"。上第一课时，他打开高一尺又半的很大的毛边纸笔记本，抽上一口烟，用顿挫鲜明的语调说："痛饮酒，熟读《离骚》——乃可以为名士。"他讲唐诗，把晚唐诗和后期印象派的画联系起来讲。这样讲唐诗，别的大学里大概没有。闻先生的课都不考试，学期终了交一篇读书报告即可。

唐兰先生教词选，基本上不讲。打起无锡腔调，把词"吟"一遍："双鬓隔香红啊——玉钗头上凤……'好！真好！"这首词就算讲过了。

西南联大的课程可以随意旁听。我听过冯文潜先生的美学。他有一次讲一首词：

汴水流，
泗水流，
流到瓜洲古渡头，
吴山点点愁。

冯先生说他教他的孙女念这首词，他的孙女把"吴山点点愁"念成"吴山点点头"，他举的这个例子我一直记得。

吴宓先生讲"中西诗之比较"，我很有兴趣地去听。不料他讲的第一首诗却是：

一去二三里，
烟村四五家。
楼台六七座，
八九十枝花。

　　我不好好上课，书倒真也读了一些。中文系办公室有一个小图书馆，通称系图书馆。我和另外一两个同学每天晚上到系图书馆看书。系办公室的钥匙就由我们拿着，随时可以进去。系图书馆是开架的，要看什么书自己拿，不需要填卡片这些麻烦手续。有的同学看书是有目的有系统的。一个姓范的同学每天摘抄《太平御览》。我则是从心所欲，随便瞎看。我这种乱七八糟看书的习惯一直保持到现在。我觉得这个习惯挺好。夜里，系图书馆很安静，只有哲学心理系有几只狗怪声嗥叫——一个教生理学的教授做实验，把狗的不同部位的神经结扎起来，狗于是怪叫。有一天夜里我听到墙外一派鼓乐声，虽然悠远，但很清晰。半夜里怎么会有鼓乐声？只能这样解释：这是鬼奏乐。我确实听到的，不是错觉。我差不多每夜看书，到鸡叫才回宿舍睡觉。——因此我和历史系那位姓刘的河南同学几乎没有见过面。
　　新校舍大门东边的围墙是"民主墙"。墙上贴满了各色各样的壁报，左、中、右都有。有时也有激烈的论战。有一次三青团办的壁报有一篇宣传国民党观点的文章，另一张"群社"编的壁报上很快就贴出一篇反驳的文章，批评三青团壁报上的文章是"咬着尾巴兜圈子"。这批评很尖刻，也很形象。"咬着尾巴兜圈子"是狗。事隔近50年，我对这一警句还记得十分清楚。当时有一个"冬青社"（联大学生社团甚多），颇有影响。冬青社办了两块壁报，一块是《冬青诗刊》，一块就叫《冬青》，是刊载杂文和漫画的。冯友兰先生、查良钊先生、马约翰先生，都曾经被画进漫画。冯先生、查先生、马先生看了，也并不生气。

除了壁报，还有各色各样的启事。有的是出让衣物的。大都是八成新的西服、皮鞋。出让的衣物就放在大门旁边的校警室里，可以看货付钱。也有寻找失物的启事，大都写着："鄙人不慎，遗失了什么东西，如有捡到者，请开示姓名住处，失主即当往取，并备薄酬。"所谓"薄酬"，通常是五香花生米一包。有一次有一位同学贴出启事："寻找眼睛。"另一位同学在他的启事标题下用红笔画了一个大问号。他寻找的不是"眼睛"，是"眼镜"。

新校舍大门外是一条碎石块铺的马路。马路两边种着高高的有加利树（即桉树，云南到处皆有）。

马路北侧，挨新校的围墙，每天早晨有一溜卖早点的摊子。最受欢迎的是一个广东老太太卖的煎鸡蛋饼。一个瓷盆里放着鸡蛋加少量的水和成的稀面，舀一大勺，摊在平铛上，煎熟，加一把葱花。广东老太太很舍得放猪油。鸡蛋饼煎得两面焦黄，猪油吱吱作响，喷香。一个鸡蛋饼直径一尺，卷而食之，很解馋。

晚上，常有一个贵州人来卖馄饨面。有时馄饨皮包完了，他就把馄饨馅拨在汤里下面。问他："你这叫什么面？"贵州老乡毫不迟疑地说："桃花面！"

马路对面常有一个卖水果的。卖桃子，"面核桃"和"离核桃"，卖泡梨——棠梨泡在盐水里，梨肉转为极嫩、极脆。

晚上有时有云南兵骑马由东面驰向西面，马蹄铁敲在碎石块的尖棱上，迸出一朵朵火花。

有一位曾在联大任教的作家教授在美国讲学。美国人问他：西南联大8年，设备条件那样差，教授、学生生活那样苦，为什么能出那样多的人才？——有一个专门研究联大校史的美国教授以为联大8年，出的人才比北大、清华、南开30年出的人才都多。为什么？这位作家回答了两个字：自由。

1992年7月5日

沽
源

　　沙岭子农业科学研究所派我到沽源的马铃薯研究站去画马铃薯图谱。我从张家口一清早坐上长途汽车，近晌午时到沽源县城。

　　沽源原是一个军台。军台是清代在新疆和蒙古西北两路专为传递军报和文书而设置的邮驿。官员犯了罪，就会被皇上命令"发往军台效力"。我对清代官制不熟悉，不知道什么品级的官员，犯了什么样的罪名，就会受到这种处分，但总是很严厉的处分，和一般的贬谪不同。然而据龚定庵说，发往军台效力的官员并不到任，只是住在张家口，花钱雇人去代为效力。我这回来，是来画画的，不是来看驿站送情报的，但也可以说是"效力"来了，我后来在带来的一本《梦溪笔谈》的扉页上画了一方图章："效力军台"，这只是跟自己开开玩笑而已，并无很深的感触。我戴了"右派分子"的帽子，只身到塞外——这地方在外长城北侧，可真正是"塞外"了——来画山药（这一带人都把马铃薯叫做"山药"），想想也怪有意思。

　　沽源在清代一度曾叫"独石口厅"。龚定庵说他"北行不过独石口"，在他看来，这是很北的地方了。这地方冬天很冷。经常到口外揽工的

059

人说："冷不过独石口。"据说去年下了一场大雪，西门外的积雪和城墙一般高。我看了看城墙，这城墙也实在太矮了点，像我这样的个子，一伸手就能摸到城墙顶了。不过话说回来，一人多高的雪，真够大的。

这城真够小的。城里只有一条大街。从南门慢慢地溜达着，不到十分钟就出北门了。北门外一边是一片草地，有人在套马；一边是一个水塘，有一群野鸭子自自在在地浮游。城门口游着野鸭子，城中安静可知。城里大街两侧隔不远种一棵树——杨树，都用土墼围了高高的一圈，为的是怕牛羊啃吃，也为了遮风，但都极瘦弱，不一定能活。在一处墙角竟发现了几丛波斯菊，这使我大为惊异了。波斯菊昆明是很常见的。每到夏秋之际，总是开出很多浅紫色的花。波斯菊花瓣单薄，叶细碎如小茴香，茎细长，微风吹拂，姗姗可爱。我原以为这种花只宜在土肥雨足的昆明生长，没想到它在这少雨多风的绝塞孤城也活下来了。当然，花小了，更单薄了，叶子稀疏了，它，伶仃萧瑟了。虽则是伶仃萧瑟，它还是竭力地放出浅紫浅紫的花来，为这座绝塞孤城增加了一分颜色，一点生气。谢谢你，波斯菊！

我坐了牛车到研究站去。人说世间"三大慢"：等人、钓鱼、坐牛车。这种车实在太原始了，车轱辘是两个木头饼子，本地人就叫它"二饼子车"。真叫一个慢。好在我没有什么急事，就躺着看看蓝天；看看平如案板一样的大地——这真是"大地"，大得无边无沿。

我在这里的日子真是逍遥自在之极。既不开会，也不学习，也没人领导我。就我自己，每天一早蹚着露水，掐两丛马铃薯的花，两把叶子，插在玻璃杯里，对着它一笔一笔地画。上午画花，下午画叶子——花到下午就蔫了。到马铃薯陆续成熟时，就画薯块，画完了，就把薯块放到牛粪火里烤熟了，吃掉。我大概吃过几十种不同样的马铃薯。据我的品评，以"男爵"为最大，大的一个可达两斤；以"紫土豆"

味道最佳，皮色深紫，薯肉黄如蒸栗，味道也似蒸栗；有一种马铃薯可当水果生吃，很甜，只是太小，比一个鸡蛋大不了多少。

沽源盛产莜麦。那一年在这里开全国性的马铃薯学术讨论会，与会专家提出吃一次莜面。研究站从一个叫"四家子"的地方买来坝上最好的莜面，比白面还细，还白；请来几位出名的做莜面的媳妇来做。做出了十几种花样，除了"搓窝窝""搓鱼鱼""猫耳朵"，还有最常见的"压饸饹"，其余的我都叫不出名堂。蘸莜面的汤汁也极精采，羊肉口蘑渢（这个字我始终不知道怎么写）子。这一顿莜面吃得我终生难忘。

夜雨初晴，草原发亮，空气闷闷的，这是出蘑菇的时候。我们去采蘑菇。一两个小时，可以采一网兜。回来，用线穿好，晾在房檐下。蘑菇采得，马上就得晾，否则极易生蛆。口蘑干了才有香味，鲜口蘑并不好吃，不知是什么道理。我曾经采到一个白蘑。一般蘑菇都是"黑片蘑"，菌盖是白的，菌摺是紫黑色的。白蘑则菌盖菌褶都是雪白的，是很珍贵的，不易遇到。年底探亲，我把这个亲手采的白蘑带到北京，一个白蘑做了一碗汤，孩子们喝了，都说比鸡汤还鲜。

一天，一个干部骑马来办事，他把马拴在办公室前的柱子上。我走过去看看这匹马，是一匹枣红马，膘头很好，鞍鞯很整齐。我忽然意动，把马解下来，跨了上去。本想走一小圈就下来，没想到这平平的细沙地上骑马是那样舒服，于是一抖缰绳，让马快跑起来。这马很稳，我原来难免的一点畏怯消失了，只觉得非常痛快。我十几岁时在昆明骑过马，不想人到中年，忽然作此豪举，是可一记。这以后，我再也没有骑过马。

有一次，我一个人走出去，走得很远。忽然变天了，天一下子黑了下来，云头在天上翻滚，堆着，挤着，绞着，拧着。闪电熠熠，不时把云层照透。雷声訇訇，接连不断，声音不大，不是霹雷。但是浑厚沉雄，威力无边。我仰天看看凶恶奇怪的云头，觉得这真是天神发怒了。我感觉到一种从未体验过的恐惧。我一个人站在广漠无垠的大草原上，觉得自己非常的小，小得只有一点。

　　我快步往回走。刚到研究站，大雨下来了，还夹有雹子。雨住了，却又是一个很蓝很蓝的天，阳光灿烂。草原的天气，真是变化莫测。

　　天凉了，我没有带换季的衣裳，就离开了沽源。剩下一些没有来得及画的薯块，是带回沙岭子完成的。

　　我这辈子大概不会再有机会到沽源去了。

四川杂忆

/ 四川是个好地方 /

四川的气候好，多雾，雾养百谷；土好，不需要怎么施肥。在一块岩石上甩几坨泥巴，硬是能长出一片胡豆。这不是夸张想象，是亲眼看到。我们剧团的一个演员在汽车里看到这奇特情景，招呼大家："快来看！石头上长蚕豆！"

/ 成都 /

在我到过的城市里，成都是最安静，最干净的。在宽平的街上走走，使人觉得很轻松，很自由。成都人的举止言谈都透着悠闲。这种悠闲似乎脱离了时代。以致何其芳在抗日战争时期觉得这和抗战很不协调，写了一首长诗：《成都，让我来把你摇醒》。

成都并不总是似睡不醒的。"文化大革命"中也很折腾了一气。

我60年代初、70年代、80年代，都到过成都。最后一次到成都，成都似乎变化不大，但也留下一些"文化大革命"的痕迹。最明显的原来市中心的皇城叫刘结挺、张西挺炸掉了。当时写了一首诗：

柳眠花重雨丝丝，
劫后成都似旧时。
独有皇城今不见，
刘张霸业使人思。

武侯祠大概不是杜甫曾到过的武侯祠了，似乎也不见霜皮溜雨、黛色参天的古柏树，但我还是很喜欢现在的武侯祠。武侯祠气象森然，很能表现武侯的气度。这是我所到过的祠堂中最好的。这是一个祠，不是庙，也不是观，没有和尚气、道士气。武侯塑像端肃，面带深思。两廊配享的蜀之文武大臣，武将并不剑拔弩张，故作威猛，文臣也不那么飘逸有神仙气，只是一些公忠谨慎的国之干城，一些平常的"人"。武侯祠的楹联多为治蜀的封疆大员所撰写，不是吟风弄月的名士所写，这增加了祠的典重。毛主席十分欣赏的那副长联："能攻心则反侧自消，从古知兵非好战；不审势即宽严皆误，后来治蜀要深思"，确实写得很得体，既表现了武侯的思想，也说出撰联大臣的见识。在祠堂对联中，可算得是写得最好的。

我不喜欢杜甫草堂，杜甫的遗迹一点也没有，为秋风所破的茅屋在哪里？老妻画纸，稚子敲针在什么地方？杜甫在何处看见细雨鱼儿出，微风燕子斜？都无从想象。没有楠木，也没有大邑青瓷。

/ 眉山 /

三苏祠即旧宅为祠。东坡文云："家有五亩之园"，今略广，占地约八亩。房屋疏朗，三径空阔，树木秀润。因为是以宅为祠，使人有更多的向往。廊子上有一口井，云是苏氏旧物，现在还能打得上水来。井以红砂石为栏，尚完好。大概苏家也不常用这个口，否则，红砂石石质疏松，是会叫井绳磨出道道的。园之右侧有花坛，种荔枝一棵。据说东坡离家时，乡人栽了一棵荔枝，要等他回来吃。苏东坡流谪在外，终于没有吃到家乡的荔枝。东坡酷嗜荔枝，日啖三百颗，但那是广东荔枝。从海南望四川，连"青山一发"也看不见。"不辞长作岭南人"，其言其实是酸苦的。当年乡人所种的荔枝，早已枯死，后来补种了几次。现存的这一棵据说是明代补种的，也已经半枯了，正在设法抢救。祠中有个陈列室，搜集了苏东坡集的历代版本，平放在玻璃橱里。这一设计很能表现四川人的文化素养。

离眉山，往乐山，车中得诗：

当日家园有五亩，
至今文字重三苏。
红栏旧井犹堪汲，
丹荔重栽第几株？

/ 乐山 /

大佛的一只手断掉了，后来补了一只。补得不好，手太长，比例不对。又耷拉着，似乎没有筋骨。一时设计不到，造成永久的遗憾。现在没有办法了，又不能给他做一次断手再植的手术，只好就这样吧。

走尽石级，将登山路，迎面有摩崖一方，是司马光的字。司马光的字我见过他写给修《资治通鉴》的局中同人的信，字方方的，笔画颇细瘦。他的大字我还没有见过，字大约七八寸，健劲近似颜体。文曰：

登山亦有道徐行则不蹶　　司马光

我每逢登山，总要想起司马光的摩崖大字。这是见道之言，所说的当然不只是登山。

/ 洪椿坪 /

峨眉山风景最好的地方我以为是由清音阁到洪椿坪的一段山路。一边是山，竹树层叠，蒙蒙茸茸。一边是农田。下面是一条溪，溪水从大大小小黑的、白的、灰色的石块间夺路而下，有时潴为浅潭，有时只是弯弯曲曲的涓涓细流，听不到声音。时时飞来只鸟，在石块上落定，不停地撅起尾巴。撅起，垂下，又撅起……它为什么要这样？鸟黑身白颊，黑得像墨，不叫。我觉得这就是鲁迅小说里写的张飞鸟。

洪椿坪的寺名我已经忘记了。

入寺后，各处看看。两个五台山来的和尚在后殿拜佛。

这两个和尚我们在清音阁已经认识，交谈过。一个较高，清瘦清瘦的。他是保定人，原来是做生意的，娶过妻，夫妻感情很好。妻子病故，他万念俱灰，四处漫游。到了五台山，就出了家。另一个黑胖结实，完全像一个农民，他原来大概也就是五台山下的农民。他们发愿朝四大名山。已经朝过普陀，朝过峨眉之后，还要去朝九华山。五台山是本山，早晚可以拜佛，不需跋山涉水。他们的食宿旅费是自筹的。和尚每月有一点生活费，积攒了几年，才能完成凤愿。

进庙先拜佛，得拜一百八十拜。那样五体投地地拜一百八十拜，要叫我拜，非拜晕了不可。正在拜着，黑胖和尚忽然站起来飞跑出殿。原来他一时内急，憋不住了，要去如厕。排便之后，整顿衣裤，又接着拜。

晚饭后，在走廊上和一个本庙的和尚闲聊。我问他和尚进庙是不是都要拜一百八十拜。他说都要拜的。"我们到人家庙里，还不是一样要拜！"同时聊天的有几个小青年。一个小青年问："你吃不吃肉？"他说："肉还是要吃的。""喝不喝酒？""酒还是要喝的。"我没想到他如此坦率，他说，"文化大革命"把他们赶下山去，结了婚，生了孩子，什么规矩也没有了。不过庙里的小和尚是不许的。这个和尚四十多岁。天热，他褪下一只僧鞋，把不着鞋的脚在膝上架成二郎腿。他穿的是黄色僧鞋，袜子却是葡萄灰的尼龙丝袜。

两个五台山的和尚天不亮去朝金顶，等我们吃罢早餐，他们已经下来了。保定和尚说他们看到普贤的法相了，在金顶山路转弯处，普贤骑在白象上，前面有两行天女。起先只他一个人看见，他（那个黑胖和尚）看不见，他心里很着急。后来他也看见了。他告诉我们他们在普陀也看到了观音的法相，前面一队白孔雀。保定和尚说："你们是唯物主义者，我们是唯心主义者，我们的话你们不会相信。不过我们干吗要骗你们？"

下清音阁，我们要去宾馆，两位和尚要去九华山，遂分手。

/ 北温泉 /

为了改《红岩》剧本，我们在北温泉住了十来天。住数帆楼。数帆楼是一个小宾馆，只两层，房间不多，全楼住客就是我们几个人。数帆楼廊子上一坐，真是安逸。楼外是竹丛，如张岱所常说的："人面一绿。"竹外即嘉陵江。那时嘉陵江还没有被污染，水是碧绿的。昔人诗云："嘉陵江水女儿肤，比似春莼碧不殊"，写出了江水的感觉。听罗广斌说：艾芜同志在廊上坐下，说："我就是这里了！"不知怎么这句话传成了是我说的，"文化大革命"中我曾因为这句话而挨斗过。我没有分辩，因为这也是我的感受。

北温泉游人极少，花木欣荣，凫鸟自乐。温泉浴池门开着，随时可以洗。

引温泉水为渠，渠中养非洲鲫鱼。这是个好主意。非洲鲫鱼肉细嫩，唯恨刺多。每顿饭几乎都有非洲鲫鱼，于是我们每顿饭都带酒去。

住数帆楼，洗温泉浴，饮泸州大曲或五粮液，吃非洲鲫鱼，"文化大革命"不斗这样的人，斗谁？

/ 新都 /

新都有桂湖，湖不大，环湖皆植桂，开花时想必香得不得了。

桂湖上有杨升庵祠。祠不大，砖墙瓦顶，无藻饰，很朴素。祠内有当地文物数件。壁上嵌黑石，刻黄氏夫人"雁飞曾不到衡阳"诗，不知是不是手迹。

祠中正准备为杨升庵立像，管理处的负责同志让我们看了不少塑像小样，征求我们的意见。我没有说什么。我是不大赞成给古代的文人造像的。都差不多。屈原、李白、杜甫，都是一个样。在三苏祠后面看了苏东坡倚坐饮酒的石像，我实在不能断定这是苏东坡还是李白。杨升庵是什么长相？曾见陈老莲绘升庵醉后图，插花满头，是个相当魁伟的胖子。陈老莲的画未见得有什么根据。即使有一点根据，在桂湖之侧树一胖人的像，也不大好看。

我倒觉得升庵祠可以像三苏祠一样辟一间陈列室，搜集升庵著作的各种版本放在里面。

杨升庵著作甚多，有七十几种。有人以为升庵考证粗疏，有些地方是臆断。我觉得这毕竟是个很有才华、很有学问的人，而且遭遇很不幸，值得纪念。

曾有题升庵祠诗：

桂湖老桂弄新姿，
湖上升庵旧有祠。
一种风流谁得似，
状元词曲罪臣诗。

/ 大足 /

云冈石刻古朴浑厚，龙门石刻精神饱满。云冈、龙门的颜色是灰黑色，石质比较粗疏，易风化。云冈风化得很厉害，龙门石佛的衣纹也不那么清晰了。云冈是北魏的，龙门是唐代的。大足石刻年代较晚，主要是宋刻。石质洁白坚致，极少磨损，刻工风格也与云冈、龙门迥异。

其特点是清秀潇洒，很美，一种人间的美，人的美。

有人说佛像都是没有性别的、是中性的，分不出是男是女。也许是这样吧。更恰切地说，佛有点女性美。大足普贤像被称为"东方的维纳斯"，其实是不准确的。维纳斯就是西方的，她的美是西方的美。普贤是东方的，他的美是东方的美。普贤是男性（不像观音似的曾化为女身），咋会是维纳斯呢？不过普贤确实有点女性，眉目恬静，如好女子。他戴着花冠，尤易让人误会。

"媚态观音"像一个腰肢婀娜的舞女。不过"媚态"二字不大好，说得太露了。

"十二圆觉"衣带静垂，但让人觉得圆觉之间，有清风流动。这组群像的构思有点特别，强调同，而不强调异。十二尊像的相貌、衣着、坐态几乎是一样的。他们都在沉思，但仔细看看，觉得他们各有会心，神情微异。唯此小异，乃成大同，形成一个整体。十二圆觉的门的上面凿出横方窗洞，以受日光，故室内并不昏暗。流泉一道，涓涓下注，流出室外，使空气长新。当初设计，极具匠心。

我见过很多千手观音，都不觉得怎么美。一个人肩背上长出许多胳臂和手，总是不自然。我见过最大的也是最好的千手观音，是承德外八庙的有三层楼高的那一尊。这尊很高的千手观音的好处是胳臂安得比较自然。大足的千手观音我们以为是个奇迹。那么多只手（共一千零七只），可是非常自然。这些手是怎样从观音身上长出来的，完全没有交待，只见观音身后有很多手。因为没法交待，所以干脆不交待，这办法太聪明了！但是，你又觉得这确实都是观音的手，菩萨的手。这些手各具表情，有的似在召唤，有的似在指点，有的似在给人安慰……这是富于人性的手。这具千手观音的美学特点是把规整性和随意性结合了起来。石刻，当然是要经过周密的设计的，但是错落参差，不作呆板的对称。手共一千零七只，是个单数，即此可见其随意性。

释迦牟尼涅槃像（俗谓卧佛），佛的面部极为平静，目微睁（常见卧佛合目如甜睡），无爱无欲，无死无生，已寂灭一切烦恼，圆满一切功德，至最高境界。佛像很大，长三十余米，但只刻了佛的头部和胸部，肩和手无交待，下肢伸入岩石，不知所终。佛前刻了佛弟子约十人，不是站成一排，而是有前有后，有的向左，有的向右，弟子服饰皆如中土产；有一个斜头鬈发的，似西方人。弟子面微悲戚，但不像有些通俗佛经上所说的号咷擗踊。弟子也只露出半身，腹部以下，在石头里，也不知所终。于有限的空间造无限的境界，大足的佛涅槃像是一个杰作！

/ 川菜 /

昆明护国路和文明新街有几家四川人开的小饭馆，卖"豆花素饭"和毛肚火锅。卖毛肚的饭馆早起开门后即在门口竖出一块牌子，上写"毛肚开堂"，或简单地写两个字："开堂"。晚上封了火，又竖出一块牌子，只写一个字："毕"，简练之至！这大概是从四川带过来的规矩。后来我几次到四川，都不见饭馆门口这样的牌子，此风想已消失。也许乡坝头还能看到。

上海有一家相当大的饭馆，叫做"绿杨村"，以"川菜扬点"为号召。四川菜、扬州包点，确有特色。不过"绿杨村"的川味已经淡化了。那样强烈的"正宗川味"上海人是吃不消的。

1948 年我在北京沙滩北京大学宿舍里寄住了半年，常去吃一家四川小馆子，就是李一氓同志在《川菜在北京的发展》一文中提到的蒲伯英回川以后留下的他家里的厨师所开的，许倩云和陈书舫都去吃过的那一家。这家馆子实在很小，只有三四张小方桌，但是菜味很纯正。李一氓同志以为有的菜比成都的还要做得好。我其时还没有去过成都，无从比较。我们去时点的菜只是回锅肉、鱼香肉丝之类的大路菜。这家的泡菜很好吃。

川菜尚辣。我60年代住在成都一家招待所里，巷口有一个饭摊。一大桶热腾腾的白米饭，长案上有七八样用海椒拌得通红的辣咸菜。一个进城卖柴的汉子坐下来，要了两碟咸菜，几筷子就扒进了三碗"帽儿头"。我们剧团到重庆体验生活，天天吃辣，辣得大家骇怕了，有几个年轻的女演员去吃汤圆，进门就大声说："不要辣椒！"幺师傅冷冷地说："汤圆没有放辣椒的！"川味辣，且麻。重庆卖面的小馆子的白粉墙上大都用黑漆写三个大字："麻、辣、烫"。川花椒，即名为"大红袍"者确实很香，非山西、河北花椒所可及。吴祖光曾请黄永玉夫妇吃毛肚火锅。永玉的夫人张梅溪吃了一筷，问："这个东西吃下去会不会死的哟？"川菜麻辣之最者大概要数水煮牛肉。川剧名丑李文杰曾请我们在政协所办的餐厅吃饭，水煮牛肉上来，我吃了一大口，把我噎得透不过气来。

四川人很会做牛肉。赵循伯曾对我说："有一盘干煸牛肉丝，我能吃三碗饭！"灯影牛肉是一绝。为什么叫"灯影牛肉"？有人说是肉片薄而透明，隔着牛肉薄片，可以照见灯影。我觉得"灯影"即皮影戏的人形，言其轻薄如皮影人也。《东京梦华录》有"影戏㸆"，就是这样的东西。宋人所说的"㸆"，都是干的或半干的肉的薄片。此说如可成立，则灯影牛肉已经有好几百年的历史了。

成都小吃谁都知道，不说了。"小吃"者不能当饭，如四川人所说，是"吃着玩的"。有几个北方籍的剧人去吃红油水饺，每人要了十碗，幺师傅听了，鼓起眼睛。

/川剧/

有一位影剧才人说过一句话："你要知道一个人的欣赏水平高低，只要问他喜欢川剧还是喜欢越剧。"有一次我在青年艺术剧院看川剧，台上正在演《做文章》，池座的薄暗光线中悄悄进来两个人，一看，是陈老总和贺老总。那是夏天，老哥俩儿都穿了纺绸衬衫，一人手里一把芭蕉扇。坐定之后，陈老总一看邻座是范瑞娟，就大声说："范瑞娟，你看我们的川剧怎么样啊？"范瑞娟小声说："好！"这二位老帅看来是以家乡戏自豪的——虽然贺老总不是四川人。

川剧文学性高，像"月明如水浸楼台"这样的唱词在别的剧种里是找不出来的。

川剧有些戏很美，比如《秋江》《踏伞》。

有些戏悲剧性强，感情强烈。如《放裴》《刁窗》《打神告庙》。《马踏箭射》写女人的嫉妒令人震颤。我看过阳友鹤和曾荣华的《铁笼山》，戏剧冲突如此强烈，我当时觉得这是莎士比亚！

川剧喜剧多，而且品味极高，是真正的喜剧。像《评雪辩踪》这样带抒情性的喜剧，我在别的剧种里还没有见过。别的剧种移植这出戏就失去了原来的诗意。同样，改编的《秋江》也只保存了身段动作，诗意少了。川剧喜剧的诗意跟语言密不可分。四川话是中国最生动的方言之一。比如《秋江》的对话：

陈姑：嗳！

艄翁：那么高了，还矮呀！

陈姑：唉！

艄翁：飞远了，按不到了！

不懂四川话就体会不到妙处。

　　川丑都有书卷气。李文杰告诉我，进科班学丑，先得学三年小生。这是非常有道理的。川丑不像京剧小丑那样粗俗，如北京人所说"胳肢人"或上海人所说的"硬滑稽"，往往是闲中作色，轻轻一笔，使人越想越觉得好笑。比如《拉郎配》的太监对地方官宣读圣旨之后，说："你们各自回衙理事"，他以为这是在他的府第里，完全忘了这是人家的衙门。老公的颟顸胡涂真令人忍俊不禁。川剧许多丑戏并不热闹，倒是"冷淡清灵"的。像《做文章》这样的戏，京剧的丑是没法演的。《文武打》），京剧丑角会以为这不叫个戏。

　　川剧有些手法非常奇特，非常新鲜。《梵王宫》耶律含嫣和花云一见钟情，久久注视，目不稍瞬，耶律含嫣的妹妹（？）把他们两人的视线拉在一起，拴了个扣儿，还用手指在这根"线"上嘣嘣嘣弹三下。这位小妹捏着这根"线"向前推一推，耶律含嫣和花云的身子就随着向前倾，把"线"向后拖一拖，两人就朝后仰。这根"线"如此结实，实是奇绝！耶律含嫣坐车，她觉得推车的是花云，回头一看，不是！是个老头子，上唇有一撮黑胡子。等她扭过头，是花云！车夫是演花云的同一演员扮。这撮小胡子可以一会儿出现，一会儿消失（胡子消失是演员含进嘴里了）。用这样的方法表现耶律含嫣爱花云爱得精神恍惚，瞧谁都像花云。耶律含嫣的心理状态不通过旦角的唱念来表现，却通过车夫的小胡子变化来表现，化抽象为具象，这种手法，除了川剧，我还没有见过，而且绝对想不出来。想出这种手法的，能不说他是个天才么？

有人说中国戏曲比较接近布莱希特体系，主要指中国戏曲的"间离效果"。我觉得真正有意识地运用"间离效果"的是川剧。川剧不要求观众完全"入戏"，保持清醒，和剧情保持距离。川剧的帮腔在制造"间离效果"上起了很大作用。帮腔者常常是置身局外的旁观者。我曾在重庆看过一出戏（剧名已忘），两个奸臣在台上对骂，一个说："你混蛋！"另一个说："你混蛋！"帮腔的高声唱道："你两个都混蛋嗻……"他把观众对俩人的评论唱出来了！

1992 年 4 月 6 日

泰山片石

序

我从泰山归，
携归一片云。
开匣忽相视，
化作雨霖霖。

/ 泰山很大 /

泰即太，太的本字是大。段玉裁以为太是后起的俗字，太字下面的一点是后人加上去的。金文、甲骨文的大字下面如果加上一点，也不成个样子，很容易让人误解，以为是表示人体上的某个器官。

因此描写泰山是很困难的。它太大了，写起来没有抓挠。3000年来，写泰山的诗里最好的，我以为是《诗经》的《鲁颂》："泰山岩岩，鲁邦所詹。""岩岩"究竟是一种什么感觉，很难捉摸，但是登上泰山，似乎可以体会到泰山是有那么一股劲儿。詹即瞻，说是在鲁国，不论在哪里，抬起头来就能看到泰山。这是写实，然而写出了一个大境界。汉武帝登泰山封禅，对泰山简直不知道怎么说才好，只好发出一连串的感叹："高矣！极矣！大矣！特矣！壮矣！赫矣！惑矣！"完全没说出个所以然。这倒也是一种办法，人到了超经验的景色之前，往往找不到合适的语言，就只好狗一样地乱叫。杜甫诗《望岳》，自是绝唱，"岱宗夫何如，齐鲁青未了"，一句话就把泰山概括了。杜甫真是一个深受儒家思想影响的伟大的现实主义者，这一句诗表现了他对祖国山河的无比的忠悃。相比之下，李白的"天门一长啸，万里清风来"，就有点洒狗血。李白写了很多好诗，很有气势，但有时底气不足，便只好洒狗血，装疯。他写泰山的几首诗都让人有底气不足之感。杜甫的诗当然受了《鲁颂》的影响，"齐鲁青未了"，当自"鲁邦所詹"出。张岱说"泰山元气浑厚，绝不以玲珑小巧示人"，这话是说得对的。大概写泰山，只能从宏观处着笔。郦道元写三峡可以取法。柳宗元的《永州八记》刻琢精深，以其法写泰山那不大适用。

写风景，是和个人气质有关的。徐志摩写泰山日出，用了那么多华丽鲜明的颜色，真是"浓得化不开"。但我有点怀疑，这是写泰山日出，还是写徐志摩？我想周作人就不会这样写。周作人大概根本不会去写日出。

我是写不了泰山的，因为泰山太大，我对泰山不能认同。我对一切伟大的东西总有点格格不入。我十年间两登泰山，可谓了不相干。泰山既不能进入我的内部，我也不能外化为泰山。山自山，我自我，不能达到物我同一，山即是我，我即是山。泰山是强者之山，——我自以为这个提法很合适，我不是强者，不论是登山还是处世。我是生长在水边的人，一个平常的、平和的人。我已经过了70岁，对于高山，只好仰止。我是个安于竹篱茅舍、小桥流水的人。以惯写小桥流水之笔而写高大雄奇之山，殆矣。人贵有自知之明，不要"小鸡吃绿豆——强努"。

同样，我对一切伟大的人物也只能以常人视之。泰山的出名，一半由于封禅。封禅史上最突出的两个人物是秦皇、汉武。唐玄宗作《纪泰山铭》，文词华缛而空洞无物。宋真宗更是个沐猴而冠的小丑。对于秦始皇，我对他统一中国的丰功，不大感兴趣。他是不是"千古一帝"，与我无关。我只从人的角度来看他，对他的"蜂目豺声"印象很深。我认为汉武帝是个极不正常的人，是个妄想型精神病患者，一个变态心理的难得的标本。这两位大人物的封禅，可以说是他们的人格的夸大。看起来这两位伟大人物的封禅实际上都不怎么样。秦始皇上山，上了一半，遇到暴风雨，吓得退下来了。按照秦始皇的性格，暴风雨算什么呢？他横下心来，是可以不顾一切地上到山顶的。然而他害怕了，退下来了。于此可以看出，伟大人物也有虚弱的一面。汉武帝要封禅，召集群臣讨论封禅的制度。因无旧典可循，大家七嘴八舌瞎说一气。汉武帝恼了，自己规定了照祭东皇太乙的仪式，上山了。却谁也不让同去，只带了霍去病的儿子一个人。霍去病的儿子不久即得暴病而死。他的死因很可疑。于是汉武帝究竟在山顶上鼓捣了什么名堂，谁也不知道。封禅是大典，为什么要这样保密？看来汉武帝心里也有鬼，很怕他的那一套名堂并无灵验，为人所讥。

但是，又一次登了泰山，看了秦刻石和无字碑（无字碑是一个了不起的杰作），在乱云密雾中坐下来，冷静地想想，我的心态比较透亮了。我承认泰山很雄伟，尽管我和它整个不能水乳交融，打成一片。承认伟大的人物确实是伟大的，尽管他们所做的许多事不近人情。他们是人里头的强者，这是毫无办法的事。在山上待了七天，我对名山大川、伟大人物的偏激情绪有所平息。

同时我也更清楚地认识到我们微小，我们平常，更进一步安于微小，安于平常。

这是我在泰山受到的一次教育。

从某个意义上说，泰山是一面镜子，照出每个人的价值。

/ 碧霞元君 /

泰山牵动人的感情，是因为关系到人的生死。人死后，魂魄都要到蒿里集中。汉代挽歌有《薤露》《蒿里》两曲。或谓本是一曲，李延年裁之为二，《薤露》送王公贵人，《蒿里》送大夫士庶。我看二曲词义，如成首尾，似本即二曲。《蒿里》词云：

> 蒿里谁家地？
> 聚敛魂魄无贤愚。
> 鬼伯一何相催迫，
> 人命不得少踟蹰。

写得不如《薤露》感人，但如同说话，亦自悲切。十年前到泰山，就想到蒿里去看看，因为路不顺，未果。蒿里山才多大的地方，天下的鬼魂都聚在那里，怎么装得下呢？也许鬼有形无质的，挤一点不要紧。后来不知怎么又出来个酆都城。这就麻烦了，鬼们将无所适从，是上山东呢，还是到四川？我看，随便吧。

泰山神是管死的。这位神不知是什么来头。或说他是金虹氏，或说是《封神榜》上的黄飞虎。道教的神多是随意瞎编出来的。编的时候也不查查档案，于是弄得乱七八糟。历代帝王对泰山神屡次加封，老百姓则称之为东岳大帝。全国各地几乎都有一座东岳庙，亦称泰山庙。我们县的泰山庙离我家很近，我对这位大帝是很熟悉的，一张油亮的白脸，疏眉细目，五绺胡须。我小小年纪便知道大帝是黄飞虎，并且小小年纪就觉得这很滑稽。

中国人死了，变成鬼，要经过层层转关系，手续相当麻烦。先由本宅灶君报给土地，土地给一纸"回文"，再到城隍那里"挂号"，最后转到东岳大帝那里听候发落。好人，登银桥。道教好人上天，要经过一道桥（这想象倒是颇美的），这桥就叫"升仙桥"。我是亲眼看见过的，是纸扎的。道士诵经后，桥即烧去。这个死掉的人升天是不是经过东岳大帝批准了，不知道。不过死者的家属要给道士一笔劳务费，是知道的。坏人，下地狱。地狱设各种酷刑：上刀山、下油锅、锯人、磨人……这些都塑在东岳庙的两廊，叫做"72 司"。听说泰山蒿里祠也有"司"，但不是 72，而是 75，是个单数，不知是何道理。据我的印象，人死了，登桥升天的很少，大部分都在地狱里受罪。人都不愿死，尤其不愿在 72 司里受酷刑，——72 司是很恐怖的，我小时即不敢多看，因此，大家对东岳大帝都没什么好感。香，还是要烧的，因为怕他。而泰山香火最盛处，为碧霞元君祠。

碧霞元君，或说是泰山神的侍女、女儿，或说是玉皇大帝的女儿，又说是玉皇大帝的妹妹。道教诸神的谱系很乱，差一辈不算什么。又一说是东汉人石守道之女。这个说法不可取，这把元君的血统降低了，从贵族降成了平民。封之为"天仙玉女碧霞元君"的，是宋真宗。老百姓则称之为泰山娘娘，或泰山老奶奶。碧霞元君实际上取代了东岳大帝，成为泰山的主神。"礼岱者皆祷于泰山娘娘祠庙，而弗旅岳神久矣"（福格《听雨丛谈》）。泰安百姓"终日仰对泰山，而不知有泰山，名之曰奶奶山"（王照《行脚山东记》）。

泰山神是女神，为什么？这很容易让人联想原始社会母性崇拜的远古隐秘心理的回归，想到母系社会。这不是没有道理的。我们不管活得多大，在深层心理中都封藏着不止一代人对母亲的记忆。母亲，意味着生。假如说东岳大帝是司死之神，那么，碧霞元君就是司生之神，是滋生繁衍之神。或者直截了当地说，是母亲神，人的一生，在残酷的现实生活之中，艰难辛苦，受尽委屈，特别需要得到母亲的抚慰。明万历八年，山东巡抚何起鸣登泰山，看到"四方以进香来谒元君者，辄号泣如赤子久离父母膝下者"。这里的"父"字可删。这种现象使这位巡抚大为震惊，"看出了群众这种感情背后隐藏着对冷酷现实强烈否定"（东锡伦《泰山女神的神话信仰与宗教》）。这位何巡抚是个有头脑，能看问题的人。对封建统治者来说，这种如醉如痴的半疯狂的感情，是一种可怕的力量。

碧霞元君当然被蒙上世俗宗教的唯利色彩，如各种人来许愿、求子。

东锡伦同志在他的《泰山女神的神话信仰与宗教》的最后提出一个很有意思的问题，即对碧霞元君"净化"的问题。怎样"净化"？我们不能把碧霞元君祠翻造成巴黎圣母院那样的建筑，也不能请巴哈那样的作曲家来写像《圣母颂》一样的《碧霞元君颂》。但是好像也不是一点办法都没有。比如能不能组织一个道教音乐乐队，演奏优美的道教乐曲，调集一些有文化的炼师诵唱道经，使碧霞元君在意象上升华起来，更诗意化起来？

任何名山都应该提高自己的文化层次，都有责任提高全民的文化素质。我希望主管全国旅游的当局，能思索一下这个问题。

/ 泰山石刻 /

第一次看见经石峪字，是在昆明一个旧家，一副四言的集字对联，厚纸浓墨，是较早的拓本。百年老屋，光线晦暗，而字字神气俱足，不能忘。

经石峪在泰山中路的岔道上。这地方的地形很奇怪，在崇山峻岭之中，怎么会出现一片一亩大的基本平整的石坪呢？泰山石为花岗岩，多为青色，而这片石坪的颜色是姜黄的。四周都没有这样石头，很奇怪。是一个什么人发现了这片石坪，并且想起在石坪上刻下一部《金刚经》呢？经字大径一尺半。摩崖大字，一般都是刻在直立的石崖上，这是刻在平铺的石坪上的，很少见。这样的字体，他处也极少见。

经石峪的时代，众说纷纭。说这是从隶书过渡到楷书之间的字体，则多数人都无异议。

经石峪保存较多隶书笔意，但无蚕头雁尾，笔圆而体稍扁，可以上接《石门铭》，但不似《石门铭》的放肆，有人说这和《瘗鹤铭》都是王羲之写的，似无据。王羲之书多以偏侧取势，经石峪非也。《瘗鹤铭》结体稍长，用笔瘦劲，秀气扑人，说这近似二王书，还有几分道理（我以为应早于王羲之）。书法自晋唐以后，都贵瘦硬。杜甫诗"书贵瘦硬方通神"，是一时风气。经石峪字颇肥重，但是骨在肉中，肥而不痴，笔笔送到，而不板滞。假如用一个字评经石峪字，曰：稳。这是一个心平而志坚的学佛的人所写的字。这不是废话么，《金刚经》还能是不学佛的人写的？不，经字有佛性。

这样的字，和泰山才相称。刻在他处，无此效果。十年前，我在经石峪待了好大一会儿，觉得两天的疲劳，看了经石峪，也就值了。"经石峪”是“泰山”不可分离的一部分。泰山即使没有别的东西，没有碧霞元君祠，没有南天门，只有一个经石峪，也还是值得来看看的。

我很希望有人能拓印一份经石峪字的全文（得用好多张纸拼起来），在北京陈列起来，即使专为它盖一个大房子，也不为过。

名山之中，石刻最多也最好的，似为泰山。大观峰真是大观，那么多块摩崖大字，大都写得很好，这好像是摩崖大字大赛，哪一块都不寒碜。这块地场（这是山东话）也选得好。石岩壁立，上无遮盖，而石壁前有一片空地，看字的人可以在一个距离之外看，收其全貌，不必像壁虎似的趴在石壁上。其他各处的摩崖石碑的字也都写得不错。摩崖字多是真书，体兼颜柳，是得这样，才压得住（蔡襄平日写行草，鼓山的石刻题名却是真书。董其昌字体飘逸，但写大字却是颜体），看大字碑刻题名，很多都是山东巡抚。大概到山东来当巡抚，先得练好大字。

有些摩崖石刻，是当代人手笔。较之前人，不逮也。有的字甚至明显地看得出是用铅笔或圆珠笔写在纸上放大的。是乌可哉。

很奇怪，泰山上竟没有一块韩复榘写的碑。这位老兄在山东，待了那么久，为什么不想到泰山来留下一点字迹？看来他有点自知之明。韩复榘在他的任内曾大修过泰山一次，竣工后，电令泰山各处：“嗣后除奉令准刊外，无论何人不准题字、题诗。”我准备投他一票。随便刻字，实在是糟蹋了泰山。

/ 担山人 /

我在泰山遇了一点险。在由天街到神憩宾馆的石级上，叫一个担山人的扁担的铁尖在右眼角划了一下，当时出了血。这位担山人从我的后边走上来，在我身边换肩。担山人说："你注意一点。"话倒是挺和气，不过有点岂有此理，他在我后面，倒是我不注意！我看他担着重担，没有说什么（我能说什么呢？揪住他不放？这种事我还做不出来）。这个担山人年纪比较轻，担山、做人，都还少点经验。他担了四块正方形的水泥砖，一头两块。（为什么不把原材料运到山上，在山上做砖，要这样一趟一趟担？）我看了别的担山人，担什么的都有。有担啤酒的，不用筐箱，啤酒瓶直立着，缚紧了，两层。一担也就是担个五六十瓶吧。我们在山上喝啤酒，有时开了一瓶，没喝完，就扔下了。往后可不能这样，这瓶酒来之不易。泰山担山人有个特别处，担物不用绳系，直接结缚在扁担两头，这样重心就很高，有什么好处？大概因为用绳系，爬山级时易于碰腿。听泰山管理处的路宗元同志说，担山人，一般能担一百四五十斤，多的能担一百八。他们走得不快，一步一步，脚脚落在实处，很稳。呼吸调得很匀，不出粗气。冯玉祥诗《上山的挑夫》说担山人"腿酸气喘，汗如雨滴"，要是这样，那算什么担山的呢！

泰山担山人的扁担较他处为长，当中宽厚，两头稍翘，一头有铁尖（这种带有铁尖的扁担湖南也有，谓之钎担）。扁担作紫黑色，不知是什么木料，看起来很结实，又有绵性，既能承重，也不压肩。

我的那点轻伤不算什么，到了宾馆，血就止了。大夫用酒精擦了擦，晚上来看看，说"没有感染"（我还真有点怕万一感了破伤风什么的）。又说："你扎的那个地方可不好！如果再往下一点，扎得深一点……"

"那就麻烦了！"

/ 扇子崖下 /

泰山散文笔会的作家去登扇子崖。我和斤澜没有上去，叶梦为了陪我们，上了一截又下来了。路宗元同志叫我们在下面随便走走。等登山的人下来。

这也是一个景区，竹林寺风景管理区，但竹林寺只存其名，寺已不存。这里属泰山西路，不是登山的正路，游人很少，除了特意来登扇子崖的，几乎没有人来。这不大像风景区，倒像山里的一个村子。稍远处有农家。地里种着地瓜（即白薯）。一个树林里有近百只羊。一色是黑山羊。泰山的山羊和别处不大一样，毛色浓黑，眼圈和嘴头是棕黄色的——别处的黑山羊眼、嘴都是浅灰色。这些羊分散在石块上，或立或卧，都一动不动，只有嘴不停地磨动，在倒嚼。这些羊的样子很"古"。有一个小庙，叫无极庙。庙外有老妇人卖汽水。无极庙极小。正殿上塑着无极娘娘，两旁配殿一边塑送生娘娘，一边塑眼光娘娘，如碧霞元君祠而简陋。中国人不知道为什么对眼光娘娘那样重视，很多庙里都有，是中国害眼疾的特多？无极庙小，没人来，无住持僧道，庭中有树两株，石凳一，很安静。在石凳上坐坐，舒服得很。出门时问卖汽水的老妇人："有人买汽水么？"答曰："有！"

出无极庙，沿山路徐行。路也有点起伏，石级崎岖处得由叶梦扶我一把，但基本上是平缓的。半山有石亭，在亭外坐下，眺望近处的长寿桥、远处的黑龙潭，如王旭《西溪》诗所说"一川烟景合，三面画屏开"，很美。许安仁《游泰山竹林》诗云："客来总说游山好，不道山僧却厌山"，在游山诗中别开生面。我在泰山，虽不到"厌山"的程度，但连日上上下下，不克疲乏，能于雄、伟、奇、险之外得一幽境（王旭《游竹林寺》："竹林开幽境"）偷闲半日，也是很好的休息。

薄暮，登山诸公下来，全都累得够呛，我与斤澜皆深以不登扇子崖为得计。

临走时，卖汽水的老妇人已经走了，无极庙的门开着。

回来翻翻资料，无极庙的来历原来是这样：1925年张宗昌督鲁时，兖州镇守使张培荣封其夫人为"无极真人"，并在竹林寺旧址建无极庙，不禁失笑。一个镇守使竟然"封"自己的老婆为"真人"，亦是怪事。这种事大概只有张宗昌的部下才干得出来。

/ 中溪宾馆 /

中溪宾馆在中天门，一径通幽，两层楼客房，安安静静。楼外有个长长的庭院，种着小灌木，豆板黄杨、小叶冬青、日本枫。庭院西端有一石造方亭，突出于山岩之外，下临虚谷，不安四壁。亭中有石桌石凳。坐在亭子里，觉山色皆来相就，用四川话说，真是"安逸"。

伙食很好，餐餐有野菜吃。十年前我到泰山，就吃过野菜，但不如这次多。泰山可吃的野菜有100多种，主要的有31种。野菜不外是两种吃法，一是开水焯后凉拌，一是裹了蛋清面糊油炸。我们这次吃过的野菜有这些：

灰菜（亦名雪里青。略焯，凉拌。亦可炒食。或裹面蒸食）

野苋菜（凉拌或炒）

马齿苋（凉拌或炒）

蕨菜（即蕨，焯后凉拌）

黄花菜（泰山顶上的黄花菜淡黄色，与他处金黄者不同，瓣亦较

086

厚而嫩，甚香。凉拌或炒，亦可做汤）

霍香（即做霍香正气丸的霍香。山东人读"霍"音如"河"，初不知"河香"为何物，上桌后方知是一味中药。霍香叶裹面油炸）

薄荷（野生者。油炸，入口不凉，细嚼后有薄荷香味）

紫苏（本地叫苏叶，与南京女作家苏叶名字相同，但南京的苏叶不能裹面油炸了吃耳）

椿叶（香椿已经无嫩芽，但其叶仍可炸食）

木槿花（整朵油炸，炸出后花形不变，一朵一朵开在瓷盘里。吃起来只是酥脆，亦无特殊味道，好玩而已）

宾馆经理朱正伦把野菜移栽在食堂外面的空地上，要吃，由炊事员现采，故皆极新鲜。朱经理说港台客人对中溪宾馆的野菜宴非常感兴趣。那是，香港咋能吃到野菜呢！

宾馆的服务员都是小姑娘，对人很亲切，没有星级宾馆的服务员那样过多的职业性的礼貌。她们对"散文笔会"的 18 位作家的底细大体都摸清了。一个叫米峰的姑娘戴一副眼镜，我戏称她为学者型的服务员。她拿了一本《蒲桥集》来让我签名，说是今年一月在岱安买的，说她最喜欢《昆明的雨》那几篇，说没想到我会来，看到了我，真高兴。我在扉页上签了名，并写了几句话。

山中七日，除了在山顶的神憩宾馆住过一晚上外，六天都住在中溪宾馆。早晨出发，薄暮归来。人真是怪。宾馆，宾馆耳，但踏进大门，即觉得是回家了。

我问朱正伦同志，这地方为什么叫中溪，他指指对面的山头，说山上有一条溪水，是泰山的主溪，因为在泰山之中，故名中。听人说，泰山山有多高，水有多高，信然。

写了两个晚上的字。为中溪宾馆写了一幅 4 尺横幅：溪流崇岭上，人在乱云中。

临走，宾馆人员全体出动，一直把我们送下山坡上汽车。桑下三宿，未免有情。再来泰山，我还住中溪。

/ 泰山云雾 /

宿中溪宾馆第二天，我起得很早，推开客房楼门，到院里一看，大雾，雾在峰谷间缓缓移动，忽浓忽淡。远近诸山皆作浅黛，忽隐忽现。早饭后，雾渐散，群山皆如新沐。

登玉皇顶，下来，到探海石旁，不由常路，转到后山。后山小路狭窄，未经斫治，有些地方仅能容足，颇险。我四月间在云南曾崴过一次脚，因有旧伤，所以格外小心。但是后山很值得一看。山皆壁立，直上直下，岩块皆数丈，笔致粗豪，如大斧劈。忽然起了大雾，回头看玉皇顶，完全没有了，只闻鸟啼。从鸟声中得出所从来的山岭松林的方位，知道就在不远处。然而极目所见，但浓雾而已。

宿神憩宾馆，晚上，和张抗抗出宾馆大门看看，只见白茫茫一片，不辨为云为雾。想到天街走走，服务员劝我们不要去，危险，只好伏在石栏上看看。云雾那样浓，似乎扔一个鸡蛋下去也不会沉底。光是白茫茫一片，看到什么时候？回去吧。抗抗说她小时候看见云流进屋里，觉得非常神奇。不想我们回去，拉开了玻璃大门，云雾抢在我们前面先进来了，一点不客气，好像谁请了它似的。

离泰山的那天夜晚，雾特大，开了车灯，能见度只有2尺，司机在泰山开了10年车，是老泰山了。他说外地司机，这天气不敢开车。我们就这样云里雾里、糊里糊涂地离开泰山了。

在车里，我想：泰山那么多的云雾，为什么不种茶？史载：中国的饮茶，始于泰山的灵岩寺，那么，泰山原来是有茶树的。泰山的水那样好（本地人云：泰山有三美，白菜、豆腐、水），以泰山水泡泰山茶，一定很棒。我想向泰山管委会作个建议：试种茶树。也许管委会早已想到了。下次再来泰山，希望能喝到泰山岩茶，或"碧霞新绿"。

1991 年 7 月末，北京

故乡的食物

/炒米和焦屑/

小时读《板桥家书》："天寒冰冻时暮，穷亲戚朋友到门，先泡一大碗炒米送手中，佐以酱姜一小碟，最是暖老温贫之具"，觉得很亲切。郑板桥是兴化人，我的家乡是高邮，风气相似。这样的感情，是外地人们不易领会的。炒米是各地都有的。但是很多地方都做成了炒米糖。这是很便宜的食品。孩子买了，咯咯地嚼着。四川有"炒米糖开水"，车站码头都有的卖，那是泡着吃的。但四川的炒米糖似也是专业的作坊做的，不像我们那里。我们那里也有炒米糖，像别处一样，切成长方形的一块一块。也有搓成圆球的，叫做"欢喜团"。那也是作坊里做的。但通常所说的炒米，是不加糖粘结的，是"散装"的；而且不是作坊里做出来，是自己家里炒的。

说是自己家里炒，其实是请了人来炒的。炒炒米也要点手艺，并不是人人都会的。入了冬，大概是过了冬至吧，有人背了一面大筛子，手持长柄的铁铲，大街小巷地走，这就是炒炒米的。有时带一个助手，多半是个半大孩子，是帮他烧火的。请到家里来，管一顿饭，给几个钱，炒一天。或二斗，或半石；像我们家人口多，一次得炒一石糯米。炒炒米都是把一年所需一次炒齐，没有零零碎碎炒的。过了这个季节，再找炒炒米的也找不着。一炒炒米，就让人觉得，快要过年了。

装炒米的坛子是固定的，这个坛子就叫"炒米坛子"，不作别的用途。舀炒米的东西也是固定的，一般人家大都是用一个香烟罐头。我的祖母用的是一个"柚子壳"。柚子，——我们那里柚子不多见，从顶上开一个洞，把里面的瓤掏出来，再塞上米糠，风干，就成了一个硬壳的钵状的东西。她用这个柚子壳用了一辈子。

我父亲有一个很怪的朋友，叫张仲陶。他很有学问，曾教我读过《项羽本纪》。他薄有田产，不治生业，整天在家研究《易经》，算卦。他算卦用蓍草。全城只有他一个人用蓍草算卦。据说他有几卦算得极灵。有一家，丢了一只金戒指，怀疑是女用人偷了。这女用人蒙了冤枉，来求张先生算一卦。张先生算了，说戒指没有丢，在你们家炒米坛盖子上。一找，果然。我小时就不大相信，算卦怎么能算得这样准，怎么能算得出在炒米坛盖子上呢？不过他的这一卦说明了一件事，即我们那里炒米坛子是几乎家家都有的。

炒米这东西实在说不上有什么好吃。家常预备，不过取其方便。用开水一泡，马上就可以吃。在没有什么东西好吃的时候，泡一碗，可代早晚茶。来了平常的客人，泡一碗，也算是点心。郑板桥说"穷亲戚朋友到门，先泡一大碗炒米送手中"，也是说其省事，比下一碗挂面还要简单。炒米是吃不饱人的。一大碗，其实没有多少东西。我们那里吃泡炒米，一般是抓上一把白糖，如板桥所说"佐以酱姜一小碟"，也有，少。我现在岁数大了，如有人请我吃泡炒米，我倒宁愿来一小碟酱生姜，——最好滴几滴香油，那倒是还有点意思的。另外还有一种吃法，用猪油煎两个嫩荷包蛋——我们那里叫做"蛋瘪子"，抓一把炒米和在一起吃。这种食品是只有"惯宝宝"才能吃得到的。谁家要是老给孩子吃这种东西，街坊就会有议论的。

我们那里还有一种可以急就的食品，叫做"焦屑"。糊锅巴磨成碎末，就是焦屑。我们那里，餐餐吃米饭，顿顿有锅巴。把饭铲出来，锅巴用小火烘焦，起出来，卷成一卷，存着。锅巴是不会坏的，不发馊，不长霉。攒够一定的数量，就用一具小石磨磨碎，放起来。焦屑也像炒米一样，用开水冲冲，就能吃了。焦屑调匀后成糊状，有点像北方的炒面，但比炒面爽口。

我们那里的人家预备炒米和焦屑，除了方便，原来还有一层意思，是应急。在不能正常煮饭时，可以用来充饥。这很有点像古代行军用的"糒"。有一年，记不得是哪一年，总之是我还小，还在上小学，党军（国民革命军）和联军（孙传芳的军队）在我们县境内开了仗，很多人都躲进了红十字会。不知道出于一种什么信念，大家都以为红十字会是哪一方的军队都不能打进去的，进了红十字会就安全了。红十字会设在炼阳观，这是一个道士观。我们一家带了一点行李进了炼阳观。祖母指挥着，特别关照，把一坛炒米和一坛焦屑带了去。我对这种打破常规的生活极感兴趣。晚上，爬到吕祖楼上去，看双方军队枪炮的火光在东北面不知什么地方一阵一阵地亮着，觉得有点紧张，也很好玩。很多人家住在一起，不能煮饭，这一晚上，我们是冲炒米、泡焦屑度过的。没有床铺，我把几个道士诵经用的蒲团拼起来，在上面睡了一夜。这实在是我小时候度过的一个浪漫主义的夜晚。

第二天，没事了，大家就都回家了。

炒米和焦屑和我家乡的贫穷和长期的动乱是有关系的。

端午的鸭蛋

　　家乡的端午，很多风俗和外地一样。系百索子。五色的丝线拧成小绳，系在手腕上。丝线是掉色的，洗脸时沾了水，手腕上就印得红一道绿一道的。做香角子。丝线缠成小粽子，里头装了香面，一个一个串起来，挂在帐钩上。贴五毒。红纸剪成五毒，贴在门坎上。贴符。这符是城隍庙送来的。城隍庙的老道士还是我的寄名干爹，他每年端午节前就派小道士送符来，还有两把小纸扇。符送来了，就贴在堂屋的门楣上。一尺来长的黄色、蓝色的纸条，上面用朱笔画些莫名其妙的道道，这就能避邪么？喝雄黄酒。用酒和的雄黄在孩子的额头上画一个王字，这是很多地方都有的。有一个风俗不知别处有不：放黄烟子。黄烟子是大小如北方的麻雷子的炮仗，只是里面灌的不是硝药，而是雄黄。点着后不响，只是冒出一股黄烟，能冒好一会儿。把点着的黄烟子丢在橱柜下面，说是可以熏五毒。小孩子点了黄烟子，常把它的一头抵在板壁上写虎字。写黄烟虎字笔画不能断，所以我们那里的孩子都会写草书的"一笔虎"。还有一个风俗，是端午节的午饭要吃"十二红"，就是十二道红颜色的菜。十二红里我只记得有炒红苋菜、油爆虾、咸鸭蛋，其余的都记不清，数不出了。也许十二红只是一个名目，不一定真凑足十二样。不过午饭的菜都是红的，这一点是我没有记错的，而且，苋菜、虾、鸭蛋，一定是有的。这三样，在我的家乡，都不贵，多数人家是吃得起的。

　　我的家乡是水乡。出鸭。高邮大麻鸭是著名的鸭种。鸭多，鸭蛋也多。高邮人也善于腌鸭蛋。高邮咸鸭蛋于是出了名。我在苏南、浙江，每逢有人问起我的籍贯，回答之后，对方就会肃然起敬："哦！

你们那里出咸鸭蛋！"上海的卖腌腊的店铺里也卖咸鸭蛋，必用纸条特别标明："高邮咸蛋"。高邮还出双黄鸭蛋。别处鸭蛋也偶有双黄的，但不如高邮的多，可以成批输出。双黄鸭蛋味道其实无特别处。还不就是个鸭蛋！只是切开之后，里面圆圆的两个黄，使人惊奇不已。我对异乡人称道高邮鸭蛋，是不大高兴的，好像我们那穷地方就出鸭蛋似的！不过高邮的咸鸭蛋，确实是好，我走的地方不少，所食鸭蛋多矣，但和我家乡的完全不能相比！曾经沧海难为水，他乡咸鸭蛋，我实在瞧不上。袁枚的《随园食单·小菜单》有"腌蛋"一条。袁子才这个人我不喜欢，他的《随园食单》好些菜的做法是听来的，他自己并不会做菜。但是"腌蛋"这一条我看后却觉得很亲切，而且"与有荣焉"。文不长，录如下：

> 腌蛋以高邮为佳，颜色细而油多，高文端公最喜食之。席间，先夹取以敬客，放盘中。总宜切开带壳，黄白兼用；不可存黄去白，使味不全，油亦走散。

高邮咸蛋的特点是质细而油多。蛋白柔嫩，不似别处的发干、发粉，入口如嚼石灰。油多尤为别处所不及。鸭蛋的吃法，如袁子才所说，带壳切开，是一种，那是席间待客的办法。平常食用，一般都是敲破"空头"用筷子挖着吃。筷子头一扎下去，吱——红油就冒出来了。高邮咸蛋的黄是通红的。苏北有一道名菜，叫做"朱砂豆腐"，就是用高邮鸭蛋黄炒的豆腐。我在北京吃的咸鸭蛋，蛋黄是浅黄色的，这叫什么咸鸭蛋呢！

端午节，我们那里的孩子兴挂"鸭蛋络子"。头一天，就由姑姑或姐姐用彩色丝线打好了络子。端午一早，鸭蛋煮熟了，由孩子自己去挑一个，鸭蛋有什么可挑的呢！有！一要挑淡青壳的。鸭蛋壳有白的和淡青的两种。二要挑形状好看的。别说鸭蛋都是一样的，细看却不同。有的样子蠢，有的秀气。挑好了，装在络子里，挂在大襟的纽扣上。这有什么好看呢？然而它是孩子心爱的饰物。鸭蛋络子挂了多半天，什么时候孩子一高兴，就把络子里的鸭蛋掏出来，吃了。端午的鸭蛋，新腌不久，只有一点淡淡的咸味，白嘴吃也可以。

孩子吃鸭蛋是很小心的，除了敲去空头，不把蛋壳碰破。蛋黄蛋白吃光了，用清水把鸭蛋里面洗净，晚上捉了萤火虫来，装在蛋壳里，空头的地方糊一层薄罗。萤火虫在鸭蛋壳里一闪一闪地亮，好看极了！

小时读囊萤映雪故事，觉得东晋的车胤用练囊盛了几十只萤火虫，照了读书，还不如用鸭蛋壳来装萤火虫。不过用萤火虫照亮来读书，而且一夜读到天亮，这能行么？车胤读的是手写的卷子，字大，若是读现在的新五号字，大概是不行的。

/ 咸菜茨菇汤 /

一到下雪天，我们家就喝咸菜汤，不知是什么道理。是因为雪天买不到青菜？那也不见得。除非大雪三日，卖菜的出不了门，否则他们总还会上市卖菜的。这大概只是一种习惯。一早起来，看见飘雪花了，我就知道：今天中午是咸菜汤！

咸菜是青菜腌的。我们那里过去不种白菜，偶有卖的，叫做"黄芽菜"，是外地运去的，很名贵。一盘黄芽菜炒肉丝，是上等菜。平常吃的，都是青菜，青菜似油菜，但高大得多。入秋，腌菜，这时青菜正肥。把青菜成担地买来，洗净，晾去水气，下缸。一层菜，一层盐，码实，即成。随吃随取，可以一直吃到第二年春天。

腌了四五天的新咸菜很好吃，不咸，细、嫩、脆、甜，难可比拟。

　　咸菜汤是咸菜切碎了煮成的。到了下雪的天气，咸菜已经腌得很咸了，而且已经发酸。咸菜汤的颜色是暗绿的。没有吃惯的人，是不容易引起食欲的。

　　咸菜汤里有时加了茨菇片，那就是咸菜茨菇汤。或者叫茨菇咸菜汤，都可以。

　　我小时候对茨菇实在没有好感。这东西有一种苦味。民国二十年，我们家乡闹大水，各种作物减产，只有茨菇却丰收。那一年我吃了很多茨菇，而且是不去茨菇的嘴子的，真难吃。

　　我19岁离乡，辗转漂流，三四十年没有吃到茨菇，并不想。

　　前好几年，春节后数日，我到沈从文老师家去拜年，他留我吃饭，师母张兆和炒了一盘茨菇肉片。沈先生吃了两片茨菇，说："这个好！格比土豆高。"我承认他这话。吃菜讲究"格"的高低，这种语言正是沈老师的语言。他是对什么事物都讲"格"的，包括对于茨菇、土豆。

　　因为久违，我对茨菇有了感情。前几年，北京的菜市场在春节前后有卖茨菇的。我见到，必要买一点回来加肉炒了。家里人都不怎么爱吃。所有的茨菇，都由我一个人"包圆儿"了。

　　北方人不识茨菇。我买茨菇，总要有人问我："这是什么？"——"茨菇。"——"茨菇是什么？"这可不好回答。

　　北京的茨菇卖得很贵，价钱和"洞子货"（温室所产）的西红柿、野鸡脖韭菜差不多。

　　我很想喝一碗咸菜茨菇汤。

　　我很想念家乡的雪。

/ 虎头鲨 · 昂嗤鱼 · 砗螯 · 螺蛳 · 蚬子 /

苏州人特重塘鳢鱼。上海人也是，一提起塘鳢鱼，眉飞色舞。塘鳢鱼是什么鱼？我向往之久矣。到苏州，曾想尝尝塘鳢鱼，未能如愿。后来我知道：塘鳢鱼就是虎头鲨，嘻！

塘鳢鱼亦称土步鱼。《随园食单》："杭州以土步鱼为上品，而金陵人贱之，目为虎头蛇，可发一笑。"虎头蛇即虎头鲨。这种鱼样子不好看，而且有点凶恶。浑身紫褐色，有细碎黑斑，头大而多骨，鳍如蝶翅。这种鱼在我们那里也是贱鱼，是不能上席的。苏州人做塘鳢鱼有清炒、椒盐多法。我们家乡通常的吃法是氽汤，加醋、胡椒。虎头鲨氽汤，鱼肉极细嫩，松而不散，汤味极鲜，开胃。

昂嗤鱼的样子也很怪，头扁嘴阔，有点像鲇鱼，无鳞，皮色黄，有浅黑色的不规整的大斑。无背鳍。而背上有一根很硬的尖锐的骨刺。用手捏起这根骨刺，它就发出昂嗤昂嗤小小的声音。这声音是怎么发出来的，我一直没弄明白。这种鱼是由这种声音得名的。它的学名是什么，只有去问鱼类学专家了。这种鱼没有很大的，七八寸长的，就算难得的了。这种鱼也很贱，连乡下人也看不起。我的一个亲戚在农村插队，见到昂嗤鱼，买了一些，农民都笑他："买这种鱼干什么！"昂嗤鱼其实是很好吃的。昂嗤鱼通常也是氽汤。虎头鲨是醋汤，昂嗤鱼不加醋，汤白如牛乳，是所谓"奶汤"。昂嗤鱼也极细嫩，鳃边的两块蒜瓣肉有大拇指大，堪称至味。有一年，北京一家鱼店不知从哪里运来一些昂嗤鱼，无人问津。顾客都不识这是啥鱼。有一位卖鱼的老师傅倒知道："这是昂嗤。"我看到，高兴极了，买了十来条。回家一做，满不是那么一回事！昂嗤要吃活的（虎头鲨也是活杀）。长途转运，又在冷库里冰了一些日子，肉质变硬，鲜味全失，一点意思都没有！

砗螯我的家乡叫馋螯，砗螯是扬州人的叫法。我在大连见到花蛤，我以为就是砗螯。不是。形状很相似，入口全不同。花蛤肉粗而硬，咬不动。砗螯极柔软细嫩。砗螯好像是淡水里产的，但味道却似海鲜。有点像蛎黄，但比蛎黄味道清爽。比青蛤、蚶子味厚。砗螯可清炒，烧豆腐，或与咸肉同煮。砗螯烧乌青菜（江南人叫塌苦菜），风味绝佳。乌青菜如是经霜而现拔的，尤美。我不食砗螯四十五年矣。

砗螯壳稍呈三角形，质坚，白如细瓷，而有各种颜色的弧形花斑，有浅紫的，有暗红的，有赭石、墨蓝的，很好看。家里买了砗螯，挖出砗螯肉，我们就从一堆砗螯壳里去挑选，挑到好的，洗净了留起来玩。砗螯壳的铰合部有两个突出的尖嘴子，把尖嘴子在糙石上磨磨，不一会儿就磨出两个小圆洞，含在嘴里吹，呜呜地响，且有细细颤音，如风吹窗纸。

螺蛳处处有之。我们家乡清明吃螺蛳，谓可以明目。用五香煮熟螺蛳，分给孩子，一人半碗，由他们自己用竹签挑着吃，孩子吃了螺蛳，用小竹弓把螺蛳壳射到屋顶上，喀拉喀拉地响。夏天"检漏"，瓦匠总要扫下好些螺蛳壳。这种小弓不作别的用处，就叫做螺蛳弓，我在小说《戴车匠》里对螺蛳弓有较详细的描写。

蚬子是我所见过的贝类里最小的了，只有一粒瓜子大。蚬子是剥了壳卖的。剥蚬子的人家附近堆了好多蚬子壳，像一个坟头。蚬子炒韭菜，很下饭。这种东西非常便宜，为小户人家的恩物。

有一年修运河堤。按工程规定，有一段堤面应铺碎石，包工的贪污了款子，在堤面铺了一层蚬子壳。前来检收的委员，坐在汽车里，向外一看，白花花的一片，还抽着雪茄烟，连说："很好！很好！"

我的家乡富水产。鱼中之名贵的是鳊鱼、白鱼（尤重翘嘴白）、鳜花鱼（即鳜鱼），谓之"鳊、白、鳜"。虾有青虾、白虾。蟹极肥。以无特点，故不及。

/ 野鸭 · 鹌鹑 · 斑鸠 · 鵽 /

过去我们那里野鸭子很多。水乡，野鸭子自然多。秋冬之际，天上有时"过"野鸭子，黑乎乎的一大片，在地上可以听到它们鼓翅的声音，呼呼的，好像刮大风。野鸭子是枪打的（野鸭肉里常常有很细的铁砂子，吃时要小心），但打野鸭子的人自己不进城来卖。卖野鸭子有专门的摊子。有时卖鱼的也卖野鸭子，把一个养活鱼的木盆翻过来，野鸭一对一对地摆在盆底，卖野鸭子是不用秤约的，都是一对一对地卖。野鸭子是有一定分量的。依分量大小，有一定的名称，如"对鸭""八鸭"。哪一种有多大分量，我现在已经记不清了。卖野鸭子都是带毛的。卖野鸭子的可以代客当场去毛，拔野鸭毛是不能用开水烫的。野鸭子皮薄，一烫，皮就破了。干拔。卖野鸭子的把一只鸭子放入一个麻袋里，一手提鸭，一手拔毛，一会儿就拔净了。——放在麻袋里拔，是防止鸭毛飞散。代客拔毛，不另收费，卖野鸭子的只要那一点鸭毛。——野鸭毛是值钱的。

野鸭的吃法通常是切块红烧。清炖大概也可以吧，我没有吃过。野鸭子肉的特点是：细、"酥"，不像家鸭每每肉老。野鸭烧咸菜是我们那里的家常菜。里面的咸菜尤其是佐粥的妙品。

现在我们那里的野鸭子很少了。前几年我回乡一次，偶有，卖得很贵。原因据说是因为县里对各乡水利作了全面综合治理，过去的水荡子、荒滩少了，野鸭子无处栖息。而且，野鸭子过去是吃收割后遗撒在田里的谷粒的，现在收割得很干净，颗粒归仓，野鸭子没有什么可吃的，不来了。

鹌鹑是网捕的。我们那里吃鹌鹑的人家少，因为这东西只有由乡下的亲戚送来，市面上没有卖的。鹌鹑大都是用五香卤了吃。也有用油炸了的。鹌鹑能斗，但我们那里无斗鹌鹑的风气。

我看见过猎人打斑鸠。我在读初中的时候。午饭后，我到学校后面的野地里去玩。野地里有小河，有野蔷薇，有金黄色的茼蒿花，有苍耳（苍耳子有小钩刺，能挂在衣裤上，我们管它叫"万把钩"），有才抽穗的芦荻。在一片树林里，我发现一个猎人。我们那里猎人很少，我从来没有见过猎人，但是我一看见他，就知道：他是一个猎人。这个猎人给我一个非常猛厉的印象。他穿了一身黑，下面却缠了鲜红的绑腿。他很瘦。他的眼睛黑，而冷。他握着枪。他在干什么？树林上面飞过一只斑鸠。他在追逐这只斑鸠。斑鸠分明已经发现猎人了。它想逃脱。斑鸠飞到北面，在树上落一落，猎人一步一步往北走。斑鸠连忙往南面飞，猎人扬头看了一眼，斑鸠落定了，猎人又一步一步往南走，非常冷静。这是一场无声的，然而非常紧张的、坚持的较量。斑鸠来回飞，猎人来回走。我很奇怪，为什么斑鸠不往树林外面飞。这样几个来回，斑鸠慌了神了，它飞得不稳了，歪歪倒倒的，失去了原来均匀的节奏。忽然，砰，——枪声一响，斑鸠应声而落。猎人走过去，拾起斑鸠，看了看，装在猎袋里。他的眼睛很黑，很冷。

我在小说《异秉》里提到王二的熏烧摊子上，春天，卖一种叫做"鵽"的野味。鵽这种东西我在别处没有见过。"鵽"这个字很多人也不认得。多数字典里不收。《辞海》里倒有这个字，标音为（duo又读 zhua）。zhua 与我乡读音较近，但我们那里是读入声的，这只有用国际音标才标得出来。即使用国际音标标出，在不知道"短促急

100

收藏"的北方人也是读不出来的。《辞海》"鸄"字条下注云："见鷄鸠"，似以为"鸄"即"鷄鸠"，而在"鷄鸠"条下注云："鸟名。雉属。即'沙鸡'。"这就不对了。沙鸡我是见过的，吃过的。内蒙、张家口多出沙鸡。《尔雅·释鸟》郭璞注："出北方沙漠地"，不错。北京冬季偶尔也有卖的。沙鸡嘴短而红，腿也短。我们那里的鸄却是水鸟，嘴长，腿也长。鸄的滋味和沙鸡有天渊之别。沙鸡肉较粗，略带酸味；鸄肉极细，非常香。我一辈子没有吃过比鸄更香的野味。

/蒌蒿·枸杞·荠菜·马齿苋/

小说《大淖记事》："春初水暖，沙洲上冒出很多紫红色的芦芽和灰绿色的蒌蒿，很快就是一片翠绿了。"我在书页下方加了一条注："蒌蒿是生于水边的野草，粗如笔管，有节，生狭长的小叶，初生二寸来高，叫做'蒌蒿薹子'，加肉炒食极清香。……"蒌蒿的蒌字，我小时不知怎么写，后来偶然看了一本什么书，才知道的。这个字音"吕"。我小学有一个同班同学，姓吕，我们就给他起了个外号，叫"蒌蒿薹子"（蒌蒿薹子家开了一爿糖坊，小学毕业后未升学，我们看见他坐在糖坊里当小老板，觉得很滑稽）。但我查了几本字典，"蒌"都音"楼"，我有点恍惚了。"楼""吕"一声之转。许多从"娄"的字都读"吕"，如"屡""缕""褛"……这本来无所谓，读"楼"读"吕"，关系不大。但字典上都说蒌蒿是蒿之一种，即白蒿，我却有点不以为然了。我小说里写的蒌蒿和蒿其实不相干。读苏东坡《惠崇春江晚景》诗："竹外桃花三两枝，春江水暖鸭先知。蒌蒿满地芦芽短，正是河豚欲上时。"此蒌蒿生于水边，与芦芽为伴，分明是我的家乡人所吃的蒌蒿，非白蒿。或者"即白蒿"的蒌蒿别是一种，未可知矣。深望懂诗、懂植物学，也懂吃的博雅君子有以教我。

我的小说注文中所说的"极清香"，很不具体。嗅觉和味觉是很难比方，无法具体的。昔人以为荔枝味似软枣，实在是风马牛不相及。我所谓"清香"，即食时如坐在河边闻到新涨的春水的气味。这是实话，并非故作玄言。

枸杞到处都有。开花后结长圆形的小浆果，即枸杞子。我们叫它"狗奶子"，形状颇像。本地产的枸杞子没有入药的，大概不如宁夏产的好。枸杞是多年生植物。春天，冒出嫩叶，即枸杞头。枸杞头是容易采到的。偶尔也有近城的乡村的女孩子采了，放在竹篮里叫卖："枸杞头来！……"枸杞头可下油盐炒食；或用开水焯了，切碎，加香油、酱油、醋，凉拌了吃。那滋味，也只能说"极清香"。春天吃枸杞头，云可以清火，如北方人吃苣荬菜一样。

"三月三，荠菜花赛牡丹。"俗谓是日以荠菜花置灶上，则蚂蚁不上锅台。

北京也偶有荠菜卖。菜市上卖的是园子里种的，茎白叶大，颜色较野生者浅淡，无香气。农贸市场间有南方的老太太挑了野生的来卖，则又过于细瘦，如一团乱发，制熟后强硬扎嘴。总不如南方野生的有味。

江南人惯用荠菜包春卷，包馄饨，甚佳。我们家乡有用来包春卷的，用来包馄饨的没有，——我们家乡没有"菜肉馄饨"。一般是凉拌。荠菜焯熟剁碎，界首茶干切细丁，入虾米，同拌。这道菜是可以上酒席作凉菜的。酒席上的凉拌荠菜都用手捵成一座尖塔，临吃推倒。

马齿苋现在很少有人吃。古代这是相当重要的菜蔬。苋分人苋、马苋。人苋即今苋菜，马苋即马齿苋。我们祖母每于夏天摘肥嫩的马齿苋晾干，过年时作馅包包子。她是吃长斋的，这种包子只有她一个人吃。我有时从她的盘子里拿一个，蘸了香油吃，挺香。马齿苋有点淡淡的酸味。

马齿苋开花，花瓣如一小囊。我们有时捉了一个哑巴知了，——知了是应该会叫的，捉住一个哑巴，多么扫兴！于是就摘了两个马齿苋的花瓣套住它的眼睛，——马齿苋花瓣套知了眼睛正合适，一撒手，这知了就拼命往高处飞，一直飞到看不见！

三年自然灾害，我在张家口沙岭子吃过不少马齿苋。那时候，这是宝物！

吃食和文学

/ 咸菜和文化 /

偶然和高晓声谈起"文化小说"，晓声说："什么叫文化？——
吃东西也是文化。"我同意他的看法。这两天自己在家里腌韭菜花，
想起咸菜和文化。

咸菜可以算是一种中国文化。西方似乎没有咸菜。我吃过"洋泡
菜"，那不能算咸菜。日本有咸菜，但不知道有没有中国这样盛行。"文
化大革命"前《福建日报》登过一则猴子腌咸菜的新闻，一个新华社
归侨记者用此材料写了一篇对外的特稿："猴子会腌咸菜吗？"被批
评为"资产阶级新闻观点"。——为什么这就是资产阶级新闻观点呢？
猴子腌咸菜，大概是跟人学的。于此可以证明咸菜在中国是极为常见
的东西。中国不出咸菜的地方大概不多。各地的咸菜各有特点，互不
雷同。北京的水疙瘩、天津的津冬菜、保定的春不老。"保定有三宝，
铁球、面酱、春不老"，我吃过苏州的春不老，是用带缨子的很小的

萝卜腌制的，腌成后寸把长的小缨子还是碧绿的，极嫩，微甜，好吃，名字也起得好。保定的春不老想也是这样的。周作人曾说他的家乡经常吃的是咸极了的咸鱼和咸极了的咸菜。鲁迅《风波》里写的蒸得乌黑的干菜很诱人。腌雪里蕻南北皆有。上海人爱吃咸菜肉丝面和雪笋汤。云南曲靖的韭菜花风味绝佳。曲靖韭菜花的主料其实是细切晾干的萝卜丝，与北京作为吃涮羊肉的调料的韭菜花不同。贵州有冰糖酸，乃以芥菜加醪糟、辣子腌成。四川咸菜种类极多，据说必以自流井的粗盐腌制乃佳。行销（真是"行销"）全国，远至海外（有华侨的地方），堪称咸菜之王的，应数榨菜。朝鲜辣菜也可以算是咸菜。延边的腌蕨菜北京偶有卖的，人多不识。福建的黄萝卜很有名，可惜未曾吃过。我的家乡每到秋末冬初，多数人家都腌萝卜干。到店铺里学徒，要"吃三年萝卜干饭"，言其缺油水也。中国咸菜多矣，此不能备载。如果有人写一本《咸菜谱》，将是一本非常有意思的书。

咸菜起于何时，我一直没有弄清楚。古书里有一个"菹"字，我少时曾以为是咸菜。后来看《说文解字》，菹字下注云："酢也"，不对了。汉字凡从酉者，都和酒有点关系。酢菜现在还有。昆明的"茄子酢"、湖南乾城的"酢辣子"，都是密封在坛子里使酒化了的，吃起来都带酒香。这不能算是咸菜。有一个藠字，则确乎是咸菜了。这是切碎了腌的。这东西的颜色是发黄的故称"黄藠"。腌制得法，"色如金钗股"云。我无端地觉得，这恐怕就是酸雪里蕻。藠似乎不是很古的东西。这个字的大量出现好像是在宋人的笔记和元人的戏曲里。这是穷秀才和和尚常吃的东西。"黄藠"成了嘲笑秀才和和尚，亦为秀才和和尚自嘲的常用的话头。中国咸菜之多，制作之精，我以为跟佛教有一点关系。佛教徒不茹荤，又不一定一年四季都能吃到新鲜蔬菜，于是就在咸菜上打主意。我的家乡腌咸菜腌得最好的是尼姑庵。

尼姑到相熟的施主家去拜年，都要备几色咸菜。关于咸菜的起源，我在看杂书时还要随时留心，并希望博学而好古的馋人有以教我。

和咸菜相伯仲的是酱菜。中国的酱菜大别起来，可分为北味的与南味的两类。北味的以北京为代表。六必居、天源、后门的"大葫芦"都很好。——"大葫芦"门悬大葫芦为记，现在好像已经没有了。保定酱菜有名，但与北京酱菜区别实不大。南味的以扬州酱菜为代表，商标为"三和""四美"。北方酱菜偏咸，南则偏甜。中国好像什么东西都可以拿来酱。萝卜、瓜、莴苣、蒜苗、甘露、藕，乃至花生、核桃、杏仁，无不可酱。北京酱菜里有酱银苗，我到现在还不知道究竟是什么东西。只有荸荠不能酱。我的家乡不兴到酱园里开口说买酱荸荠，那是骂人的话。

酱菜起于何时，我也弄不清楚。不会很早。因为制酱菜有个前提，必得先有酱，——豆制的酱。酱——酱油，是中国一大发明。"柴米油盐酱醋茶"，酱为开门七事之一。中国菜多数要放酱油。西方没有。有一个京剧演员出国，回来总结了一条经验，告诫同行，以后若有出国机会，必须带一盒固体酱油！没有郫县豆瓣，就做不出"正宗川味"。但是中国古代的酱和现在的酱不是一回事。《说文解字》酱字注云从肉、从酉，爿声。这是加盐、加酒、经过发酵的肉酱。《周礼·天官·膳夫》："凡王之馈，酱用百有二十瓮"，郑玄注："酱，谓醯醢也。"醢、醯，都是肉酱。大概较早出现的是豉，其后才有现在的酱。汉代著作中提到的酱，好像已是豆制的。东汉王充《论衡》："作豆酱恶闻雷"，明确提到豆酱。《齐民要术》提到酱油，但其时已至北魏，距现在一千五百多年——当然，这也相当古了。酱菜的起源，我现在还没有查出来，俟诸异日吧。

考察咸菜和酱菜的起源，我不反对，而且颇有兴趣。但是，也不一定非得寻出它的来由不可。

"文化小说"的概念颇含糊。小说重视民族文化，并从生活的深层追寻某种民族文化的"根"，我以为是未可厚非的。小说要有浓郁的民族色彩，不在民族文化里腌一腌、酱一酱，是不成的，但是不一定非得追寻得那么远，非得追寻到一种苍苍莽莽的古文化不可。古文化荒邈难稽（连咸菜和酱菜的来源我们还不清楚）。寻找古文化，是考古学家的事，不是作家的事。从食品角度来说，与其考察太子丹请荆轲吃的是什么，不如追寻一下"春不老"；与其查究《楚辞》里的"蕙肴蒸"，不如品味品味湖南豆豉；与其追溯断发文身的越人怎样吃蛤蜊，不如蒸一碗霉干菜，喝两杯黄酒。我们在小说里要表现的文化，首先是现在的，活着的；其次是昨天的，消逝不久的。理由很简单，因为我们可以看得见，摸得着，尝得出，想得透。

1986 年 9 月 11 日

/ 口味 · 耳音 · 兴趣 /

我有一次买牛肉。排在我前面的是一个中年妇女，看样子是个知识分子，南方人。轮到她了，她问卖牛肉的："牛肉怎么做？"我很奇怪，问："你没有做过牛肉？"——"没有。我们家不吃牛羊肉。"——"那您买牛肉——"——"我的孩子大了，他们会到外地去。我让他们习惯习惯，出去了好适应。"这位做母亲的用心良苦。我于是尽了一趟义务，把她请到一边，讲了一通牛肉做法，从清炖、红烧、咖喱牛肉，直到广东的蚝油炒牛肉，四川的水煮牛肉、干煸牛肉丝……

有人不吃羊肉。我们到内蒙去体验生活。有一位女同志不吃羊

107

肉，——闻到羊肉气味都恶心，这可苦了。她只好顿顿吃开水泡饭，吃咸菜。看见我吃手抓羊肉、羊贝子（全羊）吃得那样香，直生气！

有人不吃辣椒。我们到重庆去体验生活。有几个女演员去吃汤圆，进门就嚷嚷"不要辣椒！"，卖汤圆的冷冷地说："汤圆没有放辣椒的！"

许多东西不吃，"下去"，很不方便。到一个地方，听不懂那里的话，也很麻烦。

我们到湘鄂赣去体验生活。在长沙，有一个同志的鞋坏了，去修鞋，鞋铺里不收，"为什么？"——"修鞋的不好过。"——"什么？"——"修鞋的不好过！"我只得给他翻译一下，告诉他修鞋的今天病了，他不舒服。上了井冈山，更麻烦了：井冈山说的是客家话。我们听一位队长介绍情况，他说这里没有人肯当干部，他挺身而出，他老婆反对，说是"辣子毛补，两头秀腐"——"什么什么？"我又得给他翻译："辣椒没有营养，吃下去两头受苦。"这样一翻译可就什么味道也没有了。

我去看昆曲，"打虎游街""借茶活捉"……好戏。小丑的苏白尤其传神，我听得津津有味，不时发出笑声。邻座是一个唱花旦的京剧女演员，她听不懂，直着急，老问："他说什么？说什么？"我又不能逐句翻译，她很遗憾。

我有一次到民族饭店去找人，身后有几个少女在叽叽呱呱地说很地道的苏州话。一边的电梯来了，一个少女大声招呼她的同伴："乘面乘面（这边这边）！"我回头一看：说苏州话的是几个美国人！

我们那位唱花旦的女演员在语言能力上比这几个美国少女可差多了。

一个文艺工作者、一个作家、一个演员的口味最好杂一点，从北京的豆汁到广东的龙虱都尝尝（有些吃的我也招架不了，比如贵州的鱼腥草）；耳音要好一些，能多听懂几种方言，四川话、苏州话、扬州话（有些话我也一句不懂，比如温州话）。否则，是个损失。

口味单调一点、耳音差一点，也还不要紧，最要紧的是对生活的兴趣要广一点。

1986 年 8 月 12 日

/ 苦瓜是瓜吗？/

昨天晚上，家里吃白兰瓜。我的一个小孙女，还不到三岁，一边吃，一边说："白兰瓜、哈密瓜、黄金瓜、华莱士瓜、西瓜，这些都是瓜。"我很惊奇了：她已经能自己经过归纳，形成"瓜"的概念了（没有人教过她）。这表示她的智力已经发展到了一个重要的阶段。凭借概念，进行思维，是一切科学的基础。她奶奶问她："黄瓜呢？"她点点头。"苦瓜呢？"她摇摇头。我想：她大概认为"瓜"是可吃的，并且是好吃的（这些瓜她都吃过）。今天早起，又问她："苦瓜是不是瓜？"她还是坚决地摇了摇头，并且说明她的理由："苦瓜不像瓜。"我于是进一步想：我对她的概念的分析是不完全的。原来在她的"瓜"概念里除了好吃不好吃，还有一个像不像的问题（苦瓜的表皮疙里疙瘩的，也确实不大像瓜）。我翻了翻《辞海》，看到苦瓜属葫芦科。那么，我的孙女认为苦瓜不是瓜，是有道理的。我又翻了翻《辞海》的"黄瓜"条：黄瓜也是属葫芦科。苦瓜、黄瓜习惯上都叫做瓜；而另一种很"像"是瓜的东西，在北方却称之为："西葫芦"。瓜乎？葫芦乎？苦瓜是不是瓜呢？我倒胡涂起来了。

前天有两个同乡因事到北京，来看我。吃饭的时候，有一盘炒苦瓜。同乡之一问："这是什么？"我告诉他是苦瓜。他说："我倒要尝尝。"

夹了一小片入口："乖乖！真苦啊！——这个东西能吃？为什么要吃这种东西？"我说："酸甜苦辣咸，苦也是五味之一。"他说："不错！"我告诉他们这就是癞葡萄。另一同乡说："'癞葡萄'，那我知道的。癞葡萄能这个吃法？"

"苦瓜"之名，我最初是从石涛的画上知道的。我家里有不少有正书局珂罗版印的画集，其中石涛的画不少。我从小喜欢石涛的画。石涛的别号甚多，除石涛外有释济、清湘道人、大涤子、瞎尊者和苦瓜和尚。但我不知道苦瓜为何物。到了昆明，一看：哦，原来就是癞葡萄！我的大伯父每年都要在后园里种几棵癞葡萄，不是为了吃，是为了成熟之后摘下来装在盘子里看着玩的。有时也剖开一两个，挖出籽儿来尝尝。有一点甜味，并不好吃。而且颜色鲜红，如同一个一个血饼子，看起来很刺激，也使人不大敢吃它。当作菜，我没有吃过。有一个西南联大的同学，是个诗人，他整了我一下子。我曾经吹牛，说没有我不吃的东西。他请我到一个小饭馆吃饭，要了三个菜：凉拌苦瓜、炒苦瓜、苦瓜汤！我咬咬牙，全吃了。从此，我就吃苦瓜了。

苦瓜原产于印度尼西亚，中国最初种植是广东、广西。现在云南、贵州都有。据我所知，最爱吃苦瓜的似是湖南人。有一盘炒苦瓜，——加青辣椒、豆豉，少放点猪肉，湖南人可以吃三碗饭。石涛是广西全州人，他从小就是吃苦瓜的，而且一定很爱吃。"苦瓜和尚"这别号可能有一点禅机，有一点独往独来、不随流俗的傲气，正如他叫"瞎尊者"，其实并不瞎；但也可能是一句实在话。石涛中年流寓南京，晚年久住扬州。南京人、扬州人看见这个和尚拿癞葡萄来炒了吃，一定会觉得非常奇怪的。

北京人过去是不吃苦瓜的。菜市场偶尔有苦瓜卖，是从南方运来的。买的也都是南方人。近二年北京人也有吃苦瓜的了，有人还很爱吃。

农贸市场卖的苦瓜都是本地的菜农种的，所以格外鲜嫩。看来人的口味是可以改变的。

由苦瓜我想到几个有关文学创作的问题：

一、应该承认苦瓜也是一道菜。谁也不能把苦从五味里开除出去。我希望评论家、作家——特别是老作家，口味要杂一点，不要偏食。不要对自己没有看惯的作品轻易地否定、排斥。不要像我的那位同乡一样，问道："这个东西能吃？为什么要吃这种东西？"提出"这样的作品能写？为什么要写这样的作品？"。我希望他们能习惯类似苦瓜一样的作品，能吃出一点味道来，如现在的某些北京人。

二、《辞海》说苦瓜"未熟嫩果作蔬菜，成熟果瓤可生食"。对于苦瓜，可以各取所需，愿吃皮的吃皮，愿吃瓤的吃瓤。对于一个作品，也可以见仁见智。可以探索其哲学意蕴，也可以踪迹其美学追求。北京人吃凉拌芹菜，只取嫩茎，西餐馆做罗宋汤则专要芹菜叶。人弃人取，各随尊便。

三、一个作品算是现实主义的也可以，算是现代主义的也可以，只要它真是一个作品。作品就是作品。正如苦瓜，说它是瓜也行，说它是葫芦也行，只要它是可吃的。苦瓜就是苦瓜。——如果不是苦瓜，而是狗尾巴草，那就另当别论。截至现在为止，还没有人认为狗尾巴草很好吃。

1986 年 9 月 6 日

宋朝人的吃喝

　　唐宋人似乎不怎么讲究大吃大喝。杜甫的《丽人行》里列叙了一些珍馐，但多系夸张想象之辞。五代顾闳中所绘《韩熙载夜宴图》主人客人面前案上所列的食物不过八品，四个高足的浅碗，四个小碟子。有一碗是白色的圆球形的东西，有点像外面滚了米粒的蓑衣丸子。有一碗颜色是鲜红的，很惹眼，用放大镜细看，不过是几个带蒂的柿子！其余的看不清是什么。苏东坡是个有名的馋人，但他爱吃的好像只是猪肉。他称赞"黄州好猪肉"，但还是"富者不解吃，贫者不解煮"。他爱吃猪头，也不过是煮得稀烂，最后浇一勺杏酪。——杏酪想必是酸里咕叽的，可以解腻。有人"忽出新意"以山羊肉为玉糁羹，他觉得好吃得不得了。这是一种什么东西？大概只是山羊肉加碎米煮成的糊糊罢了。当然，想象起来也不难吃。

　　宋朝人的吃喝好像比较简单而清淡。连有皇帝参加的御宴也并不丰盛。御宴有定制，每一盏酒都要有歌舞杂技，似乎这是主要的，吃喝在其次。幽兰居士《东京梦华录》载《宰执亲王宗室百官入内上寿》，使臣诸卿只是"每分列环饼、油饼、枣塔为看盘，次列果子。惟大辽加之猪羊鸡鹅兔连骨熟肉为看盘，皆以小绳束之。又生葱韭蒜醋各一碟。三五人共列浆水一桶，立杓数枚"。"看盘"只是摆样子的，不能吃的。"凡御宴至第三盏，方有下酒肉、咸豉、爆肉、双下驼峰角子。"第四盏下酒是鳬子骨头、索粉、白肉胡饼；第五盏是群仙炙、天花饼、太平毕罗、干饭、缕肉羹、莲花肉饼；第六盏假圆鱼、密浮酥捺花；第七盏排炊羊、胡饼、炙金肠；第八盏假沙鱼、独下馒头、肚羹；第九盏水饭、簇饤下饭。如此而已。

宋朝市面上的吃食似乎很便宜。《东京梦华录》云："吾辈入店，则用一等玻璃浅棱碗，谓之'碧碗'，亦谓之'造羹'，菜蔬精细，谓之'造齑'，每碗十文。""会仙楼"条载："止两人对坐饮酒……即银近百两矣"，初看吓人一跳，细看，这是指餐具的价值——宋人餐具多用银。

几乎所有记两宋风俗的书无不记"市食"。钱塘吴自牧《梦粱录·分茶酒店》最为详备。宋朝的看馔好像多是"快餐"，是现成的。中国古代人流行吃羹。"三日入厨下，洗手作羹汤"，不说是洗手炒肉丝。《水浒传》林冲的徒弟说自己"安排得好菜蔬，端整得好汁水"，"汁水"也说是羹。《东京梦华录》云"旧只用匙今皆用箸矣"，可见本都是可喝的汤水。其次是各种燠菜，燠鸡、燠鸭、燠鹅。再次是半干的肉脯和全干的肉犯。几本书里都提到"影戏犯"，我觉得这就是四川的灯影牛肉一类的东西。炒菜也有，如炒蟹，但极少。

宋朝人饮酒和后来有些不同的，是总要有些鲜果干果，如柑、梨、蔗、柿、炒栗子、新银杏，以及莴苣、"姜油多"之类的菜蔬和玛瑙饧、泽州饧之类的糖稀。《水浒传》所谓"铺下果子按酒"，即指此类东西。

宋朝的面食品类甚多。我们现在叫做主食，宋人却叫"从食"。面食主要是饼。《水浒传》动辄说"回些面来打饼"。饼有门油、菊花、宽焦、侧厚、油锅、新样满麻……《东京梦华录》载武成王庙前海州张家、皇建院前郑家最盛，每家有五十余炉。五十几个炉子一起烙饼，真是好家伙！

遍检《东京梦华录》《都城纪胜》《西湖老人繁胜录》《梦粱录》《武林旧事》，都没有发现宋朝人吃海参、鱼翅、燕巢的记载。吃这种滋补性的高蛋白的海味，大概从明朝才开始。这大概和明朝人的纵欲有关系，记得鲁迅好像曾经说过。

宋朝人好像实行的是"分食制"。《东京梦华录》云"用一等琉璃浅棱碗……每碗十文"，可证。《韩熙载夜宴图》上画的也是各人一份，不像后来大家合坐一桌，大盘大碗，筷子勺子一起来。这一点是颇合卫生的，因不易传染肝炎。

1967 年 1 月 18 日

114

马铃薯

　　马铃薯的名字很多。河北、东北叫土豆，内蒙、张家口叫山药，山西叫山药蛋，云南、四川叫洋芋，上海叫洋山芋。除了搞农业科学的人，大概很少人叫得惯马铃薯。我倒是叫得惯了。我曾经画过一部《中国马铃薯图谱》。这是我一生中的一部很奇怪的作品。图谱原来是打算出版的，因故未能实现。原稿旧存沙岭子农业科学研究所，"文化大革命"中毁了，可惜！

　　1958年，我下放张家口沙岭子农业科学研究所劳动。1960年摘了"右派分子"帽子，结束了劳动，一时没有地方可去，留在所里打杂。所里要画一套马铃薯图谱，把任务交给了我。所里有一个下属的马铃薯研究站，设在沽源。我在张家口买了一些纸笔颜色，乘车往沽源去。

　　马铃薯是适于在高寒地带生长的作物。马铃薯会退化。在海拔较低、气候温和的地方种一二年，薯块就会变小。因此每年都有很多省市开车到张家口坝上来调种。坝上成为供应全国薯种的基地。沽源在坝上，海拔一千四，冬天冷到零下四十度，马铃薯研究站设在这里，很合适。

这里集中了全国的马铃薯品种，分畦种植。正是开花的季节，真是洋洋大观。

我在沽源，究竟是一种什么心情，真是说不清。远离了家人和故友，独自生活在荒凉的绝塞，可以谈谈心的人很少，不免有点寂寞。另外一方面，摘掉了帽子，总有一种轻松感。日子过得非常悠闲。没有人管我，也不需要开会。一早起来，到马铃薯地里（露水很重，得穿浅靿的胶靴），掐了一把花，几枝叶子，回到屋里，插在玻璃杯里，对着它画。马铃薯的花是很好画的。伞形花序，有一点像复瓣水仙。颜色是白的，浅紫的。紫花有的偏红，有的偏蓝。当中一个高庄小窝头似的黄心。叶子大都相似，奇数羽状复叶，只是有的圆一点，有的尖一点，颜色有的深一点，有的淡一点，如此而已。我画这玩意又没有定额，尽可慢慢地画。不过我画得还是很用心的，尽量画得像。我曾写过一首长诗，记述我的生活，代替书信，寄给一个老同学。原诗已经忘了，只记得两句："坐对一丛花，眸子炯如虎。"画画不是我的本行，但是"工作需要"，我也算起了一点作用，倒是差堪自慰的。沽源是清代的军台，我在这里工作，可以说是"发往军台效力"，我于是用画马铃薯的红颜色在带来的一本《梦溪笔谈》的扉页上画了一方图章："效力军台"——我带来一些书，除《笔谈》外，有《癸巳类稿》《十架斋养新录》，还有一套商务印书馆铅印本"四史"。晚上不能作画——灯光下颜色不正，我就读这些书。我自成年后，读书读得最专心的，要算在沽源这一段时候。

我对马铃薯的科研工作有过一点很小的贡献：马铃薯的花都是没有香味的。我发现有一种马铃薯，"麻土豆"的花，却是香的。我告诉研究站的研究人员，他们都很惊奇："是吗？——真的！我们搞了那么多年马铃薯，还没有发现。"

到了马铃薯逐渐成熟——马铃薯的花一落，薯块就成熟了，我就开始画薯块。那就更好画了，想画得不像都不大容易。画完一种薯块，我就把它放进牛粪火里烤烤，然后吃掉。全国像我一样吃过那么多种马铃薯的人，大概不多！马铃薯的薯块之间的区别比花、叶要明显。最大的要数"男爵"，一个可以当一顿饭。有一种味极甜脆，可以当水果生吃。最好的是"紫土豆"，外皮乌紫，薯肉黄如蒸栗，味道也像蒸栗，入口更为细腻。我曾经扛回一袋，带到北京。春节前后，一家大小，吃了好几天。我很奇怪："紫土豆"为什么不在全国推广呢？

马铃薯原产南美洲，现在遍布全世界。苏联卫国战争时期的小说，每每写战士在艰苦恶劣的前线战壕中思念家乡的烤土豆，"马铃薯"和"祖国"几乎成了同义字。罗宋汤、沙拉，离开了马铃薯做不成，更不用说奶油烤土豆、炸土豆条了。

马铃薯传入中国，不知始于何时。我总觉得大概是明代，和郑和下西洋有点缘分。现在可以说遍及全国了。沽源马铃薯研究站不少品种是从康藏高原、大小凉山移来的。马铃薯是山西、内蒙、张家口的主要蔬菜。这些地方的农村几乎家家都有山药窖，民歌里都唱："想哥哥想得迷了窍，抱柴火跌进了山药窖。""交城的山里没有好茶饭，只有莜面考老老，还有那山药蛋。"山西的作者群被称为"山药蛋派"。呼和浩特的干部有一点办法的，都能到武川县拉一车山药回来过冬。大笼屉蒸新山药，是待客的美餐。张家口坝上、坝下，山药、西葫芦加几块羊肉爆一锅烩菜，就是过年。

中国的农民不知有没有一天也吃上罗宋汤和沙拉。也许即使他们的生活提高了，也不吃罗宋汤和沙拉，宁可在大烩菜里多加几块肥羊肉。不过也说不定。中国人过去是不喝啤酒的，现在北京郊区的农民喝啤酒已经习惯了。我希望中国农民会爱吃罗宋汤和沙拉，因为罗宋汤和沙拉是很好吃的。

1987 年 2 月 16 日

口蘑

口蘑因在张家口集散，故名。其实张家口市附近是不出口蘑的。口蘑的产地在坝上、内蒙。对于"口蘑"的正确理解，应该是：口外之蘑。

口蘑生长的秘密，好像到现在还没有揭开。口蘑长在草原上。很怪，只长在"口蘑圈"上。草原上往往有一个相当大的圆圈，正圆，这一圈的草长得特别绿，绿得发黑，这就是蘑菇圈。9月间，这是草原最美的时候。雨晴之后，天气潮闷，这是出蘑菇的时候。远远看去，蘑菇圈上一点一点白的，那是蘑菇出来了。蘑菇圈是固定的。今年这里出蘑菇，明年还出。蘑菇圈的成因，谁也说不明白。有人说这地方曾扎过蒙古包，蒙古人把吃剩的羊肉汤、羊骨头倒在蒙古包的周围，这一圈土特别肥沃，故草色浓绿，长蘑菇。这是想当然耳。有人曾挖取蘑菇圈上的土，移之他处，布入菌丝，希望获得人工驯化的口蘑，没有成功。

口蘑品类颇多。我曾在张家口沙岭子农业科学研究所画过一套《口蘑图谱》，皆以实物置之案前对写，自信对口蘑略有认识。口蘑的主要品种有：

黑蘑。菌盖白色，菌褶棕黑色。此为最常见者：菌行称之为"黑片蘑"，价贱，但口蘑香味仍甚浓。北京涮羊肉的"锅底"、浇豆腐脑的羊肉卤以及"炸丸子开锅"的汤里，放的都是黑片蘑。

白蘑。白蘑较小（黑蘑有大如碗口的），菌盖、菌褶都是白色。白蘑少，不易采到。味极鲜。我曾在沽源采到一枚白蘑，干制后带回北京，一只白蘑做了一大碗汤，全家人喝了，都说比鸡汤还鲜。

鸡腿子。菌把粗长，近根部鼓起，状如鸡腿。

青腿子。形状似鸡腿子，但微绿。干制后亦只是灰白色，几与鸡腿子无异。

鸡腿子、青腿子很少见，即张家口口蘑庄号中也不易买到。我画过，没有吃过。

此外还有"庙自行""蘑菇丁"……那都是商号巧立名目，只是初出即采得、未开伞者，不是特别的品种。

口蘑采得，即须穿线晾干，否则极易生蛆。口蘑干制后方有香味。我吃过自采的鲜口蘑，一点也不香，这也很奇怪。

口蘑宜重荤大油（制素什锦只用香菇，少有用口蘑者）。《老残游记》提到口蘑炖鸭，自是佳品。我曾在沽源吃过口蘑羊肉臊子蘸莜面，三者相得益彰，为平生难忘的一次口福。在呼和浩特一家饭馆吃过一盘炒口蘑，极滑润，油皆透入口蘑片中，盖以慢火炒成，虽名为炒，实是油焖。即使是口蘑烩豆腐，亦须荤汤，方出味。

紫薇

　　唐朝人也不是都能认得紫薇花的。《韵语阳秋》卷第十六："白乐天诗多说别花,如《紫薇花诗》云'除却微之见应爱,世间少有别花人'……今好事之家,有奇花多矣,所谓别花人,未之见也。鲍溶作《仙檀花诗》寄袁德师侍御,有'欲求御史更分别'之句,岂谓是邪?"这里所说的"别"是分辨的意思。白居易是能"别"紫薇花的,他写过至少三首关于紫薇的诗。《韵语阳秋》云:

　　白乐天作中书舍人,入直西省,对紫薇花而有咏曰:"绘编阁下文章静,钟鼓楼中刻漏长。独坐黄昏谁是伴,紫薇花对紫薇郎。"后又云:"紫薇花对紫薇翁,名目虽同貌不同",则此花之珍艳可知矣。爪其本则枝叶俱动,俗谓之"不耐痒花"。自五月至九月尚烂漫,俗又谓之"百日红"。唐人赋咏,未有及此二事者。本朝梅圣俞时注意此花。一诗赠韩子华,则曰"薄肤痒不胜轻爪,嫩干生宜近禁庐";一诗赠王景彝,则曰"薄薄嫩肤搔鸟爪,离离碎叶剪城霞",然皆著不耐痒事,而未有及百日红者。胡文恭在西掖前亦有三诗,其一云:"雅

121

当翻药地，繁极曝衣天"，注云："花至七夕犹繁"，似有百日红之意，可见当时生花之盛。省吏相传，咸平中，李昌武自别墅移植于此。晏元献尝作赋题于省中，所谓"得自羊墅，来从召园，有昔日之绛老，无当时之仲文"是也。

对于年轻的读者，需要作一点解释，"紫薇花对紫薇郎"是什么意思。紫薇花亦作紫微郎，唐代官名，即中书侍郎。《新唐书·百官志二》注："开元元年，改中书省曰紫微省，中书令曰紫微令。"白居易曾为中书侍郎，故自称紫微郎。中书侍郎是要到宫里值班的，独自坐在办公室里，不免有些寂寞，但是这也不是一般人所能谋得到的差事，诗里又透出几分得意。"紫薇花对紫薇郎"，使人觉得有点罗曼蒂克，其实没有。不过你要是有一点罗曼蒂克的联想，也可以。石涛和尚画过一幅紫薇花，题的就是白居易的这首诗。紫薇颜色很娇，画面很美，更易使人产生这是一首情诗的错觉。

从《韵语阳秋》的记载，我们可以知道两件事。一是"爪其本则枝叶俱动"。紫薇的树干的外皮易脱落，露出里面的"嫩肤"，嫩肤上留下一片一片的青色和白色的云斑。用指甲搔搔树干的嫩肤，确实是会枝叶俱动的。宋朝人叫它"不耐痒花"，现在很多地方叫它"怕痒痒树"或"痒痒树"。这到底是什么道理，好像没有人解释过。二是花期甚长。这是夏天的花。胡文恭说它"繁极曝衣天"，白居易说它"独占芳菲当夏景，不将颜色托春风"。但是它"花至七夕犹繁"。我甚至在飘着小雪的天气，还看见一棵紫薇花依然开着仅有的一穗红花！

我家的后园有一棵紫薇。这棵紫薇有年头了，主干有茶杯口粗，高过屋檐。一到放暑假，它开起花来，真是"繁"得不得了。紫薇花是六瓣的，但是花瓣皱缩，瓣边还有很多不规则的缺刻，所以根本分不清它是几瓣，只是碎碎叨叨的一球。当中还射出许多花须、花蕊。一个枝子上有很多朵花。一棵树上有数不清的枝子。真是乱。乱红成阵。乱成一团。简直像一群幼儿园的孩子放开了又高又脆的小嗓子一起乱嚷嚷。在乱哄哄的繁花之间还有很多赶来凑热闹的黑蜂。这种蜂不是普通的蜜蜂，个儿很大，有指头顶那样大，黑的，就是齐白石爱画的那种。我到现在还叫不出这是什么蜂。这种大黑蜂分量很重。它一落在一朵花上，抱住了花须，这一穗花就叫它压得沉了下来。它起翅飞去，花穗才挣回原处，还得哆嗦两下。

大黑蜂不像马蜂那样会做窠。它们也不像马蜂一样地群居，是单个生活的。在人家房檐的椽子下面钻一个圆洞，这就是它的家。我常常看见一个大黑蜂飞回来了，一收翅膀，钻进圆洞，就赶紧用一根细细的帐竿竹子捅进圆洞，来回地拧，它就在洞里嗯嗯地叫。我把竹竿一拔，啪的一声，它就掉到了地上。我赶紧把它捉起来，放进一个玻璃瓶里，盖上盖——瓶盖上用洋钉凿了几个窟窿。瓶子里塞了好些紫薇花。大黑蜂没有受伤，它只是摔晕过去了。过了一会儿，它缓醒过来了，就在花瓣之间乱爬。大黑蜂生命力很强，能活几天。我老幻想它能在瓶里待熟了，放它出去，它再飞回来。可是不知什么时候，它仰面朝天，死了。

紫薇原产于中国中部和南部。白居易诗云"浔阳官舍双高树，兴善僧庭一大丛。何似苏州安置处，花堂栏下月明中"，这些都是偏南的地方。但是北方很早就有了，如长安。北京过去也有，但很少（北京人多不识紫薇）。近年北京大量种植，到处都是。街心花园几乎都有。选择这种花木来美化城市环境是很有道理的，因为它花繁盛，颜色多（多为胭脂红，也有紫色和白色的），花期长。但是似乎生长得很慢。

密云水库大坝下的通道两侧，隔不远就有一棵紫薇。我每年夏天要到密云开一次会，年年到坝下散步，都看到这些紫薇。看了四年，它们好像还是那样大。

比起北京雨后春笋一样耸立起来的高楼，北京的花木的生长就显得更慢。因此，对花木要倍加爱惜。

1987 年 2 月 21 日

腊梅花

　　"雪花、冰花、腊梅花……"我的小孙女这一阵老是唱这首儿歌。其实她没有见过真的腊梅花，只是从我画的画上见过。

　　周紫芝《竹坡诗话》云："东南之有腊梅，盖自近时始。余为儿童时，犹未之见。元祐间，鲁直诸公方有诗，前此未尝有赋此诗者。政和间，李端叔在姑谿，元夕见之僧舍中，尝作两绝，其后篇云：'程氏园当尺五天，千金争赏凭朱栏。莫因今日家家有，便作寻常两等看。'观端叔此诗，可以知前日之未尝有也。"看他的意思，腊梅是从北方传到南方去的。但是据我的印象，现在倒是南方多，北方少见，尤其难见到长成大树的。我在颐和园藻鉴堂见过一棵，种在大花盆里，放在楼梯拐角处。因为不是开花的时候，绿叶披纷，没有人注意。和我一起住在藻鉴堂的几个搞剧本的同志，都不认识这是什么。

　　我的家乡有腊梅花的人家不少。我家的后园有四棵很大的腊梅。这四棵腊梅，从我记事的时候，就已经是那样大了。很可能是我的曾祖父在世的时候种的。这样大的腊梅，我以后在别处没有见过。主干有汤碗口粗细，并排种在一个砖砌的花台上。这四棵腊梅的花心是紫褐色的，按说这是名种，即所谓"檀心磬口"。腊梅有两种，一种是檀心的，一种是白心的。我的家乡偏重白心的，美其名曰"冰心腊梅"，而将檀心的贬为"狗心腊梅"。腊梅和狗有什么关系呢？真是毫无道理！因为它是狗心的，我们也就不大看得起它。

不过凭良心说，腊梅是很好看的。其特点是花极多——这也是我们不太珍惜它的原因。物稀则贵，这样多的花，就没有什么稀罕了。每个枝条上都是花，无一空枝。而且长得很密，一朵挨着一朵，挤成了一串。这样大的四棵大腊梅，满树繁花，黄灿灿的吐向冬日的晴空，那样的热热闹闹，而又那样的安安静静，实在是一个不寻常的境界。不过我们已经司空见惯，每年都有一回。

每年腊月，我们都要折腊梅花。上树是我的事。腊梅木质疏松，枝条脆弱，上树是有点危险的。不过腊梅多枝杈，便于登踏，而且我年幼身轻，正是"一日上树能千回"的时候，从来也没有掉下来过。我的姐姐在下面指点着："这枝，这枝！——哎，对了，对了！"我们要的是横斜旁出的几枝，这样的不蠢；要的是几朵半开，多数是骨朵的，这样可以在瓷瓶里养好几天——如果是全开的，几天就谢了。

下雪了，过年了。大年初一，我早早就起来，到后园选摘几枝全是骨朵的腊梅，把骨朵都剥下来，用极细的铜丝——这种铜丝是穿珠花用的，就叫做"花丝"，把这些骨朵穿成插鬟的花。我们县北门的城门口有一家穿珠花的铺子，我放学回家路过，总要钻进去看几个女工怎样穿珠花，我就用她们的办法穿成各式各样的腊梅珠花。我在这些腊梅珠子花当中嵌了几粒天竺果——我家后园的一角有一棵天竺。黄腊梅、红天竺，我到现在还很得意：那是真很好看的。我把这些腊梅珠花送给我的祖母，送给大伯母，送给我的继母。她们梳了头，就插戴起来。然后，互相拜年，我应该当一个工艺美术师的，写什么屁小说！

1987 年 2 月 18 日

踢毽子

　　我们小时候踢毽子，毽子都是自己做的。选两个小钱（制钱），大小厚薄相等，轻重合适，叠在一起，用布缝实，这便是毽子托。在毽托一面，缝一截鹅毛管，在鹅毛管中插入鸡毛，便是一只毽子。鹅毛管不易得，把鸡毛直接缝在毽托上，把鸡毛根部用线缠缚结实，使之向上直挺，较之插于鹅毛管中者踢起来尤为得劲。鸡毛须是公鸡毛，用母鸡毛做毽子的，必遭人笑话，只有刚学踢毽子的小毛孩子才这么干。鸡毛只能用大尾巴之前那一部分，以够三寸为合格。鸡毛要"活"的，即从活公鸡的身上拔下来的，这样的鸡毛，用手抹煞几下，往墙上一贴，可以粘住不掉。死鸡毛粘不住。后来我明白，大概活鸡毛经抹煞会产生静电。活鸡毛做的毽子毛茎柔软而有弹性，踢起来飘逸潇洒。死鸡毛做的毽子踢起来就发死发僵。鸡毛里讲究要"金绒帚子白绒哨子"，即从五彩大公鸡身上拔下来的，毛的末端乌黑闪金光，下面的绒毛雪白。次一等的是芦花鸡毛。赭石的、土黄的，就更差了。我们那里养公鸡的人家很多，入了冬，快腌风鸡了，这时正是公鸡肥壮，羽毛丰满的时候，孩子们早就"贼"上谁家的鸡了，有时是明着跟人家要，

128

有时乘没人看见，摁住一只大公鸡，噌噌拔了两把毛就跑，大多数孩子的书包里都有一两只足以自豪的毽子。踢毽子是乐事，做毽子也是乐事。一只"金绒帚子白绒哨子"，放在桌上看看，也是挺美的。

我们那里毽子的踢法很复杂，花样很多。有小五套，中五套，大五套。小五套是"扬、拐、尖、托、笃"，是用右脚的不同部位踢的。中五套是"偷、跳、舞、环、踩"，也是用右脚踢，但以左脚做不同的姿势配合。大五套则是同时运用两脚踢，分"对、岔、绕、掼、挝"。小五套技术比较简单，运动量较小，一般是女生踢的。中五套较难，大五套则难度很大，运动量也很大。要准确地描述这些踢法是不可能的。这些踢法的名称也是外地人所无法理解的，连用通用的汉字写出来都困难，如"舞"读如"吴"，"掼"读 kuàn，"笃"和"挝"都读入声。这些名称当初不知是怎么确立的。我走过一些地方，都没有见到毽子有这样多的踢法。也许在我没有到过的地方，毽子还有更多的踢法。我希望能举办一次全国毽子表演，看看中国的毽子到底有多少种踢法。

踢毽子总是要比赛的。可以单个地赛。可以比赛单项，如"扬"踢多少下，到踢不住为止；对手照踢，以踢多少下定胜负。也可以成套比赛，从"扬、拐、尖、托、笃""偷、跳、舞、环、踩"踢到"对、岔、绕、掼、挝"。也可以分组赛。组员由主将临时挑选，踢时一对一，由弱至强，最弱的先踢，最后主将出马，累计总数定胜负。

踢毽子也有名将，有英雄。我有个堂弟曾在县立中学踢毽子比赛中得过冠军。此人从小爱玩，不好好读书，常因国文不及格被一个姓高的老师打手心，后来忽然发愤用功，现在是全国有名的心脏外科专家。他比我小一岁，也已经是抱了孙子的人了，现在大概不会再踢毽子了。我们县有一个姓谢的，能在井栏上转着圈子踢毽子。这可是非常危险的事，重心稍一不稳，就会扑通一声掉进井里！

毽子还有一种大集体的踢法，叫做"嗨（读第一声）卯"。一个人"喂卯"——把毽子扔给嗨卯的，另一个人接到，把毽子使劲向前踢去，叫做"嗨"，嗨得极高，极远。嗨卯只能"扬"，——用右脚里侧踢，别种踢法踢不到这样高，这样远。下面有一大群人，见毽子飞来，就一齐纵起身来抢这只毽子。谁抢着了，就有资格等着接递原嗨卯的去嗨。毽子如被喂卯的抢到，则他就可上去充当嗨卯的，嗨卯的就下来喂卯。一场嗨卯，全班同学出动，喊叫喝采，热闹非常。课间十分钟，一会儿就过去了。

踢毽子是冬天的游戏。刘侗《帝京景物略》云"杨柳死，踢毽子"，大概全国皆然。

踢毽子是孩子的事，偶尔见到近二十边上的人还踢，少。北京则有老人踢毽子。有一年，下大雪，大清早，我去逛天坛，在天坛门洞里见到几位老人踢毽子。他们之中最年轻的也有六十多了。他们轮流传递着踢，一个传给一个，那个接过来，踢一两下，传给另一个。"脚法"大都是"扬"，间或也来一下"跳"。我在旁边也看了五分钟，毽子始终没有落到地下。他们大概是"毽友"，经常，也许是每天在一起踢。老人都腿脚利落，身板挺直，面色红润，双眼有光。大雪天，这几位老人是一幅画，一首诗。

1988 年 6 月 6 日

香港的高楼和北京的大树

　　香港多高楼，无大树。

　　中环一带，高楼林立，车如流水。楼多在五六十层以上。因为都很高，所以也显不出哪一座特别突出。建筑材料钢筋水泥已经少见了。飞机钢、合金铝、透亮的玻璃、纯黑的大理石。香港马路窄，无林荫树。寸土如金，无隙地可种树也。

　　这个城市，五光十色，只是缺少必要的、足够的绿。

　　半山有树。

　　山顶有树。

　　只是似乎没有人注意这些树，欣赏这些树。树被人忽略了。

　　海洋公园有树，都修剪得很整洁。这里有从世界各地移植来的植物。扶桑花皆如碗大，有深红、浅红、白色的，内地少见。但是游人极少在这些过于鲜明的花木之间留连。到这里来的目的是乘坐"疯狂飞天车"、浪船、"八脚鱼"之类的富于刺激性的、使人晕眩的游乐玩意。

　　我对这些玩意全都不敢领教，只是吮吸着可口可乐，看看年轻人乘坐这些玩意的兴奋紧张的神情，听他们在危险的瞬间发出的惊呼。

我老了。

我坐在酒店的房间里（我在香港极少逛街，张辛欣说我从北京到香港就是换一个地方坐着），想起北京的大树，中山公园、劳动人民文化宫、天坛的柏树，北海的白皮松。

渡海到大屿岛梅窝参加大陆和香港作家的交流营，住了两天。这是香港人度假的地方，很安静。海、沙滩、礁石。错错落落，不很高的建筑。上山的小道。我现在明白了，为什么居住在高度现代化的城市的人需要度假。他们需要暂时离开紧张的生活节奏，需要安静，需要清闲。

古华看看大屿山，两次提出疑问："为什么山上没有大树？"他说："如果有十棵大松树，不要多，有十棵，就大不一样了！"山上是有树的。台湾相思树，枝叶都很美。只是大树确实是没有。

没有古华家乡的大松树。

也没有北京的大柏树、白皮松。

"所谓故国者非有乔木之谓也。"然而没有乔木，是不成其为故国的。《金瓶梅》潘金莲有言："南京的沈万山，北京的大树，人的名儿，树的影儿。"至少在明朝的时候，北京的大树就有了名了。北京有大树，北京才成其为北京。

回北京，下了飞机，坐在"的士"里，与同车作家谈起香港的速度。司机在前面搭话："北京将来也会有那样的速度的！"他的话不错。北京也是要高度现代化的，会有高速度的。现代化、高速度以后的北京会是什么样子呢？想起那些大树，我就觉得安心了。现代化之后的北京，还会是北京。

香港的鸟

　　早晨九点钟，在跑马地一带闲走。香港人起得晚，商店要到十一点才开门，这时街上人少，车也少，比较清静。看见一个人，大概五十来岁，手里托着一只鸟笼。这只鸟笼的底盘只有一本大三十二开的书那样大，两层，做得很精致。这种双层的鸟笼，我还是头一次见到。楼上楼下，各有一只绣眼。香港的绣眼似乎比内地的也更为小巧。他走得比较慢，近乎是在散步。——香港人走路都很快，总是匆匆忙忙，好像都在赶着去办一件什么事。在香港，看见这样一个遛鸟的闲人，我觉得很新鲜。至少他这会儿还是清闲的，——也许过一个小时他就要忙碌起来了。他这也算是遛鸟了，虽然在林立的高楼之间，在狭窄的人行道上遛鸟，不免有点滑稽。而且这时候遛鸟，也太晚了一点。——北京的遛鸟的这时候早遛完了，回家了。莫非香港的鸟也醒得晚？

　　在香港的街上遛鸟，大概只能用这样精致的双层小鸟笼。像徐州人那样可不行。——我忽然想起徐州人遛鸟。徐州人养百灵，笼极高大，高三四尺（笼里的"台"也比北京的高得多），无法手提，只能用一根打磨得极光滑的枣木杆子作扁担，把鸟笼担着。或两笼，或三笼、四笼。这样的遛鸟，只能在旧黄河岸，慢慢地走。如果在香港，担着这样高大的鸟笼，用这样的慢步遛鸟，是绝对不行的。

我告诉张辛欣，我看见一个香港遛鸟的人，她说："你就注意这样的事情！"我也不禁自笑。

在隔海的大屿山，晨起，听见斑鸠叫。艾芜同志正在散步，驻足而听，说："斑鸠。"意态悠远，似乎有所感触，又似乎没有。

宿大屿山，夜间听见蟋蟀叫。

临离香港，被一个记者拉住，问我对于香港的观感。匆促之间，不暇细谈，我只说："眼花缭乱，应接不暇"，并说我在香港听到了斑鸠和蟋蟀，觉得很亲切。她问我斑鸠是什么，我只好摹仿斑鸠的叫声，她连连点头。也许她听不懂我的普通话，也许她真的对斑鸠不大熟悉。

香港鸟很少，天空几乎见不到一只飞着的鸟，鸦鸣鹊噪都听不见。但是酒席上几乎都有焗禾花雀和焗乳鸽。香港有那么多餐馆，每天要消耗多少禾花雀和乳鸽呀？这些禾花雀和乳鸽是哪里来的呢？对于某些香港人来说，鸟是可吃的，不是看的、听的。

城市发达了，鸟就会减少。北京太庙的灰鹤和宣武门城楼的雨燕现在都没有了。但是我希望有关领导在从事城市建设时，能注意多留住一些鸟。

林肯的鼻子

　　我们到伊里诺明州斯泼凌菲尔德市参观林肯故居。林肯居住过的房子正在修复。街道和几家邻居的住宅倒都已经修好了。街道上铺的是木板。几家邻居的房子也是木结构，样子差不多。一位穿了林肯时代服装（白洋布印黑色小碎花的膨起的长裙，同样颜色短袄，戴无指手套，手上还套一个线结的钱袋）的中年女士给我们作介绍。她的声音有点尖厉，话说得比较快，说得很多，滔滔不绝。也许林肯时代的妇女就是这样说话的。她说了一些与林肯无关的话，老是说她们姊妹的事。有一个林肯旧邻的后代也出来作了介绍。他也穿了林肯时代的服装，本色毛布的长过膝盖的外套，皮靴也是牛皮本色的，不上油。领口系了一条绿色的丝带。此人的话也很多，一边说，一边老是向右侧扬起脑袋，有点兴奋，又像有点愤世嫉俗。他说了一气，最后说："我是学过心理学的，我一看你的眼睛，就知道你说的是不是真话！日安！"用一句北京话来说：这是哪儿跟哪儿呀？此人道罢日安，翩然而去，由印花布女士继续介绍。她最后说："林肯是伟大的政治家，但在生活上是个无赖。"我真有点怀疑我的耳朵。

第二天上午，参观林肯墓，墓的地点很好，很空旷，墓前是一片草坪，更前是很多高大的树。

　　这天步兵114旅特地给国际写作计划的作家们表演了升旗仪式。两个穿了当年的蓝色薄呢制服的队长模样的军人在旗杆前等着。其中一个挎了红缎子的值星带，佩指挥刀。在军鼓和小号声中走来一队士兵，也都穿蓝呢子制服。所谓一队，其实只有七个人。前面两个，一个打着美国国旗，一个打着州旗。当中三个背着长枪。最后两个，一个打鼓，一个吹号。走得很有节拍，但是轻轻松松的。立定之后，向左转，架好长枪。喊口令的就是那个吹小号的，他的军帽后边露着雪白的头发，大概岁数不小了。口令声音很轻，并不大声怒喝。——中国军队大声喊口令，大概是受了日本或德国的影响。口令是要练的，我在昆明时，每天清晨听见第五军校的学生练口令，那么多人一同怒吼，真是惊天动地。一声"升旗"后，老兵自己吹了号，号音有点像中国的"三环号"。那两个队长举手敬礼，国旗和州旗升上去。一会儿工夫，仪式就完了，士兵列队走去，小号吹起来，吹的是"光荣光荣哈里鲁亚"。打鼓的这回不是打的鼓面，只是用两根鼓棒敲着鼓边。这个升旗仪式既不威武雄壮，也并不怎么庄严肃穆。说是形同儿戏，那倒也不是。只能说这是美国式的仪式，比较随便。

　　林肯墓是一座白花岗石的方塔形的建筑，墓前有林肯的立像。两侧各有一组内战英雄的群像。一组在举旗挺进；一组有扬蹄的战马。墓基前数步，石座上还有一个很大的铜铸的林肯的头像。

　　我觉得林肯墓是好看的，清清爽爽，干干净净。一位法国作家说他到过南京，看过中山陵，说林肯墓和中山陵不能相比。——中山陵有气魄。我说："不同的风格。"——"对，完全不同的风格！"他不知道林肯墓是"墓"，中山陵是"陵"呀。

我们到墓里看了一圈。这里葬着林肯、林肯的夫人，还有他的三个儿子。正中还有一个林肯坐在椅子里的铜像。他的三个儿子都有一个铜像，但较小。林肯的儿子极像林肯。纪念林肯，同时纪念他的家属，这也是一种美国式的思想。——这里倒没有林肯的"亲密战友"的任何名字和形象。

走出墓道，看到好些人去摸林肯的鼻子——头像的鼻子。有带着孩子的，把孩子举起来，孩子就高高兴兴地去摸。林肯的头像外面原来是镀了一层黑颜色的，他的鼻子被摸得多了，露出里面的黄铜，锃亮锃亮的。为什么要去摸林肯的鼻子？我想原来只是因为林肯的鼻子很突出，后来就成了一种迷信，说是摸了会有好运气。好几位作家握着林肯的鼻子照了像。他们叫我也照一张，我笑了笑，摇摇头。

归途中路过诗人艾德加·李·马斯特的故居。马斯特对林肯的一些观点是不同意的。我问接待我们的一位女士：马斯特究竟不同意林肯的哪些观点，她说她也不清楚，只知道他们关系不好。我说："你们不管他们观点有什么分歧，都一样地纪念，是不是？"她说："只要是对人类文化有过贡献的，我们都纪念，不管他们的关系好不好。"我说："这大概就是美国的民主。"她说："你说得很好。"我说："我不赞成大家去摸林肯的鼻子。"她说："我也不赞成！"

途次又经桑德堡故居。对桑德堡，中国的读者比较熟悉，他的短诗《雾》是传诵很广的。桑德堡写过长诗《林肯——在战争年代》。他是赞成林肯观点的。

回到住处，我想：摸林肯的鼻子，到底要得要不得？最后的结论是：这还是要得的。谁的鼻子都可以摸，林肯的鼻子也可以摸。

没有一个人的鼻子是神圣的。林肯有一句名言："All men are

created eguar.（所有的人生来都是平等的。）"我还想到，自由、平等、博爱，是不可分割的概念。自由，是以平等为前提的。在中国，现在，很需要倡导这种"created eguar"的精神。

让我们平等地摸别人的鼻子，也让别人摸。

1987 年 10 月 1 日　爱荷华

悬空的人

　　黑人学者赫伯特约我去谈谈。这是一个很有教养的人。他在爱荷华大学读了十年，得过四个学位。学过哲学，现在在教历史，但是他的兴趣在研究戏剧，——美国戏剧和别的国家的戏剧。我在一个酒会上遇见他。他说他对许多国家的戏剧都有所了解，唯独对中国戏剧不了解。他问我中国的丧服是不是白色的，我说：是的。他说欧洲的丧服是黑的，只有中国和黑人的丧服是白的。他觉得这有某种联系。

　　赫伯特很高大，长眉毛，大眼睛，阔唇，结实的白牙齿。说话时声音不高，从从容容，带着深思。听人说话时很专注，每有解悟，频频点头，或露出明亮的微笑。

　　和他住在一起的另一个黑人叫安东尼。比较瘦小，很文静，话很少，神情有点忧郁。他在韩国研究过造纸、印刷和绘画，他想把这三者结合起来。他给我看了他的一张近作。纸是他自己造的，很厚，先印刷了一遍，再用中国毛笔画出来的。画的是"爱丽斯漫游奇境"里的镜中景象。当然，是抽象的。我觉得画的是痛苦的思维。他点点头。他现在在爱荷华大学美术馆负责。

赫伯特讲了他准备写的一个戏的构思。开幕是一个教堂，正在举行一个人的丧礼，大家都穿了白衣服。不一会儿，抬上来一具棺材。死者从棺材里爬了出来。别人问他："你是来演戏的，还是来看戏的？"以下的一场，一些人在打篮球（当然是虚拟动作），剧情在球赛中进行。因为他的构思还没有完成，无法谈得很具体，我只能建议他把戏里存在的两个主题拧在一起，赋予打篮球以一个象征的意义。

　　以后就谈起美国的黑人问题。

　　赫伯特说：美国人都能说出他们是从哪里来的。从英格兰来的，苏格兰来的，荷兰来的，德国来的。我们说不出。我的来历，可以追溯到我的曾祖父。再往上，就不知道了。都是奴隶。我们不知道自己叫什么。Black people, nigro，都是白人叫我们的。我们是从非洲来的，但是是从哪个国家、哪个部族来的？不知道。我们只能把整个非洲当作我们的故乡，但是非洲很大，这个故乡是渺茫的。非洲人也不承认我们，说："你们是美国人！"我们没有文化传统，没有历史。

　　我说：这是一种很深刻的悲哀。

　　赫伯特和安东尼都说：很深刻的悲哀！

　　赫伯特说：美国政府希望我们接受美国文化，但是这不是我们的文化。

　　我说美国现在的种族歧视好像不那么厉害。

　　赫伯特说：有些州还有，有些州好些，比如爱荷华。所以我们愿意住在这里。取消对黑人的歧视，约翰逊起了作用。我出去当了四年兵，回来一看：这是怎么回事？——黑人可以和白人同坐一列车，在一个饭馆里吃饭了。但是实际上还是有差别的。黑人杀了白人，要判很重的刑，常常是终身监禁；白人杀了黑人，关几年，很快就放出来了；黑人杀了黑人，美国政府不管，——让你们杀去吧！

赫伯特承认，黑人犯罪率高（纽约哥伦比亚大学附近的一个公园、芝加哥的黑人区，晚上没有人敢去），脏。这应该主要由制度负责，还是应该黑人自己负责？

　　赫伯特说，主要是制度问题。二百年了，黑人没有好的教育，居住条件差，吃得不好，——黑人吃的东西和白人不一样。这不是一朝一夕能改变的。

　　（我想到改善人民的饮食和居住条件是直接和提高民族素质有关的事。住高楼大厦和大杂院，吃精米白面高蛋白和吃窝头咸菜的人就是不一样。）

　　我知道美国政府近年对黑人的政策有很大的改变，有意在黑人中培养出一部分中产阶级。美国的大学招生，政府规定黑人要占一定的百分比。完成不了比率，要受批评，甚至会削减学校的经费。黑人比较容易得到奖学金（美国奖学金很高，得到奖学金，学费、生活费可不成问题）。赫伯特、安东尼都在大学教书，爱荷华大学的副教务长（是一个诗人）是黑人。在芝加哥街头可以看到很多穿戴得相当讲究的黑人妇女（浑身珠光宝气，比有些白人妇女还要雍容华贵）。我问：是不是这样？

　　是这样。但是美国的大企业主没有一个是黑人的。

　　这样，美国的黑人就发生了分化：中产阶级的黑人和贫穷的黑人。

　　我问赫伯特和安东尼：你们的意识，你们的心态，是接近白人，还是接近贫穷的黑人？他们都说：接近白人。

　　因此，赫伯特说，贫穷的黑人也不承认我们。他们说：你们和我们不一样。

　　赫伯特说：他们希望我们替他们讲话，但是——我们不能。鞋子掉了，只能由自己提（他做一个提鞋的动作）。只能由他们当中产生领袖，出来说话。我们，只能写他们。

在我起身告辞的时候赫伯特问我：我们没有历史，你说我们应该怎么办？

我说，既然没有历史，那就：从我开始！

赫伯特说：很对！

没有历史，是悲哀的。

一个人有祖国，有自己的民族，有文化传统，不觉得这有什么。一旦没有这些，你才会觉得这有多么重要，多么珍贵。

我在美国，听说有一个留学生说："我宁愿在美国做狗，不愿意做中国人。"岂有此理！

美国女生
——阿美利加明信片

"女生"是台湾的叫法。台湾的中青年把男的都叫做"男生"，女的都叫做"女生"，蒋勋（诗人）、李昂（小说家）都如此，虽然被称做"男生""女生"的，都已经不是学生了。这种称呼很有趣。不过我这里所说的"女生"，大都还是女学生。

我在爱荷华居住的"五月花"公寓里住了不少爱荷华大学的学生，男生女生都有。我每天上午下午沿爱荷华河散步，总会碰到几个。男生不大搭理我，女生则都迎面带笑很亲切地说一声："嗨！"她们大概都认得我了，因为我是中国人，她们大概也知道我是个作家。我对她们可分辨不清，觉得都差不多。据说，爱荷华州出美女。她们都相当漂亮，皮肤白皙，明眸皓齿，——眼珠大都是灰蓝色，纯蓝的少，但和蛋青色的眼白一衬，显得很透亮。但是我觉得她们都差不多，个头差不多——没有很高的；身材差不多——没有很胖很瘦的；发式差不多，都梳得很随便；服饰也差不多，都是一身白色的针织运动衫裤，白旅游鞋。甚至走路的样子也差不多，比较快，但也不是很匆忙。没有浓妆艳抹，身着奇装异服的，因为她们是大学生。偶尔在星期六的晚上，看到她们穿了盛装，涂了较重的口红，三三五五地上电梯，大概是在哪里参加 Party 回来了。这样的时候很少。美国女生的穿着大概以舒服为主，美观是其次。

在爱荷华市区见到有女生光着脚在大街上走。美国女孩子的脚很好看，但是她们不是为了显露她们的脚形，大概只是图舒服。街上的男人也不注视她们的秀足，不觉得有什么刺激。

街上看到"朋克"，一男一女，都很年轻。像画报上所见的那样，把头发剃光了，只留当中一长绺，染成淡紫色。但我并不觉得他们怪诞，他们的眼睛里也没有什么愤世嫉俗，对现实不满，疯狂颓废。完全没有。他们的眼睛是明净的、文雅的。他们大概只是觉得这样好玩。

我散步后坐在爱荷华河边的长椅上抽烟，休息，遐想，构思。离我不远的长椅上有一个男生一个女生抱着亲吻。他们吻得很长，我都抽了三根烟了，他们还没有完。但是吻得并不热烈，抱得不是很紧，而且女生一边长长地吻着，一边垂着两只脚，前后摇摇，这叫什么接吻？这样的吻简直像是做游戏。这样完全没有色情、放荡意味的接吻，我还从未见过。

参观阿玛纳村，这是个古老的移民村，前些年还保留着旧的生活习惯：不用汽车，用马车。现在改变了，办了很现代化的工厂。在悬着一副木轭为记的餐馆里吃饭。招呼我们的是一个女生，戴一副细黑框的眼镜，穿着黑色的薄呢衫裙，黑浅口半高跟鞋，白色长丝袜。她这副装束显得有点古风，特别是她那双白袜子。她姓莎士比亚，名南希，我对她说："你很了不起，是莎士比亚的后裔，与总统夫人同名。"她大笑。她说她一辈子不想结婚。为什么和一个初次见面的外国人（在她看起来，我们当然是外国人）谈起这样的话呢？她还很年轻，说这个话未免早了一点。她不会有过什么悲痛的遭遇，她的声音里没有一

144

点苦涩。可能她觉得一个人活着洒脱，自在。说不定她真会打一辈子单身。

在耶鲁大学演讲，给我当翻译的是一个博士生，很年轻，穿一身玫瑰红，身材较一般美国女生瘦小，真是娇小玲珑。我在演讲里提到朱庆余的《近试上张水部》和崔颢的《长干行》，她很顺溜地就翻译出来了。我很惊奇。她得意地说："我最近刚刚读过这两首诗！"她是在台湾学的中文。我看看她的眼睛：非常聪明。

在华盛顿，在白宫对面马路的人行道上，看见一个女生用一根带子拉着一只猫，她想叫猫像狗一样陪着她散步。猫不干，怎么拉，猫还是乱蹦。我们看着她，笑了。她看看我们，也笑了。她知道我们笑什么：这是猫，不是狗！

美国的女生大都很健康，很单纯，很天真，无忧无虑，没有烦恼，也没有困惑。愿上帝保护美国女生。

1991 年 1 月 5 日

美国短简

/ 美国旗 /

美国人很爱插国旗。爱荷华市不少人家门外的草地上立着一根不高的旗杆，上面是一面星条旗。人家关着门，星条旗安安静静的，轻轻地飘动着。应该说这也表现了一点爱国情绪，但更多的似是当作装饰。国旗每天都可以挂，不像中国要到"五一""十一"才挂，显得过于隆重。大抵中国人对于国旗有一种崇拜心理，美国人则更多的是亲切。美国可以把星条图案印在体操女运动员的紧身露腿的运动衣上，这在中国大概不行，一定会有人认为这是对于国旗的亵渎。

美国各州都有州旗，州旗大都是白底子，上面画（印）了花里胡哨的图案，照中国人看，简直是儿童趣味。国旗、州旗升在州政府的金色圆顶的旗杆上，国旗在上，州旗在下。——美国州政府的建筑大都是一个金色的圆顶，上面矗立着旗杆。爱荷华州治已经移到邻近一个市，但爱荷华还保留着老州政府，每天也都升旗。爱荷华市有一个人死了，那天就要下半旗，不论死的是什么人，一视同仁，不像中国要死了大人物才下半旗。这一点看出美国和中国的价值观念很不一样。别的州、市有没有这样的风俗，就不知道了。

/ 夜光马杆 /

美国也有马杆。我在爱荷华街头看到一个盲人。是个年轻人，穿得很干净，白运动衫裤，白运动鞋。步履轻松，走得和平常人一样的快。他手执一根马杆探路。这根马杆是铝制的，很轻便，样子也很好看。马杆着地的一端有一个小轮子。马杆左右移动，轮子灵活地转动着。马杆不离地面，不像中国盲人的竹马杆，得不停地戳戳戳戳点在地上。因此，这个青年给人的印象是很健康，不像中国盲人总让人觉得有些悲惨。后来我又看到一个岁数大的盲人，用的也是一种马杆。据台湾诗人蒋勋告诉我，这种马杆是夜光的，——夜晚发光。这样在黑地里走，别人会给盲人让路。这种马杆，中国似可引进，造价我想不会很贵。

美国对残疾人是很尊重的。到处是画了白色简笔轮椅图案的蓝色的长方形的牌子。有这种蓝牌子的门，是专供残疾人进出的；有这种蓝牌子的停车场，非残疾人停车，要罚款。很多有台阶的商店，都在台阶边另铺设了一道斜坡，供残疾人的轮椅上下。爱荷华大学有专供残疾人连同轮椅上楼下楼的铁笼子。街上常见到残疾人，他们的神态都很开朗，毫不压抑。博物馆里总有一些残疾人坐着轮椅，悠然地观赏伦布朗的画、亨利·摩尔的雕塑。

中国近年也颇重视对残疾人的工作。但我觉得中国人对残疾人的态度总带有怜悯色彩、"恻隐之心"。这跟儒家思想有些关系。美国人对残疾人则是尊重。这是不同的态度。怜悯在某种意义上是侮辱。

/花草树/

　　美国真花像假花，假花像真花。看见一丛花，常常要用手摸摸叶子，才能断定是真花，是假花。旅美多年的美籍华人也是这样，摸摸，凭手感，说是"真的！真的！"。美国人家大都种花。美国的私人住宅是没有围墙的，一家一家也不挨着，彼此有一段距离，门外有空地，空地多栽花。常见的是黄色的延寿菊。美国的延寿菊和中国的没有两样。还有一种通红的，不知是什么花。我在诗人桑德堡故居外小花圃中发现两棵凤仙花，觉得很亲切，问一位美国女士："这是什么花？"她不知道。美国人家种花大都是随便撒一点花籽，不甚设计。有一种设计则不敢领教：在草地上划出一个正圆的圆圈，沿着圆圈等距离地栽了一撮一撮鲜艳的花。这种布置实在是滑稽。美国人家室内大都有绿色植物，如中国的天门冬、吊兰之类，栽在一个锃亮的黄铜的半球里，挂着。这种趣味我也不敢领教。美国人家多插花，常见的是菊花，短瓣，紫红的、白的。我在美国没有见过管瓣、卷瓣、长瓣的菊花。即便有，也不会有"麒麟角""狮子头""懒梳妆"之类的名目。美国人插花只是取其多，有颜色，一大把，插在一个玻璃瓶子里。美国人不懂中国插花讲究姿态，要高低映照，欹侧横斜，瓶和花要相称。美国静物画里的花也是这样，乱哄哄的一瓶。美国人不会理解中国画的折枝花卉。美国画里没有墨竹，没有兰草。中国各项艺术都与书法相通。要一个美国人学会欣赏王献之的《鸭头丸帖》，是永远办不到的。美国也有荷花，但未见入画，美国人不会用宣纸、毛笔、水墨。即画，却绝不可能有石涛、八大那样的效果。有荷花，当然有莲蓬。美国人大概不会吃冰糖莲子。他们让莲蓬结老了，晒得干干的，插瓶，这倒也别致，大概他们认为这种东西形状很怪。有的人家插的莲蓬是染得通红的，这简直是恶作剧，不敢领教！美国人用芦花插瓶，这颇可取。在德国移民村阿玛纳看见一个铺子里有芦花卖，五十美分一把。

美国年轻，树也年轻。自爱荷华至斯泼凌菲尔德高速公路两旁的树看起来像灌木。阿玛纳有一棵橡树，大概是当初移民来的德国人种的，有上百年的历史，用木栅围着，是罕见的老树了。像北京中山公园、天坛那样的五百年以上的柏树，是找不出来的。美国多阔叶树，少针叶树。最常见的是橡树。松树也有，少。林肯墓前、马克·吐温家乡有几棵松树。美国松树也像美国人一样，非常健康，很高，很直，很绿。美国没有苏州"清、奇、古、怪"那样的松树，没有黄山松，没有泰山的五大夫松。中国松树多姿态，这种姿态往往是灾难造成的，风、雪、雷、火。松之奇者，大都伤痕累累。中国松是中国的历史、中国的文化和中国人的性格所形成的。中国松是按照中国画的样子长起来的。

美国草和中国草差不多。狗尾巴草的穗子比中国的小，颜色发红。"五月花"公寓对面有一片很大的草地。蒲公英吐絮时，如一片银色的薄雾。羊胡子草之间长了很多草苜蓿。这种草的嫩头是可以炒了吃的。上海人叫做"草头"或"金花菜"，多放油，武火急炒，少滴一点高粱酒，很好吃，美国人不知道这能吃。知道了，也没用，美国人不会炒菜。

/Graffiti/

这是一个意大利单词，意思是在墙上乱画。台湾翻成"涂鸦"，我看不如干脆翻成"鬼画符"。纽约、芝加哥，很多城市地铁的墙上，比较破旧的建筑物的墙上、桥洞里，画得一塌胡涂。这是青少年干的。

他们不是用笔画，而是用喷枪喷，嗞——一会儿就喷一大片。照美国的法律，这不犯法，无法禁止。有一些，有一点意思。我在爱荷华大学附近的桥下，看到："中央情报局＝谋杀"，这可以说是一条政治标语。有的是一些字母，不知是什么意思。还有些则是莫名其妙的圆圈、曲线、弧线。为什么美国的青少年要干这种事呢？——据说他们还有一个松散的组织，类似协会什么的。听说美国有心理学家专门研究这问题，大体认为这是青少年对现状不满的表现。这样到处乱画，我觉得总不大好，希望中国不发生这种事。

/ 怀旧 /

正因为美国历史短，美国人特别爱怀旧。

爱荷华市的河边有一家饭馆，菜很好，星期天的自助餐尤其好，有多种沙拉、水果，各种味道调料。这原是一个老机器厂，停业了，饭馆老板买了下来，不加改造，房顶、墙壁上保留了漆成暗红色的拐来拐去的粗大的铁管道，很粗的铁链。顾客就在这样的环境里，临窗而坐，喝加了苏打的金酒，吃烤牛肉、炸土豆条，觉得别有情调。

阿玛纳原来是一个德国移民村。据说这个村原来是保留老的生活习惯的：不用汽车，用马车。现在不得不改变了，村里办了很大的制冷机厂和微波炉厂。不过因为曾是古村，每逢假日，还是有不少人来参观。"古"在哪里呢？不大看得出来。我们在一个饭店吃饭，饭店门外悬着一副牛轭，作为标志，唔，这有点古。饭店的墙上挂着一排长长短短的老式的木匠工具，也许这原是一个木匠作坊。这也古。点的灯是有玻璃罩子的煤油灯。我问接待我们的小姐："这是煤油灯？"她笑了："假的。"是做成煤油灯状的电灯。这位小姐不是德国血统，祖上是英国人，一听她的姓就不禁叫人肃然起敬：莎士比亚。她承认是莎士比亚的后代。她和我聊了几句，不知道为什么说起她不打算结婚，认为女人结婚不好。这是不是也是古风？阿玛纳有一个博物馆，陈列着当年的摇床、木椅。有一个"文物店"。卖的东西的"年份"都是百年以内的，但标价颇昂，一个祖母用过的极其一般的铜碟子，五十美金。这样的村子在中国到处都可以找得出来，这样的"文物"嘛，中国的废品收购站里多得是。阿玛纳卖"农民"自酿的葡萄酒，有好几家。买酒之前每种可以尝一小杯。我尝了两三杯，没有买，因为我对葡萄酒实在是外行，喝不出所以然。

江·迪尔是一家很现代化的大农机厂，厂部大楼是有名的建筑，全部用钢材和玻璃建成，利用钢材的天然锈色和透亮的玻璃的对比造成极稳定坚实而又明净疏朗的效果。在一口小湖的中心小岛上安置了亨利·摩尔的青铜的抽象化的雕塑。但是在另一侧，完好地保存了曾祖父老迪尔的作坊。这是江·迪尔厂史的第一页。

全美保险公司是一个很大的企业。我们参观了爱荷华州的分公司。大办公室上百张桌子，每个桌上一架电脑。这家公司收藏了很多现代艺术作品，接待室里，走廊上，到处都是。每个单人办公的小办公室里也有好几件抽象派的绘画和雕塑。我很奇怪：这家公司的经理这样喜欢现代艺术？后来知道，原来美国政府有规定，企业凡购买当代艺术作品的，所付的钱可于应付税款中扣除，免缴一部分税。那么，这些艺术品等于是白得的。用企业养艺术，这政策不错！

上午参观了一个现代化的大公司，看了数不清的现代派的艺术作品，下午参观了一个截然不同的地方："活历史农庄"。这里保持着一百年前的样子。我们坐了用老式拖拉机拉着的有几排座位的大车逛了一圈，看了原来印第安人住的小窝棚，在橡树林里的坎坷起伏的小路上钻了半天。有一家打铁的作坊，一位铁匠在打铁。他这打铁完全是表演，烧烟煤碎块，拉着皮老虎似的老式风箱。有一家杂货店，卖的都是旧货。一个店主用老式的办法介绍一些货品的特点，口若悬河。他介绍的货品中竟有一件是中国的笙。他介绍得很准确："这是一件中国的乐器，叫做'笙'。"这家杂货店卖一百年前美国人戴的黑色的粗呢帽（是新制的），卖本地传统制法的果子露饮料。

我们各处转了一圈，回来看看那位铁匠，他已经用熟铁打出了一件艺术品，一条可以插蜡烛的小蛇，头在下，尾在上，蛇身盘扭。

参观了林肯年轻时居住过的镇。这个镇尽量保持当年模样。土路，木屋。林肯旧居犹在，他曾经在那里工作过的邮局也在。有一个老妈妈在光线很不充足的木屋里用不同颜色的碎布拼缀一条百衲被。一个师傅在露地里用棉线心蘸蜡烛，一排一排晾在木架上（这种蜡烛北京现在还有，叫做"洋蜡"）。林肯故居檐下有一位很肥白壮硕的少妇在编篮子。她穿着林肯时代的白色衣裙，赤着林肯时代的大白脚，一边编篮子，一边与过路人应答。老妈妈、蜡烛师傅、赤着白脚的壮硕妇人，当然都是演员。他们是领工资的。白天在这里表演，下班驾车回家吃饭，喝可口可乐，看电视。

/公园/

美国的公园和中国的公园完全不同，这是两个概念。美国公园只是一大片草地，很多树，不像北京的北海公园、中山公园、颐和园，也不像苏州园林。没有亭台楼阁、回廊幽径、曲沼流泉、兰畦药圃。中国的造园讲究隔断、曲折、借景，在不大的天地中布置成各种情趣的小环境，美国公园没有这一套，一览无余。我在美国没有见过假山，没有扬州平山堂那样人造峭壁似的假山，也没有苏州狮子林那样人造峰峦似的假山。美国人不懂欣赏石头。对美国人讲石头要瘦、皱、透，他一定莫名其妙。颐和园一进门的两块高大而玲珑的太湖石，花很多银子从米万钟的勺园移来的一块横卧的大石头，以及开封相国寺传为艮岳遗石的石头，美国人都绝不会对之下拜。美国有风景画，但没有中国的"山水画"，公园，在中国是供人休息、漫步、啜茗、闲谈、沉思、觅句的地方。美国人在公园里扔橄榄球，掷飞碟，男人脱了上衣、女人穿了比基尼晒太阳。美国公园大都有一些铁架子，是供野餐的人烤肉用的。

八
仙

八仙是反映中国市民的俗世思想的一组很没有道理的仙家。

这八位是一个杂凑起来的班子。他们不是一个时代的人。张果老是唐玄宗时的，吕洞宾据说是残唐五代时人，曹国舅只能算是宋朝人。他们也不是一个地方的。张果老隐于中条山，吕洞宾好像是山西人，何仙姑则是出荔枝的广东增城人。他们之中有几位有师承关系，但也很乱，到底是汉钟离度了吕洞宾呢，还是吕洞宾度了汉钟离？是李铁拐度了别人，还是别人度了李铁拐？搞不清楚。他们的事迹也没有多少关联。他们大都是单独行动，组织纪律性是很差的。这八位是怎么弄到一起去的呢？最初可能是出于俗工的图画。王世贞《题八仙像后》云：

> 八仙者，钟离、李、吕、张、蓝、韩、曹、何也。不知其会所由始，亦不知其画所由始，余所睹仙迹及图史亦详矣，凡元以前无一笔，而我明如冷起敬、吴伟、杜董稍有名者亦未尝及之。意或庸妄画工合委巷丛俚之谈，以是八公者，老则张，少则蓝、韩，将则钟离，书生

则吕，贵则曹，病则李，妇女则何，为各据一端作滑稽观耶！

这猜想是有道理的。把他们画在一起，只是为了互相搭配，好玩。

中国人为什么对八仙有那样大的兴趣呢？无非是羡慕他们的生活。

八仙后来被全真教和王重阳拉进教里成了祖师爷，但他们的言行与道教的教义其实没有多大关系。他们突出的事迹是"度人"。他们度人并无深文大义，不像佛教讲精修，更没有禅宗的顿悟，只是说了些俗得不能再俗的话：看破富贵荣华，不争酒色财气……简单说来，就是抛弃一些难于满足的欲望。另外一方面，他们又都放诞不羁，随随便便。他们不像早先的道家吸什么赤黄气，饵丹砂。他们多数并非不食人间烟火，有什么吃什么。有一位叫陈莹中的作过一首长短句赠刘跛子（即李铁拐），有句云："年华，留不住，触处为家。这一轮明月，本自无瑕。随分冬裘夏葛，都不会赤火黄芽。谁知我，春风一拐，谈笑有丹砂。"总之是在克制欲望与满足可能的欲望之间，保持平衡，求得一点心理的稳定。达到这种稳定，就是所谓"自在"。"自在神仙"，此之谓也。这是一种很便宜的，不费劲的庸俗的生活理想。

八仙又和庆寿有关。周宪王《瑶池会八仙庆寿》吕洞宾唱：

汉钟离遥献紫琼钩，张果老高擎千岁韭，蓝采和漫舞长衫袖，捧寿面是曹国舅。岳孔目这铁拐护得千秋，献牡丹是韩湘子，进灵丹的是徐信守，贫道啊，满捧着玉液金瓯。

八仙都来向老太爷或老太太庆寿，岂不美哉。既能自在逍遥，又且长寿不死，中国的市民要求的还有什么呢？

很多中国人家的正堂屋的香案上，常常在当中供着福禄寿三星瓷像，两旁是八仙。你是不是觉得很俗气?

　　八仙在中国的民族心理上，是一个消极的因素。

1986 年 12 月 4 日

建文帝的下落

我对建文帝有一点感情，是因为学唱过《惨睹》。《惨睹》是传奇《千忠戮》的一折。《千忠戮》作者无考，大约是明末清初人。这部传奇写的是燕王朱棣攻破南京后，建文帝与大臣陈济化装为僧道，流亡湖广、云南，备受迫害的故事。《惨睹》的唱词写得很特别，一折中用了八个"阳"字，唱昆曲的人故又别称之为"八阳"。"八阳"的曲子十分慷慨悲壮。头一句"收拾起大地山河一担装，四大皆空相"，破空而来，如果是有好嗓子的冠生，唱起来真是声如裂帛。这是昆曲里的名曲，一度十分流行。"家家'收拾起'；户户'不提防'"，可想见其盛况——"不提防"是《长生殿·弹词》的开头："不提防余年值乱离"。我随中国作协作家赴云南访问团到云南，离昆明后第一站是武定狮子山。听说狮子山的正续禅寺，建文帝曾在那里住过，我于是很有兴趣。

狮子山郁郁葱葱，多奇树珍禽，流泉曲径，但山势并不很雄伟险峻。有人称它是"西南第一山"，未免夸大。

正续禅寺也算不得是一座大寺庙。如果把中国的寺庙划分等级，至多只能列入三等。但是附近几县来烧香的人很多，因为这里曾经住过一位皇帝。寺不在大，有帝则名。来烧香的善男信女当中，有人未必知道这位皇帝是建文帝，更不知道建文帝是怎样的一个皇帝，反正只要是皇帝就好。中国的农民始终对皇帝保持着崇敬。何况这位皇帝又当了和尚，或者这位和尚曾经是皇帝，这就在他们的崇敬心理上更增加了一个层次。

建文帝的下落是一个谜。《明史》只说"城破，宫中火起，帝不知所终"。"不知所终"，留下一个疑案。他当时没有死，流亡出去，是有可能的。但是是不是经湖广，到云南，并无确证。至于是不是往来滇西一带，又常常在正续禅寺歇足，就更难说了。但是清代有些在云南做过地方官的文人是愿意把这件事坐实了的。正续禅寺的大雄宝殿楹柱上有一副对联：

叔误景隆军，一片婆心原是佛；
祖兴皇觉寺，再传天子复为僧。

这说得还比较含混。寺后有惠帝祠，阁前有一副对联，就更加言之凿凿了：

僧为帝，帝亦为僧，数十载衣钵相传，
正觉依然皇觉旧；
叔负侄，侄不负叔，八千里芒鞋徒步，
狮山更比燕山高。

大雄宝殿后面还有一座殿，据说布局不似佛殿，而像皇家的朝廷，有丹陛、品级台。莫非建文帝当了和尚还要坐朝？后殿和惠帝祠都正在修缮，我们没有能进去看。看了惠帝塑像的照片，仍作皇帝的打扮，龙袍，戴着没有翅子的纱帽，端坐着，眼睛细长，胖乎乎的，腮帮子有点下坠。

大雄宝殿东侧有一小院，院中有亭，亭外有联。上联是写景的，没有记住，下联是："小亭曾是帝王居"。据说建文帝生前就住在这亭子里。我们坐在帝王居里的矮凳上喝了一杯茶。亭前花木甚多，木香花花大如小儿拳。

寺里的负责人请大家写字，在所难免。用隶书写了一副对联：

皇权僧钵千年梦；
大地山河一担装。

还请写一个横批，用行书写了四个大字：

是耶非耶。

武定出壮鸡。我原来以为壮鸡就是一肥壮的鸡。不是的。所谓"壮鸡"，是把母鸡骟了，长大了，样子就有点像公鸡，味道特别鲜嫩。只有武定人会动这种手术。我只知道公鸡可骟，不知母鸡亦可骟也！

1987 年 4 月 30 日

杨慎在保山

　　我到保山，有一个愿望：打听杨升庵的踪迹。我请市文联的同志给我找几本地方志。感谢他们，找到了。

　　我对升庵并没有多少了解。50 年代在北京看过一出川戏《文武打》。这是一出格调古淡的很奇怪的戏，写的是一个迂阔的书生，路上碰到一个酒醉的莽汉，醉汉打了书生几砣，后来又认了错，让书生打他，书生怕打重了，乃以草棍轻击了醉汉几下。这出戏说不上有什么情节。事隔 30 多年，我连那点几乎没有的情节也淡忘了。但这两个人物的扮相却分明记得：莽汉穿白布短衫，脖领里斜插了一只红布的灯笼；书生穿青褶子，脸上涂得雪白，浓墨描眉，眼角下弯，两片殷红的嘴唇，像戴了一个面具。这出戏以丑行应工，但完全没有后来丑角的科诨，演得十分古朴。有人告诉我，这出戏是杨升庵写的。我想这是可能的。我还想，很有可能杨升庵当时这出戏就是这样演的，这可以让我们窥见明杂剧的一种演法，这是一件活文物。我曾经搞过几年民间文学，读了升庵辑录的古今谣谚。因此，对升庵颇有好感。

　　70 年代，我到过四川新都，这是杨升庵的老家。新都有个桂湖，环湖都植桂花。湖畔有升庵祠。桂湖不大，逛一圈毫不吃力，看了一点关于升庵的材料，想了四句诗：

桂湖老桂弄新姿，

湖上升庵旧有祠。

一种风流谁得似，

状元词曲罪臣诗。

升庵名慎，字用修，升庵乃其别号。他年轻时即负才名。正德间试进士第一，其时他大概是十八九岁，可谓少年得志。到明世宗时以"议大礼"得罪，谪戍永昌，这时他大概34岁左右。他死于1559年，71岁，一直流放在永昌，未能归蜀。永昌府在明代管属地区甚广，一直延及西双版纳，但是府治在今保山。杨升庵也以住保山的时候为多。算起来，他在保山待了大概有37年左右。可谓久矣。

杨慎在保山是如何度过这37年的呢？

曾在一本书里看到，他醉则乘篮舆过市，插花满头。

《康熙通志》曰："杨慎戍永昌，遍游诸郡，所至携倡伶以随。夷酋欲求其诗不可得，乃以白绫作袱，遣服之。酒后乞诗，杨欣然命笔，醉墨淋漓，挥满裙袖，重价购归。杨知之更以为快。"

这样看起来，升庵在保山是仍然保持诗人气质，放诞不羁的。"所至携倡伶以随"，生活也相当优裕，不像是下放劳动，靠挣工分吃饭。但是他的内心是痛苦的。放诞，正是痛苦的一种表现。他在保山，多亏了他的世叔保山张志淳和忘年诗友张志淳的儿子张含的照顾。张含《丙寅除夕简杨用修》诗曰："征途易老百年身，底事光阴改换频。子美生涯浑烂醉，叔伦寥落又逢春。诗魂寥落不可捉，乡梦渺茫何足

161

真。独把一杯饯残岁，尽情灯火伴愁人。"丙寅是 1566 年，其时升庵已经死了 5 年了，"寅"字可能是个错字，或当作"丙辰"，丙辰是 1556 年，距升庵谪戍已经有多年了，这些年他只能于烂醉中度过。

增加杨升庵生活的悲剧性，是他和夫人黄娥的长期离别。黄娥也是才女，能诗。

《永昌府志》曰："杨用修久戍滇中，妇黄氏寄一律曰：'雁飞曾不到衡湘，锦字何由寄永昌。三春花柳妾薄命，六诏风烟君断肠。曰归曰归愁岁暮，其雨其雨怨朝阳。相怜空有刀环约，何日金鸡下夜郎？'"这首诗我在升庵祠的壁上曾见过石刻的原迹。我很怀疑这只是黄夫人独自的思念，没有寄到升庵手里，"锦字何由寄永昌"，只是欲寄而不达，说得很清楚。一个女诗人，盼丈夫回来，盼了 30 多年，想一想，能不令人泪下？

"何日金鸡下夜郎？"杨慎本来可以赦回四川了，但是，《康熙通志》曰："杨慎归蜀，年已七十余，而滇士有谗之抚臣王昺者。昺，俗戾人也，使四指挥以银铛锁来滇。慎不得已，至滇，则昺以墨败；然慎不能归，病寓禅寺以殁。"

乍一看这一条材料，我颇觉新奇，"以银铛锁来滇"，用银链子把杨升庵锁回云南，那是很好看的。后来一想，这"银"字是个刻错了的字，原字当是"锒"。"锒铛"是铁链。杨升庵还是被用铁链锁回来的。王昺是个"俗戾人"，不会干出用银链锁人这样的韵事。这位王昺不过是地区和省一级之间的干部，竟能随便把一位诗人用铁链锁回来，令人发指！王昺因贪污而垮台（"以墨败"），然而杨慎却以 70 余岁的高龄病死在寺庙里了。

杨慎到底犯了什么罪？"议大礼"。"议大礼"是怎么回事？我没有弄清楚。也不大容易弄清楚，因为《升庵集》大概不会收这篇文章。

但是想起来不外是于当时的某种制度发表了一通议论，杨升庵犯的是言论自由罪。

1987 年 5 月 1 日

银
铛

两个月前，我从云南回来，写了一篇《杨慎在保山》，引《康熙通志》：

> 杨慎归蜀，年已七十余，而滇士有谄之抚臣王昺者。昺，俗戾人也，使四指挥以银铛锁来滇。慎不得已，至滇，则昺以墨败；然慎不能归，病寓禅寺以殁。

乍一看，觉得很新鲜。用银链子把一个曾经中过状元的绝代才子锁回来，可能是一种特殊待遇。如果允许他穿了大红官衣，戴甩发，那"扮相"是很美的。后来一想，王昺是"俗戾人"，干不出这样的韵事。我于是断定："银铛"的"银"，是个误刻的错字。"银"当作"铟"。那么，杨升庵还是被用铁链子锁回云南的。七十多岁的老人，铁索银铛，一步一步，艰难地在崎岖的山路走着，惨！

近阅《升庵诗话》"银铛"条云：

读后哑然。想不到升庵这一条小考证，后来竟应在自己的身上。他大概没有想到自己竟至被人"以银铛锁来滇"；更没有想到志书上把"银铛"误为"银铛"。造化如小儿，真能恶作剧！

我到保山，曾希望找到一点升庵的遗迹，但知道这种可能性不大。王昶《滇行日录》曰：

访杨升庵谪居故址，为今甲仗库。入视之，有楼三楹，坏不可憩矣。楼下有人书三春柳律句，庭前有桃数株。

王昶是乾隆时人，距升庵也不过 250 年左右，其时已荒败如此，今天升庵遗迹荡然，是不足怪的。所堪庆幸的是，保山保存关于杨升庵的文字资料还不少，保山人对升庵是很有感情的。

遗址不能寻觅，是不是可以择一好风景的地方给升庵盖一个小小的纪念馆？再小一点，叫做纪念室也可以。保山尽多佳山水，难道不能容升庵一席之地么？

升庵著作甚多，据云有 70 种。这些著作大都雕印过。是不是可以搜集到两个全份，一份存新都升庵祠，一份存保山？

对于王昺，我觉得也可以整出一份材料，并且也可以给他辟一个纪念馆。馆内陈列，一概依从王昺的观点，不置可否。一个人迫害知识分子，总有他的道理。

1987 年 7 月 11 日

165

杜甫草堂·三苏祠·升庵祠

几次到成都，总不免要去杜甫草堂。第一次是自己想去，以后都是陪别人。我对杜甫草堂有些失望。我希望能看到一点遗迹。既名草堂，总得有一个草堂。我知道唐代的草堂是不可能保存到今天的，但是以意为之，得其仿佛，重盖几间，总还是可以的。《茅屋为秋风所破歌》的茅屋在哪里呢？没有。"老妻画纸为棋局，稚子敲针作钓钩"大概在一个什么环境里？杜甫是在什么地方观察到"细雨鱼儿出，微风燕子斜"的？都无从想象。现在是一群相当高大轩敞，颇为阔气的建筑。我觉得草堂最好按照杜诗所描绘的样子改建。可以补种杜诗屡次提到的四松、柟木。待客的器皿也可用大邑青瓷，——我想现在都还能买到吧。纪念馆里有不少时贤字画。我想陈列的字画最好有点唐朝风格。字宜选用唐人写经、褚遂良、薛稷、欧阳询、怀素诸人体。现在挂的，画多是大红大绿的大写意，字多剑拔弩张的将军体，与杜甫、与草堂都不谐调。现在那里实际上是一个供人游览的公园。有人一边走，一边提了一架录音机，放邓丽君的流行歌曲。我仿佛看见杜甫躲在竹丛里苦笑。

三苏祠在眉山，情况比杜甫草堂要好得多。祠是苏氏故宅，以宅为祠。东坡文云："家有五亩之宅"，现在扩大了一些。当日房屋，不复存在。现有的都是重建的，但不甚华焕。有一口井，用当地所产红砂岩为井栏。据说这是当年的旧井，现在还能从井里打上水来。正屋西边有一株荔枝树。据说是苏东坡离家时家人所植，想等东坡回来时吃荔枝。东坡四方流寓，没有能吃上家园的荔枝。这株荔枝早已枯死，现在看到的是后来补栽的，现地方还是原来的地方。"祠"的负责人要求写几个字，写了四句诗：

当日家园有五亩，

至今文字重三苏。

红栏旧井犹堪汲，

丹荔重栽第几株？

据后来到三苏祠的人说：眉山招待所的东坡肘子极好。我们那次因为要赶路，未能一尝。

杨升庵是新都人，正德间试进士第一，后获罪谪戍云南永昌。他曾在新都的桂湖住过，死后，乡人在湖上建了升庵祠。他能诗能文，写词曲，还注意搜集古今谣谚，这和我好像有一点关系，我曾经编过《民间文学》，现在在搞戏，于是想去看看。桂湖不甚大，弯曲而长，南岸是一带高岗，三面是平陆。岸上都种了桂花，所以叫做桂湖。升庵祠在北面，不大，三开的大厅。祠内陈设颇朴素。有一些字画碑刻，皆不俗。祠内正准备为升庵立像，让我们参观了许多设计的小样，未能赞一词。在这些泥塑小样前想了四句诗：

桂湖老样弄新姿，
湖上升庵旧有祠。
一种风流谁得似？
状元词曲罪臣诗。

栈

昔在张家口坝上，听人说北京东来顺涮羊肉用的羊都是从坝上赶下去的（不是用车运去的），赶到了，还要 zhan 几天，才杀，所以特别好。我不知这 zhan 字怎么写，以为是"站"，而且望文生义，以为是让羊站着不动，喂几天。可笑也。后读《清异录》"玉尖面"条：

赵宗儒在翰林时，闻中使言："今日早馔玉尖面，用消熊、栈鹿为内馅，上甚嗜之。"问其形制，盖人间出尖馒头也。又问消熊之说，曰："熊之极肥者曰消，鹿以倍料精养者曰栈。"

这才恍然大悟：此字当写作"栈"，是精饲料喂养的意思。《清异录》"丑未觞"条云：

予开运中赐丑未觞，法用鸡酥、栈羊筒子髓置醇酒中，暖消而后饮。

注云："栈羊，圈内饲养的肥羊。"

这也有道理。"栈"本是养牲口的木棚或栅栏。《庄子·马蹄》："编之以皂栈"，陆德明释文引崔撰云："皂，马闲也；栈，木棚也。"这个字更全面的解释应是：用精饲料圈养（即不是牧养）。《水浒传》里有这个字。明容与堂刻本《水浒传》第二十五回：

> ……郓哥见了，立住了脚，看着武大道："这几时不见你，怎么吃得肥了？"武大歇下担儿道："我只是这般模样，有什么吃得肥处！"郓哥道："我前日要籴些麦稃，一地里没籴处，人都道你屋里有。"武大道："我屋里又不养鹅鸭，哪里有这麦稃！"郓哥道："你没麦稃，你怎地栈得肥膪膪地，便颠倒提起你来也不妨，煮在锅里也没气！"武大道："含鸟猢狲，倒骂得我好！我的老婆又不偷汉子，我如何是鸭？……"

这个字先秦时就用，元明小说中还有，现代口语中也还活着，其生命可谓长矣。年轻人大概不知道了。即是东来顺的中年以下的师傅也未必知其所以然，但老师傅或者还有晓得的。听说有人要写关于东来顺的小说，那么我向您提供这个字，您也许用得着。——您的小说写成了，哪天在东来顺三楼请客的时候，可别忘了我！

有些字，要用，不知道怎么写，最好查一查，不要以为这个字大概是"有音无字"，随便用一个字代替。其实这是有本字的。我写小说《王全》，有一小段：

> 这地方管缺个心眼叫"俏"，读作"俏"。王全行六，据说有点缺个心眼，故名"俏六"。

这个"㑔"字我不知怎么写，写信问了语言学家李荣，李荣告诉了我，并告诉我字的出处，有一本书里有"傻㑔不仁"的句子（李荣的复信已失去，出处我忘了）。不错！京剧《李逵负荆》里有一句念白："众家哥弟一个个佯㑔而不睬。""佯㑔"是装傻的意思。不过我听几个演员和票友都念成了"佯秋"！

作家和演员都要识字。

1986 年 12 月 5 日

鳜
鱼

读《徐文长佚草》，有一首《双鱼》：

如绢鳜鱼如鲋䱗，鬐张腮呷跳纵横。
遗民携立岐阳上，要就官船脍具烹。

青藤道士画并题。鳜鱼不能屈曲，如僵蹶也。绢音计，即今花毯，其鳞纹似之，故曰鳜鱼。鲫鱼群附而行，故称鲋鱼。旧传败梳所化，或因其形似耳。

这是一首题画诗。使我发生兴趣的是诗后的附注。鳜鱼为什么叫做鳜鱼呢？是因为它"不能屈曲，如僵蹶也"。此说似有理。鳜鱼是不能屈曲的，因为它的脊骨很硬。但又觉得有些勉强，有点像王安石的《字说》。这种解释我没有听说过，很可能是徐文长自己琢磨出来的。但说它为什么又叫鳜鱼，是有道理的。附注里的"即今花毯"，"毯"字肯定是刻错了或排错了的字，当作"毯"。"鳜"是杂色的毛织品，是一种衣料。《汉书·高帝纪下》："贾人毋得衣锦绣、绮縠、絺纻、罽。"这种毛料子大概到徐文长的时候已经没有了，所以他要注明"即今花毯"。其实罽有花，却不是毯子。用毯子做衣服，未免太厚重，用当时可见的花毯来比原也是没有办法的办法。而且罽或罽，这个字16世纪认得的人就不多，所以徐文长注曰"音计"。鳜鱼有些地方叫做"鲚花鱼"，如松花江畔的哈尔滨和我的家乡高邮。北京人则反过来读成"花鲚"。叫做"鲚花"是没有讲的。正字应写成"罽花"。鳜鱼身上有杂色斑点，大概古代的罽就是那样。不过如果有哪家饭馆里的菜单上写出"清蒸罽花鱼"，绝大部分顾客一定会不知道这是什么东西。即使写成"鳜鱼"，有人怕也不认识，很可能念成"厥鱼"（今音）。我小时候有一位老师教我们张志和的《渔父》，"西塞山前白鹭飞，桃花流水鳜鱼肥"，就把"鳜鱼"读成"厥鱼"。因此，现在很多饭馆都写成"桂鱼"。其实这是都可以的吧，写成"鲚花鱼""桂鱼"，都无所谓，只要是那个东西。不过知道"罽花鱼"的由来，也不失为一件有趣的事。

鳜鱼是非常好吃的。鱼里头，最好吃的，我以为是鳜鱼。刀鱼刺多，鲥鱼一年里只有那么几天可以捕到。堪与鳜鱼匹敌的，大概只有南方的石斑，尤其是青斑，即"灰鼠石斑"。鳜鱼刺少，肉厚。蒜瓣肉。肉细，嫩，鲜。清蒸、干烧、糖醋、做松鼠鱼，皆妙。氽汤，汤白如牛乳，浓而不腻，远胜鸡汤鸭汤。我在淮安曾多次吃过"干炸鲚花鱼"。二尺多长的活治整鳜鱼入大锅滚油干炸，蘸椒盐，吃了令人咋舌。至今思之，只能如张岱所说："酒足饭饱，惭愧惭愧！"

鳜鱼的缺点是不能放养，因为它是吃鱼的。"大鱼吃小鱼"，其实吃鱼的鱼并不多。据我所知，吃鱼的鱼，只有几种：鳜鱼、鮠鱼、黑鱼（鲨鱼、鲸鱼不算）。鮠鱼本名鮠。《本草纲目·鳞部四》："北人呼鳜，南人呼鲴，并与音相近，迩来通称鲴鱼，而鳜、鲙之名不彰矣。"黑鱼本名乌鳢。现在还有这么叫的。林斤澜《矮凳桥风情》里写了乌鳢，有人看了以为这是一种带神秘色彩的古怪东西，其实即黑鱼而已。

凡吃鱼的鱼，生命力都极顽强。我小时曾在河边看人治黑鱼，内脏都掏空了，此黑鱼仍能跃入水中游去。我在小学时垂钓，曾钓着一条大黑鱼，心里喜欢得怦怦跳，不料大黑鱼把我的钓线挣断，嘴边挂着鱼钩和挺长的一截线游走了！

1987 年 7 月 8 日

水母

    在中国的北方，有一股好水的地方，往往会有一座水母宫，里面供着水母娘娘。这大概是因为北方干旱，人们对水有一种特殊的感情。为了表达这种感情，于是建了宫，并且创造出一个女性的水之神。水神之为女性，似乎是很自然的事，因为水是温柔的。虽然河伯也是水神，他是男的，但他惯会兴风作浪，时常跟人们捣乱，不是好神，可以另当别论。我在南方就很少看到过水母宫。南方多的是龙王庙。因为南方是水乡，不缺水，倒是常常要大水为灾，故多建龙王庙，让龙王来把水"治"住。

    水母娘娘是一个很有特点的女神。

    中国的女神的形象大都是一些贵妇人。神是人按照自己的样子创造出来的。女神该是什么样子呢？想象不出。于是从富贵人家的宅眷中取样，这原本也是很自然的事。这些女神大都是宫样盛装，衣裙华丽，体态丰盈，皮肤细嫩。若是少女或少妇，则往往在端丽之中稍带一点妖冶。《封神榜》里的女娲圣像，"容貌端丽，瑞彩翩翩，国色天姿，宛然如生；真是蕊宫仙子临凡，月殿嫦娥下世"，竟至使"纣王一见，神魂飘荡，陡起淫心"，可见是并不冷若冰霜。圣像如此，也就不能单怪纣王。作者在描绘时笔下就流露出几分遐想，用语不免轻薄，很不得体的。《水浒传》里的九天玄女也差不多："头绾九龙飞凤髻，身穿金缕绛绡衣。蓝田玉带曳长裙，白玉圭璋擎彩袖。脸如莲萼，天然眉目映云鬟；唇似樱桃，自在规模端雪体。犹如王母宴蟠桃，却似嫦娥居月殿。"虽然作者在最后找补了两句："正大仙容描不就，威严形象画难成"，也还是挽回不了妖艳的印象。——这二位长得都像嫦娥，真是不谋而合！倾慕中包藏着亵渎，这是中国的平民对于女神也即是对于大家宅眷的微妙的心理。有人见麻姑爪长，想到如果让她来搔搔背一定很舒服。这种非分的异想，是不难理解的。至于中年以上的女神，就不会引起膜拜者的隐隐约约的性冲动了。她们大都长得很富态，一脸的福相，低垂着眼皮，眼观鼻、鼻观心，毫无表情地端端正正地坐着，手里捧着"圭"，圭下有一块蓝色的绸帕垫着，绸帕耷拉下来，我想是不让人看见她的胖手。这已经完全是一位命妇甚至是皇娘了。太原晋祠正殿所供的那位晋之开国的国母，就是这样。泰山的碧霞元君，朝山进香的没有知识的乡下女人称之为"泰山老奶奶"，这称呼实在是非常之准确，因为她的模样就像一个呼奴使婢的很阔的老奶奶，只不过不知为什么成了神了罢了。——总而言之，这些女神的"成分"都是很高的。"文化大革命"中，有一位农民出身当了造反派的头头的干部，带头打碎了很多神像，其中包括一些女神的像。他的理由非常简单明了："她们都是地主婆！"不能说他毫无道理。

水母娘娘异于这些女神。

水母宫一般都很小，比一般的土地祠略大一些。"宫"门也矮，身材高大一些的，要低了头才能走进去。里面塑着水母娘娘的金身，大概只有二尺来高。这位娘娘的装束，完全是一个农村小媳妇：大襟的布袄，长裤，布鞋。她的神座不是什么"八宝九龙床"，却是一口水缸，上面扣着一个锅盖，她就盘了腿用北方妇女坐炕的姿势坐在锅盖上。她是半侧着身子坐的，不像一般的神坐北朝南面对"观众"。她高高地举起手臂，在梳头。这"造型"是很美的。这就是在华北农村到处可以看见的一个俊俊俏俏的小媳妇，完全不是什么"神"！

她为什么会成了神？华北很多村里都流传着这样的故事：

有一家，有一个小媳妇。这地方没水。没有河，也没有井。她每天要到很远的地方去担水。一天，来了一个骑马的过路人，进门要一点水喝。小媳妇给他舀了一瓢。过路人一口气就喝掉了。他还想喝，小媳妇就由他自己用瓢舀。不想这过路人咕咚咕咚把半缸水全喝了！小媳妇想：这人大概是太渴了。她今天没水做饭了，这咋办？心里着急，脸上可没露出来。过路人喝够了水，道了谢。他倒还挺通情理，说："你今天没水做饭了吧？"——"嗯哪！"——"你婆婆知道了，不骂你吗？"——"再说吧！"过路人说："你这人——心好！这么着吧：我送给你一根马鞭子，你把鞭子插在水缸里。要水了，就把马鞭往上提提，缸里就有水了。要多少，提多高。要记住，不敢把马鞭子提出缸口！记住，记住，千万记住！"说完了话，这人就不见了。这是个神仙！从此往后，小媳妇就不用走老远的路去担水了。要用水，把马鞭子提一提，就有了。这可真是"美扎"啦！

一天，小媳妇住娘家去了。她婆婆做饭，要用水。她也照着样儿把马鞭子往上提。不想提过了劲，把个马鞭子一下提出缸口了。这可了不得了，水缸里的水哗哗地往外涌，发大水了。不大会儿工夫，村子淹了！

小媳妇在娘家，早上起来，正梳着头，刚把头发打开，还没有挽上纂儿，听到有人报信，说她婆家村淹了，小媳妇一听：坏了！准是婆婆把马鞭子拔出缸外了！她赶忙往回奔。到家了，急中生计，抓起锅盖往缸口上一扣，自己腾地一下坐到锅盖上。嘿！水不涌了！

后来，人们就尊奉她为水母娘娘，照着她当时的样子，塑了金身：盘腿坐在扣在水缸上的锅盖上，水退了，她接着梳头。她高高举起手臂，是在挽纂儿哪！

这个小媳妇是值得被尊奉为神的。听到婆家发了大水，急忙就往回奔，何其勇也。抓起锅盖扣在缸口，自己腾地坐了上去，何其智也。水退之后，继续梳头挽纂儿，又何其从容不迫也。

水母的塑像，据我见到过的，有两种。一种是凤冠霞帔作命妇装束的，俨然是一位"娘娘"；一种是这种小媳妇模样的。我喜欢后一种。

这是农民自己的神，农民按照自己的模样塑造的神。这是农民心目中的女神：一个能干善良且俊俏的小媳妇。农民对这样的水母不缺乏崇敬，但是并不畏惧。农民对她可以平视，甚至可以谈谈家常。这是他们想出来的，他们要的神，——人，不是别人强加给他们头上的一种压力。

有一点是我不明白的。这小媳妇的功德应该是制服了一场洪水，但是她的"官"却往往在一股好水的源头，似乎她是这股水的赐予者，这到底是怎么回事呢？这个故事很美，但是这个很美的故事和她被尊奉为"水母"又有什么必然的关系呢？但是农民似乎不对这些问题深究。他们觉得故事就是这样的故事，她就是水母娘娘，无需讨论。看来我只好一直胡涂下去了。

中国的百姓——主要是农民，对若干神圣都有和统治者不尽相同的看法，并且往往编出一些对诸神不大恭敬的故事，这是很有意思的事。比如灶王爷。汉朝不知道为什么把"祀灶"搞得那样乌烟瘴气，汉武帝相信方士的鬼话，相信"祀灶可以致物"（致什么"物"呢？），而且"黄金可成，不死之药可至"。这纯粹是胡说八道。后来不知道怎么一来，灶王爷又和人的生死搭上了关系，成了"东厨司命定福灶君"。但是民间的说法殊不同。在北方的农民的传说里，灶王爷是有名有姓的，他姓张，名叫张三（你听听这名字！），而且这人是没出息的，他因为做了什么见不得人的事（什么事，我忘了），钻进了灶火里，弄得一身一脸乌漆墨黑，这才成了灶王。可惜我记性不好，对这位张三灶王爷的全部事迹已经模糊了。异日有暇，当来研究研究张三兄。

或曰：研究这种题目有什么意义，这和四个现代化有何关系？有的！我们要了解我们这个民族。

1984 年 6 月 23 日

葵·薤

小时读汉乐府《十五从军征》，非常感动。

十五从军征，八十始得归。道逢乡里人，"家中有阿谁？"——"遥望是君家，松柏冢累累。"兔从狗窦入，雉从梁上飞。中庭生旅谷，井上生旅葵。舂谷持作饭，采葵持作羹。羹饭一时熟，不知贻阿谁！出门东向看，泪落沾我衣。

诗写得平淡而真实，没有一句迸出呼天抢地的激情，但是惨切沉痛，触目惊心。词句也明白如话，不事雕饰，真不像是两千多年前的人写出的作品，一个十来岁的孩子也完全能读懂。我未从过军，接触这首诗的时候，也还没有经过长久的乱离，但是不止一次为这首诗流了泪。

然而有一句我不明白，"采葵持作羹"。葵如何可以为羹呢？我的家乡人只知道向日葵，我们那里叫做"葵花"。这东西怎么能做羹呢？用它的叶子？向日葵的叶子我是很熟悉的，很大，叶面很粗，有毛，即使是把它切碎了，加了油盐，煮熟之后也还是很难下咽的。另外有一种秋葵，开淡黄色薄瓣的大花。叶如鸡脚，又名鸡爪葵。这东西也似不能做羹。还有一种蜀葵，又名锦葵，内蒙、山西一带叫做"蜀蓟"。我们那里叫做端午花，因为在端午节前后盛开。我从来也没听说过端午花能吃，——包括它的叶、茎和花。后来我在济南的山东博物馆的庭院里看到一种戎葵，样子有点像秋葵，开着耀眼的朱红的大花，红得简直吓人一跳。我想，这种葵大概也不能吃。那么，持以作羹的葵究竟是一种什么东西呢？

后来我读到吴其浚的《植物名实图考长编》和《植物名实图考》。吴其浚是个很值得叫人佩服的读书人。他是嘉庆进士，自翰林院修撰官至湖南等省巡抚。但他并没有只是做官，他留意各地物产丰瘠与民生的关系，依据耳闻目见，辑录古籍中有关植物的文献，写成了《长编》和《图考》这样两部巨著。他的著作是我国19世纪植物学极重要的专著。直到现在，西方的植物学家还认为他绘的画十分精确。吴其浚在《图考》中把葵列为蔬类的第一品。他用很激动的语气，几乎是大声疾呼，说葵就是冬苋菜。

然而冬苋菜又是什么呢？我到了四川、江西、湖南等省，才见到。我有一回住在武昌的招待所里，几乎餐餐都有一碗绿色的叶菜做的汤。这种菜吃到嘴是滑的，有点像莼菜。但我知道这不是莼菜，因为我知道湖北不出莼菜，而且样子也不像。我问服务员："这是什么菜？"——"冬苋菜！"第二天我过到一个巷子，看到有一个年轻的妇女在井边洗菜。这种菜我没有见过。叶片圆如猪耳，颜色正绿，叶梗也是绿的。我走过去问她洗的这是什么菜，——"冬苋菜！"我这才明白：这就是冬苋菜，这就是葵！那么，这种菜作羹正合适，——即使是旅生的。从此，我才算把《十五从军征》真正读懂了。

吴其浚为什么那样激动呢？因为在他成书的时候，已经几乎没有人知道葵是什么了。

蔬菜的命运，也和世间一切事物一样，有其兴盛和衰微，提起来也可叫人生一点感慨，葵本来是中国的主要蔬菜。《诗经·邠风·七月》："七月烹葵及菽"，可见其普遍。后魏《齐民要术》以《种葵》列为蔬菜第一篇。"采葵莫伤根"，"松下清斋折露葵"，时时见于篇咏。元代王祯的《农书》还称葵为"百菜之主"，不知怎么一来，它就变得不行了。明代的《本草纲目》中已经将它列入草类，压根儿不承认它是菜了！葵的遭遇真够惨的！到底是什么原因呢？我想是因为后来全国普遍种植了大白菜。大白菜取代了葵。齐白石题画中曾提出："牡丹为花之王，荔枝为果之王，独不论白菜为菜中之王，何也？"其实大白菜实际上已经成"菜之王"了。

幸亏南方几省还有冬苋菜，否则吴其浚就死无对证，好像葵已经绝了种似的。吴其浚是河南固始人，他的家乡大概早已经没有葵了，都种了白菜了。他要是不到湖南当巡抚，大概也弄不清葵是啥。吴其浚那样激动，是为葵鸣不平。其意若曰：葵本是菜中之王，是很好的东西；它并没有绝种！它就是冬苋菜！您到南方来尝尝这种菜，就知道了！

北方似乎见不到葵了。不过近几年北京忽然卖起一种过去没见过的菜：木耳菜。你可以买一把来，做个汤，尝尝。葵就是那样的味道，滑的，木耳菜本名落葵，是葵之一种，只是葵叶为绿色，而木耳菜则带紫色，且叶较尖而小。

由葵我又想到薤。

我到内蒙去调查抗日战争时期游击队的材料，准备写一个戏。看了好多份资料，都提到部队当时很苦，时常没有粮食吃，吃"荄荄"，下面多于括号中注明"音'害害'"。我想："荄荄"是什么东西？再说"荄"读 gāi，也不读"害"呀！后来在草原上有人给我找了一棵实物，我一看，明白了：这是薤。薤音 xiè。内蒙、山西人每把声母为 X 的字读成 H 母，又好用叠字，所以把"薤"念成了"害害"。

薤叶极细。我捏着一棵薤，不禁想到汉代的挽歌《薤露》："薤上露，何易晞。露晞明朝更复落，人死一去何时归？"不说葱上露、韭上露，是很有道理的。薤叶上实在挂不住多少露水，太易"晞"掉了。用此来比喻人命的短促，非常贴切。同时我又想到汉代的人一定是常常食薤的，故而能近取譬。

北方人现在极少食薤了。南方人还是常吃的。湖南、湖北、江西、云南、四川都有。这几省都把这东西的鳞茎叫做"藠头"。"藠"音"叫"。南方的年轻人现在也有很多不认识这个藠字的。我在韶山参观，看到说明材料中提到当时用的一种土造的手榴弹，叫做"洋藠古"，一个讲解员就老实不客气地读成"洋晶古"。湖南等省人吃的藠头大都是腌制的，或入醋，味道酸甜；或加辣椒，则酸甜而极辣，皆极能开胃。

南方人很少知道藠头即是薤的。

北方城里人则连藠头也不认识。北京的食品商场偶尔从南方运了藠头来卖，趋之若鹜的都是南方几省的人。北京人则多用不信任的眼光端详半天，然后望望然而去之。我曾买了一些，请几位北方同志尝尝，他们闭着眼睛嚼了一口，皱着眉头说："不好吃！——这哪有糖蒜好哇！"我本想长篇大论地宣传一下藠头的妙处，只好咽回去了。

哀哉，人之成见之难于动摇也！

我写这篇随笔，用意是很清楚的。

第一，我希望年轻人多积累一点生活知识。古人说诗的作用：可以观，可以群，可以怨，还可以多识于草木虫鱼之名。这最后一点似乎和前面几点不能相提并论，其实这是很重要的。草木虫鱼，多是与人的生活密切相关。对于草木虫鱼有兴趣，说明对人也有广泛的兴趣。

第二，我劝大家口味不要太窄，什么都要尝尝，不管是古代的还是异地的食物，比如葵和薤，都吃一点。一个一年到头吃大白菜的人是没有口福的。许多大家都已经习以为常的蔬菜，比如菠菜和莴笋，其实原来都是外国菜。西红柿、洋葱，几十年前中国还没有。很多人吃不惯，现在不是也都很爱吃了么？许多东西，乍一吃，吃不惯，吃吃，就吃出味儿来了。

你当然知道，我这里说的，都是与文艺创作有点关系的问题。

1984 年 6 月 27 日

猴王的罗曼史

　　游索溪峪，陪同我的老万说，有一处山坳里养着一群猴子，看猴子的人会唱猴歌，通猴语，他问我有没有兴趣去看看。我说：有！

　　看猴的五十多岁了，独臂，他说他家五代都在山里捉猴子。他说猴有猴群，"人"数不等，二三十只到近百只的都有，猴群有王。王是打出来的。每年都要打一次。哪一只公猴子把其他的公猴都打败了（母猴不参加），他就是猴王。猴王一到，所有的猴子都站在两边。除了大王，还有二王、三王。

　　这里的这群猴原来是山里的野猴，有一年下大雪，山里没吃的，猴群跑到这里来，他撒一点包谷喂喂他们，这群猴就在这里定居了。

　　猴群里所有的母猴名义上都是猴王的姬妾，但是猴王有一个固定的大老婆，即猴后。别的母猴和其他公猴"做爱"，猴王也是睁一眼闭一眼，但是正室大夫人绝对不许乱搞。这群猴的猴后和别的公猴乱搞，被原先的猴王发现，他就把猴后痛打一顿，逐到山里去了，这猴后到山里跟另一猴群的二王结了婚，还生了个猴太子。后来这群猴的猴王死了，猴后回来看了看，就把她的第二个丈夫迎了来，招婿上门，当了这群猴的猴王。

谁是猴王？一看就看得出来。他比别的猴子要魁伟得多，毛色金黄发亮。脸型也有点特别，下腭不尖而方。双目炯炯，样子很威严，的确有点帝王气象。跟他贴身坐着的，想必即是猴后，也很像一位命妇。

猴王是有权的。两只猴子吵起来，甚至扭打起来，他会出面仲裁，大声呵叱，或予痛责。除此之外，也没有什么尊贵。小猴子手里的食物他照样抢过来吃。

我们问这位独臂老汉："你是通猴语么？"他说猴子有语言，有五十几个"字"，即能发出五十几种声音，每一种声音表示一定的意思。

有几个外地来的青年工人和猴子玩了半天，喂猴吃东西，还和猴子一起照了很多相。他们站起身来要走了，猴王猴后并肩坐在铁笼里吭吭地叫了几声，神情似颇庄重。我问看猴人："他们说什么？"他说："你们走了，再见！"这几个青年走上山坡，将要拐弯，猴王猴后又吭吭了几声。我问看猴老汉："这是什么意思？"他说："他们说：慢走。"

我不大相信。可是等我和老万向看猴老汉告辞的时候，猴王猴后又复并肩而坐，吭吭几声，等我们走上山坡，他们又是同样地吭吭叫了几声。我不得不相信这位朴朴实实的独臂看猴老汉所说的一切。

我向老汉建议：应当把猴语的五十几个单音字录下来，由他加以解释，留一份资料。他说管理处的小张已经录了。

老万告诉我：这老汉会唱猴歌。他一唱猴歌，山里的猴子就会奔来。我问他："你会唱猴歌吗？"他说："猴歌啊？……"笑而不答，不置可否。

太监念京白

京剧里的太监都念京白（一般生、旦都念"韵白"，架子花偶尔念几句京白——行话叫"改口"，花旦多念京白，但也有念韵白的），《法门寺》的刘瑾的"自报家门"是其代表。特别是经金少山那么一念："咱家，姓刘名瑾，字表春华，乃是陕西延安府的人氏。自幼儿七岁净身，九岁进宫，一十三岁，伺候老王，老王驾崩，扶保正德皇帝登基。我与万岁，明是君臣，暗同手足的一般……"吐字归音，铿锵顿挫，让人相信，太监就是那样说话的。

大概从明朝起（更准确地说，从永乐年间起），太监就说一种特殊韵味的京白，不论在宫里、宫外，在京、出京。

《陶庵梦忆·龙山放灯》：

万历辛丑年，父叔辈张灯龙山……庙门悬禁条，禁车马，禁烟火，禁喧哗，禁豪家奴不得行辟人。……十六夜，张分守宴织造太监于山巅星宿阁，傍晚至山下，见禁条，太监忙出舆笑曰："遵他！遵他！自咱们遵他起。"

张岱文每喜用口语写人物对话。这一篇写织造太监的说话如闻其声，是口语，而且是地道的京白。

明朝的太监横行天下，他们有一个特点是到哪里都说京白。王世贞《弇山堂别集·中官考》载：

> 西厂太监谷大用遣逻卒四出刺访。江西南庭县民吴登显等三家于端午竞渡，以擅造龙舟捕之，籍其家。自是偏州下邑，见有华衣怒马作京师语音，辄相惊告，官司密赂之，冀免其祸。

这些"逻卒"都是锦衣卫的太监。

刘瑾说的是什么话呢？他是陕西兴平人（《法门寺》他自称是"陕西延安府的人氏"，差不多），本姓谈，按说该有点陕西口音，但他"幼自宫投中官刘姓者得进，因冒其姓"（《弇山堂别集》），他从小就进了宫，在太监堆里混大，一定已经说得一口太监味儿的京白了。他犯罪被捕，由驸马蔡震审问，他还仰起头来说："若何人？忘我德！"这显然是由记录者把他的话译成文言了。他被捕时，"时夜旦半，瑾宿于内直房，闻喧声，曰：'谁也？'应曰：'有旨'，瑾遂披青蟒衣以出……"（《弇山堂别集》）这一声"谁也？"还很像是京白。

明清两代太监说京白，是没有问题的。到了民国后，还有《茶馆》里的庞太监，说了那样一口阴阳怪气，听了叫人起鸡皮疙瘩的醋溜京白。

至于明以前的太监，如宋朝的童贯，说的是什么话，就不知道了。《白逼宫》里的穆顺也说京白，不知道有什么根据。

老学闲抄

/ 皇帝的诗 /

　　我的家乡高邮是个泽国，经常闹水灾。境内有高邮湖，往来旅客，多于湖边泊船，其中不乏骚人墨客，写了一些诗。高邮县政协盂城诗社寄给我一册《珠湖吟集》，是历代写高邮湖的。我翻看了一遍，不外是写湖上风景、水产鱼虾，写旅兴或旅愁，很少涉及人民生活的，大都无甚深意，没有什么分量。看多了有喝了一肚子白开水之感。奇怪的是，写得很有分量的，倒是两位清朝皇帝的诗。一首是康熙的，一首是乾隆的，录如下：

康熙　高邮湖见居民田庐多在水中因询其故恻然念之

　　　　　　淮扬罹水灾，流波常浩浩。
　　　　　　龙舰偶经过，一望类洲岛。

田亩尽沉沦，舍庐半倾倒。

茕茕赤子民，凄凄卧深潦。

对之心惕然，无策施褓襁。

夹岸罗黔首，跽陈进耆老。

咨诹不厌烦，利弊细探讨。

饥寒或有由，良惭奉苍颢。

古人念一夫，何况睹枯槁。

凛凛夜不寐，忧勤悬如捣。

亟图浚治功，极济须及早。

今当复故业，咸令乐怀保。

乾隆　高邮湖

淮南古泽国，高邮更巨浸。

诸湖率汇兹，万顷波容任。

洒火含阴精，孕珠符祥谶。

堤岸高于屋，居民疑地窨。

嗟我水乡民，生计惟罟罧。

菱芡佐饔飧，舴艋待用赁。

其乐实未见，其艰亦已甚。

　　乾隆这首诗写得真切沉痛，和刻在许多名胜古迹的御碑上的满篇
锦绣珠玑的七言律诗或绝句很不相同。"其乐实未见，其艰亦已甚"，
慨乎言之，不啻是在载酒的诗翁的悠然的脑袋上敲了一棒。比较起来，
康熙的一首写得更好一些，无雕饰，无典故，明白如话。难得的是民

生的疾苦使一位皇帝内心感到惭愧。"凛凛夜不寐，忧勤悬如捣"虽然用的是成句，但感情是真挚的。这种感情不是装出来的，他没有必要装，装也装不出来。

康熙和乾隆都是有作为的皇帝。他们的几次南巡，背景和目的是什么，我没有考察过，但绝不只是游山玩水，领略南方的繁华佳丽（不完全排除这因素）。我想体察民风，俾知朝政之得失，是其缘由之一。他们真是做到了"深入群众"了，尤其是康熙。他们的关心民瘼，最终的目的，当然还是为了维持和巩固其统治。这也没有什么不好。他们知道，脱离人民，其统治是不牢固的。他们不只是坐在宫里看报告（奏折），要亲自下来走一走。关心民瘼，不只在嘴上说说，要动真感情。因此，我们在两三百年之后读这样的诗，还是很感动。

我希望我们的领导人也能读一点这样的诗。

/ 诗用生字 /

《对床夜语》（宋范晞文撰）卷五：

诗用生字，自是一病，苟欲用之，要使一句之意，尽于此字上见工，方为稳帖。如唐人"走月逆行云""芙蓉抱香死""笠卸晚峰阴""秋雨慢琴弦""松凉夏健人"，"逆"字、"抱"字、"卸"字、"慢"字、"健"字，皆生字也，自下得不觉。

此言是也。

前几年有几位很有才华的年轻的作家很注意在语言上下功夫，炼字炼句，刻意求工，往往用一些怪字，使人有生硬之感。有人说，这是炼得太过了。我原先也是这样想。最近想想，觉得不是炼得太过，而是炼得还不够。如果再炼炼，就会由生入熟，本来是生字，读起来却像是熟字，"自下得不觉"。

炼字可以临时炼，对着稿纸，反复琢磨，要找一个恰当而不俗的字。但更重要的是平时的"发现"。阿城的小说里写：老鹰在天上移来移去，这写得好。鹰在高空，全不见翅膀动，只是"移来移去"。这个感觉抓得很准。"炼"字，无非是抓到了一种感觉。一个作家所异于常人者，也无非是对"现象"更敏感些。阿城的"移来移去"的印象，我想是早就有了，不是对着稿纸苦思出来的。

最好还是用常见的字，使之有新意。姜白石说："人所难言，我易言之。人所常言，我寡言之自不俗。"我之所言，也还是人之所言，不是凭空杜撰出来的。"数峰清苦，商略黄昏雨"，此境人不易到，然而"清苦""商略"，固是平常的话也。阿城的"移来移去"，"移"字也是平常的字。

/ 毛泽东用乡音押韵 /

毛主席的诗词大体上押的是"平水韵"①，《西江月·井冈山》是个例外。

> 山下旌旗在望，
> 山头鼓角相闻。
> 敌军围困万千重，

———————

① "平水韵"原为金代官韵书，供科举考试之用，因为在平水刊行，故名。明清以来作"近体诗"者多以"平水韵"为依据，沿用至今。

我自岿然不动。

早已森严壁垒，
更加众志成城。
黄洋界上炮声隆，
报道敌军宵遁。

这首词押的不是"平水韵"。当然也不是押的北方通俗韵文所用的"十三辙"。如果用听惯"十三辙"的耳朵来听，就会觉得不很协韵，"闻""重""动""城""隆""遁"，怎么能算是一道韵呢？这不是"中东""人辰"相混么？稍一琢磨，哦，这首词是照湖南话押的韵。照湖南话，"重"音 chen，"动"音 den，"城"音 chen，"隆"音 len，"遁"音 den，其韵尾都是 en，正是一道韵。用湖南话读起来会觉得非常和谐。在战争环境里，无韵书可查，毛主席用湖南话押韵大概是不知不觉的。

毛西河说："词本无韵。"不是说词可以不押韵，而是说既没有官颁的韵书可遵循，也不像写北曲似的要以具有权威性的"中原音韵"为依据，可以比较自由。好像没有听说过谁编过一本"词韵"。张玉田谓："词以协律，当以口舌相调"，即只能靠读或唱起来的感觉来决定。既然如此，填词的人在笔下流出自己的乡音，便是很自然的事。

中国语音复杂，不可能定出一本全国通行，能够适合南北各地的戏曲、曲艺的"官韵"。北方戏、曲种大部分依照"十三辙"。但即是"十三辙"也很麻烦，山西话把"人辰"都读成了"中东"。京剧这两道辙也常相混，京剧演员，尤其是老生，认为"中东唱人民，怎么唱也不丢人"。看来只有"以口舌相调",凭感觉。现在写戏曲、曲艺,写新诗(如果押韵)乃至填词,只能用鲁迅主张的办法:押大致相同的韵。写"近体诗"的如果愿意恪守"平水韵",自然也随便。

美在众人反映中

　　用文字来为人物画像，是吃力不讨好的事情。中外小说里的人物肖像都不精采。中国通俗演义的"美人赞"都是套话。即《红楼梦》亦不能免。《红楼梦》写凤姐，极生动，但写其出场时之相貌："一双丹凤三角眼，两弯柳叶吊梢眉"，实在不美。一种办法是写其神情意态。《古诗为焦仲卿妻作》具体地写了焦仲卿妻的容貌装饰，给人印象不深，但"纤纤作细步，精妙世无双"却使人不忘。"行到中庭数花朵，蜻蜓飞上玉搔头"，不写容貌如何，而其人之美自见。另一种办法，是不直接写本人，而写别人看到后的反映，使观者产生无边的想象。希腊史诗《伊里亚特》里的海伦皇后是一个绝世的美人，她的美貌甚至引起一场战争，但这样的绝色是无法用语言描绘的，荷马在叙述时没有形容她的面貌肢体，只是用相当多的篇幅描述了看到海伦的几位老人的惊愕。用的就是这种办法。汉代乐府《陌上桑》写罗敷之美：

　　行者见罗敷，下担捋髭须。

少者见罗敷，脱帽著帩头。

耕者忘其犁，锄者忘其锄。

来归相怨怒，但坐观罗敷。

用的也是这种办法，虽然这不免有点喜剧化，不那么诚实（《陌上桑》本身是一个喜剧，是娱乐性的唱段）。

释迦牟尼是一个美男子，威仪具足，非常能慑人。诸经都载他具三十二"相"，七十（或八十）种"好"，《释迦谱》对三十二"相"有详细具体的记载，从他的脚后跟一直写到眼睛的颜色。但是只觉其繁琐啰嗦，不让人产生美感。七十种"好"我还未见到都是什么，如有，只有更加啰嗦。《佛本行经·瓶沙王问事品》（朱凉州沙门释宝云译）写释迦牟尼入王舍城，写得很铺张（佛经描叙往往不厌其烦），没有用这种开清单的办法，正是从众人的反映中写出释迦牟尼之美，摘引如下：

············

见太子体相，功德耀巍巍。

所服寂灭衣，色应清净行。

人民皆愕然，扰动怀欢喜。

熟视菩萨行，眼睛如显著。

聚观是菩萨，其心无厌极。

宿界功德备，众相悉具足。

犹如妙芙蓉，杂色千种藕。

众人往自观，如蜂集莲表。

············

抱上婴孩儿，口皆放母乳。

熟视观菩萨，忘不还求乳。

举城中人民，皆共竞欢喜。

这写得实在很生动。"众人往自观，如蜂集莲表（花）"，比喻极新鲜。尤其动人的是："抱上婴孩儿，口皆放母乳。熟视观菩萨，忘不还求乳"，真是亏他想得出！这不但是美，而且有神秘感。在世界文学中，我还没见到过写婴孩对于美的感应有如此者！

这种方法至少已有两千年的历史，是一个老方法了。但是方法无新旧，问题是一要运用得巧妙自然，不落痕迹，不能让人一眼就看出这是从什么地方学来的；二是方法，要以生活和想象做基础的。上述婴儿为美所吸引，没有生活中得来的印象和活泼的想象，是写不出来的。我们在当代作品中还时常可以看到这种方法的灵活运用，不绝如缕。

1991 年 3 月 26 日

吴大和尚和七拳半

我的家乡有"吃晚茶"的习惯。下午四五点钟，要吃一点点心，一碗面，或两个烧饼或"油端子"。1981年，我回到阔别四十余年的家乡，家乡人还保持着这个习惯。一天下午，"晚茶"是烧饼。我问："这烧饼就是巷口那家的？"我的外甥女说："是七拳半做的。""七拳半"当然是个外号，形容这人很矮，只有七拳半那样高，这个外号很形象，不知道是哪个尖嘴薄舌而又极其聪明的人给他起的。

我吃着烧饼，烧饼很香，味道跟四十多年前的一样，就像吴大和尚做的一样。于是我想起吴大和尚。

我家除了大门、旁门，还有一个后门。这后门即开在吴大和尚住家的后墙上。打开后门，要穿过吴家，才能到巷子里。我们有时抄近，从后门出入，吴大和尚家的情况看得很清楚。

吴大和尚（这是小名，我们那里很多人有大名，但一辈只以小名"行"）开烧饼饺面店。

我们那里的烧饼分两种。一种叫作"草炉烧饼"，是在砌得高高的炉里用稻草烘熟的。面粗，层少，价廉，是乡下人进城时买了充饥当饭的。一种叫作"桶炉烧饼"。用一只大木桶，里面糊了一层泥，炉底燃煤炭，烧饼贴在炉壁上烤熟。"桶炉烧饼"有碗口大，较薄而多层，饼面芝麻多，带椒盐味。如加钱，还可"插酥"，即在擀烧饼时加较多的"油面"，烤出，极酥软。如果自己家里拿了猪油渣和霉干菜去，做成霉干菜油渣烧饼，风味独绝。吴大和尚家做的是"桶炉"。

原来，我们那里饺面店卖的面是"跳面"。在墙上挖一个洞，将木杠插在洞内，下置面案，木杠压在和得极硬的一大块面上，人坐在木杠上，反复压这一块面。因为压面时要一步一跳，所以叫作"跳面"。"跳面"可以切得极细极薄，下锅不浑汤，吃起来有韧劲而又甚柔软。汤料只有虾子、熟猪油、酱油、葱花，但是很鲜。如不加汤，只将面下在作料里，谓之"干拌"，尤美。我们把馄饨叫作饺子。吴家也卖饺子。但更多的人去，都是吃"饺面"，即一半馄饨，一半面。我记得四十年前吴大和尚家的饺面是一百二十文一碗，即十二个当十铜元。

吴家的格局有点特别。住家在巷东，即我家后门之外，店堂却在对面。店堂里除了烤烧饼的桶炉，有锅台，安了大锅，卖面及饺子用；另有一张（只一张）供顾客吃面的方桌，都收拾得很干净。

吴家人口简单。吴大和尚有一个年轻的老婆，管包饺子、下面。他这个年轻的老婆个子不高，但是身材很苗条。肤色微黑。眼睛狭长，睫毛很重，是所谓"桃花眼"。左眼上眼皮有一小疤，想是小时生疮落下来。这块小疤使她显得很俏。但她从不和顾客眉来眼去、卖弄风骚，只是低头做事，不声不响。穿着也很朴素，只是青布的衣裤。她和吴大和尚生了一个孩子，还在喂奶。吴大和尚有一个妈，整天也不闲着，翻一家的棉袄棉裤，纳鞋底，摇晃睡在摇篮里的孙子。另外，还有个小伙计，"跳"面、烧火。

表面上看起来，这家过得很平静，不争不吵。其实不然。吴大和尚经常在夜里打他的老婆，因为老婆"偷人"，我们那里把和人发生私情叫作"偷人"。打得很重，用劈柴打，我们隔着墙都能听见。这个小个子女人很倔强，不哭，不喊，一声不出。

第二天早起，一切如常，该干什么还干什么。吴大和尚擀烧饼，烙烧饼；他老婆包饺子，下面。

终于有一天吴大和尚的年轻的老婆不见了，跑了，丢下她的奶头上的孩子，不知去向，我们始终不知道她的"孤佬"（我们那里把不正当的情人、野汉子，叫作"孤佬"）是谁。

我从小就对这个女人充满了尊敬，并且一直记得她的模样，记得她的桃花眼，记得她左眼上眼皮上的那一小块疤。

吴大和尚和这个桃花眼、小身材的小媳妇大概都已经死了。现在，这条巷口出现了七拳半的烧饼店。我总觉得七拳半和吴大和尚之间有某种关联，引起我一些说不清楚的感慨。

七拳半并不真是矮得出奇，我估量他大概有一米五六。是一个很有精神的小伙子。他是一个名副其实的"个体户"，全店只有他一个人。他不难成为万元户，说不定已经是万元户，他的烧饼做得那样好吃，生意那样好。我无端地觉得，他会把本街的一个最漂亮的姑娘娶到手，并且这位姑娘会真心爱他，对他很体贴。我看看七拳半把烧饼贴在炉膛里的样子，觉得他对这点充满信心。

两个做烧饼的人所处的时代不同。我相信七拳半的生活将比吴大和尚的生活更合理一些，更好一些。

也许这只是我的希望。

（选自 1988 年 12 月 7 日《人民日报》）

200

人间草木

/ 山丹丹 /

我在大青山挖到一棵山丹丹。这棵山丹丹的花真多，招待我们的老堡垒户看了看，说："这棵山丹丹有十三年了。"

"十三年了？咋知道？"

"山丹丹长一年，多开一朵花。你看，十三朵。"

山丹丹记得自己的岁数。

我本想把这棵山丹丹带回呼和浩特，想了想，找了把铁锹，在老堡垒户的开满了蓝色党参花的土台上刨了个坑，把这棵山丹丹种上了。问老堡垒户：

"能活？"

"能活。这东西，皮实。"

大青山到处是山丹丹，开七朵花、八朵花的，多得是。

山丹丹开花花又落，

一年又一年……

这支流行歌曲的作者未必知道，山丹丹过一年多开一朵花。唱歌的歌星就更不会知道了。

/枸杞/

枸杞到处都有。枸杞头是春天的野菜。采摘枸杞的嫩头，略焯过，切碎，与香干丁同拌，浇酱油醋香油；或入油锅爆炒，皆极清香。夏末秋初，开淡紫色小花，谁也不注意。随即结出小小的红色的卵形浆果，即枸杞子。我的家乡叫做狗奶子。

我在玉渊潭散步，在一个山包下的草丛里看见一对老夫妻弯着腰在找什么。他们一边走，一边搜索。走几步，停一停，弯腰。

"您二位找什么？"

"枸杞子。"

"有吗？"

老同志把手里一个罐头玻璃瓶举起来给我看，已经有半瓶了。

"不少！"

"不少！"

他解嘲似的哈哈笑了几声。

"您慢慢捡着！"

"慢慢捡着！"

看样子这对老夫妻是离休干部，穿得很整齐干净，气色很好。

他们捡枸杞子干什么？是配药？泡酒？看来都不完全是。真要是需要，可以托熟人从宁夏捎一点或寄一点来。——听口音，老同志是西北人，那边肯定会有熟人。

他们捡枸杞子其实只是玩！一边走着，一边捡枸杞子，这比单纯的散步要有意思。这是两个童心未泯的老人，两个老孩子！

人老了，是得学会这样地生活。看来，这二位中年时也是很会生活，会从生活中寻找乐趣的。他们为人一定很好，很厚道。他们还一定不贪权势，甘于淡泊。夫妻间一定不会为柴米油盐、儿女婚嫁而吵嘴。

从钓鱼台到甘家口商场的路上，路西，有一家的门头上种了很大的一丛枸杞，秋天结了很多枸杞子，通红通红的，礼花似的，喷泉似的垂挂下来，一个珊瑚珠穿成的华盖，好看极了。这丛枸杞可以拿到花会上去展览。这家怎么会想起在门头上种一丛枸杞？

/ 槐花 /

玉渊潭洋槐花盛开，像下了一场大雪，白得耀眼。来了放蜂的人。蜂箱都放好了，他的"家"也安顿了。一个刷了涂料的很厚的黑色的帆布篷子，里面打了两道土堰，上面架起几块木板，是床。床上一卷铺盖。地上排着油瓶、酱油瓶、醋瓶。一个白铁桶里已经有多半桶蜜。外面一个蜂窝煤炉子上坐着锅。一个女人在案板上切青蒜。锅开了，她往锅里下了一把干切面。不大一会儿，面熟了，她把面捞在碗里，加了作料，撒上青蒜，在一个碗里舀了半勺豆瓣。一人一碗。她吃的是加了豆瓣的。

蜜蜂忙着采蜜，进进出出，飞满一天。

我跟养蜂人买过两次蜜，绕玉渊潭散步回来，经过他的篷子，大都要在他门前的树墩上坐一坐，抽一支烟，看他收蜜，刮蜡，跟他聊两句，彼此都熟了。

这是一个五十岁上下的中年人，高高瘦瘦的。身体像是不太好，他做事总是那么从容不迫，慢条斯理的。样子不像个农民，倒有点像一个农村小学校长。听口音，是石家庄一带的。他到过很多省，哪里有鲜花，就到哪里去。菜花开的地方，玫瑰花开的地方，苹果花开的地方，枣花开的地方。每年都到南方去过冬，广西，贵州。到了春暖，再往北翻。我问他是不是枣花蜜最好，他说是荆条花的蜜最好。这很出乎我的意料。荆条是个不起眼的东西，而且我从来没有见过荆条开花，想不到荆条花蜜却是最好的蜜。我想他每年收入应当不错，他说比一般农民要好一些，但是也落不下多少：蜂具，路费；而且每年要赔几十斤白糖——蜜蜂冬天不采蜜，得喂它糖。

女人显然是他的老婆。不过他们岁数相差太大了。他五十了，女人也就是三十出头。而且，她是四川人，说四川话。我问他：你们是怎么认识的？他说：她是新繁县人。那年他到新繁放蜂，认识了。她说北方的大米好吃，就跟来了。

有那么简单？也许她看中了他的脾气好，喜欢这样安静平和的性格？也许她觉得这种放蜂生活，东南西北到处跑，好耍？这是一种农村式的浪漫主义。四川女孩子做事往往很洒脱，想咋个就咋个，不像北方女孩子有那么多考虑。他们结婚已经几年了。丈夫对她好，她对丈夫也很体贴。她觉得她的选择没错，很满意，不后悔。我问养蜂人：她回去过没有？他说：回去过一次，一个人。他让她带了两千块钱，她买了好些礼物送人，风风光光地回了一趟新繁。

一天，我没有看见女人，问养蜂人，她到哪里去了。养蜂人说：到我那大儿子家去了，去接我那大儿子的孩子。他有个大儿子，在北京工作，在汽车修配厂当工人。

她抱回来一个四岁多的男孩，带着他在篷子里住了几天。她带他到甘家口商场买衣服，买鞋，买饼干，买冰糖葫芦。男孩子在床上玩鸡啄米，她靠着被窝用钩针给他钩一顶大红的毛线帽子，她很爱这个孩子。这种爱是完全非功利的，既不是讨丈夫的欢心，也不是为了和丈夫的儿子一家搞好关系。这是一颗很善良，很美的心。孩子叫她奶奶，奶奶笑了。

过了几天，她把孩子又送了回去。

过了两天，我去玉渊潭散步，养蜂人的篷子拆了。蜂箱集中在一起。等我散步回来，养蜂人的大儿子开来一辆卡车，把篷柱、木板、煤炉、锅碗和蜂箱装好，养蜂人两口子坐上车，卡车开走了。

玉渊潭的槐花落了。

萝 卜

　　杨花萝卜即北京的小水萝卜。因为是杨花飞舞时上市卖的,我的家乡名之曰:"杨花萝卜"。这个名称很富于季节感。我家不远的街口一家茶食店的屋下有一个岁数大的女人摆一个小摊子,卖供孩子食用的便宜的零吃。杨花萝卜下来的时候,卖萝卜。萝卜一把一把地码着。她不时用炊帚洒一点水,萝卜总是鲜红的。给她一个铜板,她就用小刀切下三四根萝卜。萝卜极脆嫩,有甜味,富水分。自离家乡后,我没有吃过这样好吃的萝卜。或者不如说自我长大后没有吃过这样好吃的萝卜。小时候吃的东西都是最好吃的。

　　除了生嚼,杨花萝卜也能拌萝卜丝。萝卜斜切的薄片,再切为细丝,加酱油、醋、香油略拌,撒一点青蒜,极开胃。小孩子的顺口溜唱道:

　　　　人之初,
　　　　鼻涕拖。
　　　　油炒饭,

拌萝菠。[1]

油炒饭加一点葱花，在农村算是美食，所以拌萝卜丝一碟，吃起来是很香的。

萝卜丝与细切的海蜇皮同拌，在我的家乡是上酒席的，与香干拌荠菜、盐水虾、松花蛋同为凉碟。

北京的拍水萝卜也不错，但宜少入白糖。

北京人用水萝卜切片，氽羊肉汤，味鲜而清淡。

烧小萝卜，来北京前我没有吃过（我的家乡杨花萝卜没有熟吃的），很好。有一位台湾女作家来北京，要我亲自做一顿饭请她吃。我给她做了几个菜，其中一个是烧小萝卜。她吃了赞不绝口。那当然是不难吃的；那两天正是小萝卜最好的时候，都长足了，但还很嫩，不糠；而且我是用干贝烧的。她说台湾没有这种小萝卜。

我们家乡有一种穿心红萝卜，粗如黄酒盏，长可三四寸，外皮深紫红色，里面的肉有放射形的紫红纹，紫白相间，若是横切开来，正如中药里的槟榔片（卖时都是直切），当中一线贯通，色极深，故名穿心红。卖穿心红萝卜的挑担，与山芋（红薯）同卖，山芋切厚片。都是生吃。

紫萝卜不大，大的如一个大衣扣子，扁圆形，皮色乌紫。据说这是五棓子染的。看来不是本色，因为它掉色，吃了，嘴唇牙肉也是乌紫乌紫的。里面的肉却是嫩白的。这种萝卜非本地所产，产在泰州。每年秋末，就有泰州人来卖紫萝卜，都是女的，挎一个柳条篮子，沿街吆喝："紫萝——卜！"

---

[1]注：我的家乡萝卜为萝菠。

我在淮安第一回吃到青萝卜。曾在淮安中学借读过一个学期，一到星期日，就买了七八个青萝卜、一堆花生，几个同学，尽情吃一顿。后来我到天津吃过青萝卜，觉得淮安青萝卜比天津的好。大抵一种东西第一回吃，总是最好的。

　　天津吃萝卜是一种风气。50 年代初，我到天津，一个同学的父亲请我们到天华景听曲艺。座位之前有一溜长案，摆得满满的，除了茶壶茶碗，瓜子花生米碟子，还有几大盘切成薄片的青萝卜。听"玩艺儿"吃萝卜，此风为别处所无。天津谚云："吃了萝卜喝热茶，气得大夫满街爬"，吃萝卜喝茶，此风亦为别处所无。

　　心里美萝卜是北京特色。1948 年冬天，我到了北京，街头巷尾，每听到吆喝："哎——萝卜，赛梨来——辣来换……"声音高亮打远。看来在北京做小买卖的，都得有条好嗓子。卖"萝卜赛梨"的，萝卜都是一个一个挑选过的，用手指头一弹，当当的；一刀切下去，咔嚓嚓的响。

　　我在张家口沙岭子劳动，曾参加过收心里美萝卜。张家口土质于萝卜相宜，心里美皆甚大。收萝卜时是可以随便吃的。和我一起收萝卜的农业工人起出一个萝卜，看一看，不怎么样的，随手就扔进了大堆。一看，这个不错，往地下一扔，叭嚓，裂成了几瓣，"行！"于是各拿一块啃起来，甜，脆，多汁，难可名状。他们说："吃萝卜，讲究吃'棒打萝卜'。"

　　张家口的白萝卜也很大。我参加过张家口地区农业展览会的布置工作，送展的白萝卜都特大。白萝卜有象牙白和露八分。露八分即八分露出土面，露出土面部分外皮淡绿色。

　　我的家乡无此大白萝卜，只是粗如小儿臂而已。家乡吃萝卜只是红烧，或素烧，或与臀尖肉同烧。

江南人特重白萝卜炖汤，常与排骨或猪肉同炖。白萝卜耐久炖，久则出味。或入淡菜，味尤厚。沙汀《淘金记》写么吵吵每天用牙巴骨炖白萝卜，吃得一家脸上都是油光光的。天天吃是不行的，隔几天吃一次，想亦不恶。

四川人用白萝卜炖牛肉，甚佳。

扬州人、广东人制萝卜丝饼，极妙。北京东华门大街曾有外地人制萝卜丝饼，生意极好。此人后来不见了。

北京人炒萝卜条，是家常下饭菜。或入酱炒，则为南方人所不喜。

白萝卜最能消食通气。我们在湖南体验生活，有位领导同志，接连5天大便不通，吃了各种药都不见效，憋得他难受得不行。后来生吃了几个大白萝卜，一下子畅通了。奇效如此，若非亲见，很难相信。

萝卜是腌制咸菜的重要原料。我们那里，几乎家家都要腌萝卜干。腌萝卜干的是红皮圆萝卜。切萝卜时全家大小一齐动手。孩子切萝卜，觉得这个一定很甜，尝一瓣，甜，就放在一边，自己吃。切一天萝卜，每个孩子肚子里都装了不少。萝卜干盐渍后须在芦席上摊晒，水气干后，入缸，压紧、封实，一两月后取食。我们那里说在商店学徒（学生意）要"吃三年萝卜干饭"，谓油水少也。学徒不到三年零一节，不满师，吃饭须自觉，筷子不能往荤菜盘里伸。

扬州一带酱园里卖萝卜头，乃甜面酱所腌，口感甚佳。孩子们爱吃，一半也因为它的形状很好玩，圆圆的，比一个鸽子蛋略大。此北地所无，天源、六必居都没有。

北京有小酱萝卜，佐粥甚佳。大腌萝卜咸得发苦，不好吃。

四川泡菜什么萝卜都可以泡，红萝卜、白萝卜。

湖南桑植卖泡萝卜。走几步，就有个卖泡萝卜的摊子。萝卜切成大片，泡在广口玻璃瓶里，给毛把钱即可得一片，边走边吃。峨眉山道边也有卖泡萝卜的，一面涂了一层稀酱。

萝卜原产中国，所以中国的为最好。有春萝卜、夏萝卜、秋萝卜、四秋萝卜，一年到头都有。可生食、煮食、腌制。萝卜所惠于中国人者亦大矣。美国有小红萝卜，大如元宵，皮色鲜红可爱，吃起来则淡而无味，异域得此，聊胜于无。爱伦堡小说写几个艺术家吃奶油蘸萝卜，喝伏特加，不知是不是这种红萝卜。我在爱荷华韩国人开的菜铺的仓库里看到一堆心里美，大喜买回来一吃，味道满不对，形似而已，日本人爱吃萝卜，好像是煮熟蘸酱吃的。

五

味

　　山西人真能吃醋！几个山西人在北京下饭馆，坐定之后，还没有点菜，先把醋瓶子拿过来，每人喝了三调羹醋。邻座的客人直瞪眼。有一年我到太原去，快过春节了。别处过春节，都供应一点好酒，太原的油盐店却都贴出一个条子："供应老陈醋，每户一斤。"这在山西人是大事。

　　山西人还爱吃酸菜，雁北尤甚。什么都拿来酸，除了萝卜白菜，还包括杨树叶子、榆树钱儿。有人来给姑娘说亲，当妈的先问，那家有几口酸菜缸。酸菜缸多，说明家底子厚。

　　辽宁人爱吃酸菜白肉火锅。

　　北京人吃羊肉酸菜汤下杂面。

　　福建人、广西人爱吃酸笋。我和贾平凹在南宁，不爱吃招待所的饭，到外面瞎吃。平凹一进门，就叫："老友面！""老友面"者，酸笋肉丝氽汤下面也，不知道为什么叫做"老友"。

　　傣族人也爱吃酸。酸笋炖鸡是名菜。

　　延庆山里夏天爱吃酸饭。把好好的饭焐酸了，用井拔凉水一和，呼呼地就下去了三碗。

都说苏州菜甜，其实苏州菜只是淡，真正甜的是无锡。无锡炒鳝糊放那么多糖！包子的肉馅里也放很多糖，没法吃！

四川夹沙肉用大片肥猪肉夹了洗沙蒸，广西芋头扣肉用大片肥猪肉夹芋泥蒸，都极甜，很好吃，但我最多只能吃两片。

广东人爱吃甜食。昆明金碧路有一家广东人开的甜品店，卖芝麻糊、绿豆沙，广东同学趋之若鹜。"番薯糖水"即用白薯切块熬的汤，这有什么好喝的呢？广东同学曰："好嘢！"

北方人不是不爱吃甜，只是过去糖难得。我家曾有老保姆，正定乡下人，60多岁了。她还有个婆婆，八十几了。她有一次要回乡探亲，临行称了2斤白糖，说她的婆婆就爱喝个白糖水。

北京人很保守，过去不知苦瓜为何物，近年有人学会吃了。菜农也有种的了。农贸市场上有很好的苦瓜卖，属于"细菜"，价颇昂。

北京人过去不吃蕹菜，不吃木耳菜，近年也有人爱吃了。

北京人在口味上开放了！

北京人过去就知道吃大白菜。由此可见，大白菜主义是可以被打倒的。

北方人初春吃苣荬菜。苣荬菜分甜荬、苦荬，苦荬相当的苦。

有一个贵州的年轻女演员上我们剧团学戏，她的妈妈远远迢迢给她寄来一包东西，是"者耳根"，或名"则尔根"，即鱼腥草。她让我尝了几根。这是什么东西？苦，倒不要紧，它有一股强烈的生鱼腥味，实在招架不了！

剧团有一干部，是写字幕的，有时也管杂务。此人是个吃辣的专家。他每天中午饭不吃菜，吃辣椒下饭。全国各地的，少数民族的，各种辣椒，他都千方百计地弄来吃。剧团到上海演出，他帮助搞伙食，这下好，不会缺辣椒吃。原以为上海辣椒不好买，他下车第二天就找到一家专卖各种辣椒的铺子。上海人有一些是能吃辣的。

我们吃辣是在昆明练出来的，曾跟几个贵州同学在一起用青辣椒在火上烧烧，蘸盐水下酒。平生所吃辣椒之多矣，什么朝天椒、野山椒，都不在话下。我吃过最辣的辣椒是在越南。1947 年，由越南转道往上海，在海防街头吃牛肉粉。牛肉极嫩，汤极鲜，辣椒极辣，一碗汤粉，放三四丝辣椒就辣得不行。这种辣椒的颜色是橘黄色的。在川北，听说有一种辣椒本身不能吃，用一根线吊在灶上，汤做得了，把辣椒在汤里涮涮，就辣得不得了。云南佤佤族有一种辣椒，叫"涮涮辣"，与川北吊在灶上的辣椒大概不相上下。

四川不能说是最能吃辣的省份，川菜的特点是辣而且麻。——搁很多花椒。四川的小面馆的墙壁上黑漆大书三个字：麻辣烫。麻婆豆腐、干煸牛肉丝、棒棒鸡，不放花椒不行。花椒得是川椒，捣碎，菜做好了，最后再放。

周作人说他的家乡整年吃咸极了的咸菜和咸极了的咸鱼。浙东人确是吃得很咸。有个同学，是台州人，到铺子里吃包子，掰开包子就往里倒酱油。口味的咸淡和地域是有关系的。北京人说南甜北咸东辣西酸，大体不错。河北、东北人口重，福建菜多很淡。但这与个人的性格习惯也有关。湖北菜并不咸，但闻一多先生却嫌云南蒙自的菜太淡。

中国人过去对吃盐很讲究，如桃花盐、水晶盐，"吴盐胜雪"，

213

现在则全国都吃再制精盐。只有四川人腌咸菜还坚持用自贡产的井盐。

我不知道世界上还有什么国家的人爱吃臭。

过去上海、南京、汉口都卖油炸臭豆腐干。长沙火宫殿的臭豆腐因为一个大人物年轻时常吃而出了名。这位大人物后来还去吃过，说了一句话："火宫殿的臭豆腐还是好吃。""文化大革命"中火宫殿的影壁上就出现了两行大字：

最高指示：

火宫殿的臭豆腐还是好吃。

我们一个同志到南京出差，他的爱人是南京人，嘱咐他带一点臭豆腐干回来。他千方百计，居然办到了。带到火车上，引起一车厢的人强烈抗议。

除豆腐干外，面筋、百叶（千张）皆可臭。蔬菜里的莴苣、冬瓜、豇豆皆可臭。冬笋的老根咬不动，切下来随手就扔进臭坛子里。——我们那里很多人家都有个臭坛子，一坛子"臭卤"。腌芥菜挤下的汁放几天即成"臭卤"。臭物中最特殊的是臭苋菜杆。苋菜长老了，主茎可粗如拇指，高三四尺，截成二寸许小段，入臭坛。臭熟后，外皮是硬的，里面的芯成果冻状。嚼住一头，一吸，芯肉即入口中。这是佐粥的无上妙品。我们那里叫做"苋菜秸子"，湖南人谓之"苋菜咕"，因为吸起来"咕"的一声。

北京人说的臭豆腐指臭豆腐乳。过去是小贩沿街叫卖的：

"臭豆腐，酱豆腐，王致和的臭豆腐。"臭豆腐就贴饼子，熬一锅虾米皮白菜汤，好饭！现在王致和的臭豆腐用很大的玻璃方瓶装，很不方便，一瓶 100 块，得很长时间才能吃完，而且卖得很贵，成了奢侈品。我很希望这种包装能改进，一器装 5 块足矣。

我在美国吃过最臭的"气死"（干酪），洋人多闻之掩鼻，对我说起来实在没有什么，比臭豆腐差远了。

甚矣，中国人口味之杂也，敢说堪为世界之冠。

豆腐

　　豆腐点得比较老的，为北豆腐。听说张家口地区有一个堡里的豆腐能用秤钩钩起来，扛着秤杆走几十里路。这是豆腐么？点的较嫩的是南豆腐。再嫩即为豆腐脑。比豆腐脑稍老一点的，有北京的"老豆腐"和四川的豆花。比豆腐脑更嫩的是湖南的水豆腐。

　　豆腐压紧成型，是豆腐干。

　　卷在白布层中压成大张的薄片，是豆腐片。东北叫干豆腐。压得紧而且更薄的，南方叫百页或千张。

　　豆浆锅的表面凝结的一层薄皮撩起晾干，叫豆腐皮，或叫油皮。我的家乡则简单地叫做皮子。

　　豆腐最简便的吃法是拌。买回来就能拌。或入开水锅略烫，去豆腥气。不可久烫，久烫则豆腐收缩发硬。香椿拌豆腐是拌豆腐里的上上品。嫩香椿头，芽叶未舒，颜色紫赤，嗅之香气扑鼻，入开水稍烫，梗叶转为碧绿，捞出，揉以细盐，候冷，切为碎末，与豆腐同拌（以南豆腐为佳），下香油数滴。一箸入口，三春不忘。香椿头只卖得数日，过此则叶绿梗硬，香气大减。其次是小葱拌豆腐。北京有歇后语：

"小葱拌豆腐——一青二白"，可见这是北京人家家都吃的小菜。拌豆腐特宜小葱，小葱嫩，香。葱粗如指，以拌豆腐，滋味即减。我和林斤澜在武夷山，住一招待所。斤澜爱吃拌豆腐，招待所每餐皆上拌豆腐一大盘，但与豆腐同拌的是青蒜。青蒜炒回锅肉甚佳，以拌豆腐，配搭不当。北京人有用韭菜花、青椒糊拌豆腐的，这是侉吃法，南方人不敢领教。而南方人吃的松花蛋拌豆腐，北方人也觉得岂有此理。这是一道上海菜，我第一次吃到却是在香港的一家上海饭馆里，是吃阳澄湖大闸蟹之前的一道凉菜。北豆腐、松花蛋切成小骰子块，同拌，无姜汁蒜泥，只少放一点盐而已。好吃么？用上海话说：蛮崭格！用北方话说：旱香瓜——另一个味儿。咸鸭蛋拌豆腐也是南方菜，但必须用敝乡所产"高邮咸蛋"。高邮咸蛋蛋黄色如朱砂，多油，和豆腐拌在一起，红白相间，只是颜色即可使人胃口大开。别处的咸鸭蛋，尤其是北方的，蛋黄色浅，又无油，都不中吃。

烧豆腐大体可分为两大类：用油煎过再加料烧的；不过油煎的。

北豆腐切成厚二分的长方块，热锅温油两面煎。油不必多，因豆腐不吃油。最好用平底锅煎。不要煎得太老，稍结薄壳，表面发皱，即可铲出，是名"虎皮"。用已备好的肥瘦各半熟猪肉，切大片，下锅略煸，加葱、姜、蒜、酱油、绵白糖，兑入原猪肉汤，将豆腐推入，加盖猛火煮二三开，即放小火咕嘟。约 15 分钟，收汤，即可装盘。这就是"虎皮豆腐"。如加冬菇、虾米、辣椒及豆豉即是"家乡豆腐"。或加菌油，即是湖南有名的"菌油豆腐"——菌油豆腐也有不用油煎的。

"文思和尚豆腐"是清代扬州有名的素菜，好几本菜谱著录，但我在扬州一带的寺庙和素菜馆的菜单上都没有见过。不知道文思和尚豆腐是过油煎了的，还是不过油煎的。我无端地觉得是油煎了的，而且无端地觉得是用黄豆芽吊汤，加了上好的口蘑或香蕈、竹笋，用极好秋油，文火熬成。什么时候材料凑手，我将根据想象，试做一次文思和尚豆腐。我的文思和尚豆腐将是素菜荤做，放猪油，放虾子。

虎皮豆腐切大片，不过油煎的烧豆腐则宜切块，六七分见方。北方小饭铺里肉末烧豆腐，是常备菜。肉末烧豆腐亦称家常豆腐。烧豆腐里的翘楚，是麻婆豆腐。相传有陈婆婆，脸上有几粒麻子，在乡场上摆一个饭摊，挑油的脚夫路过，常到她的饭摊上吃饭，陈婆婆把油桶底下剩的油刮下来，给他们烧豆腐。后来大人先生也特意来吃她烧的豆腐。于是麻婆豆腐名闻遐迩。陈麻婆是个值得纪念的人物，中国烹饪史上应为她大书一笔，因为麻婆豆腐确实很好吃。做麻婆豆腐的要领是：一要油多。二要用牛肉末。我曾做过多次麻婆豆腐，都不是那个味儿，后来才知道我用的是瘦猪肉末。牛肉末不能用猪肉末代替。三是要用郫县豆瓣。豆瓣须剁碎。四是要用文火，俟汤汁渐渐收入豆腐，才起锅。五是起锅时要撒一层川花椒末。一定得用川花椒，即名为"大红袍"者。用山西、河北花椒，味道即差。六是盛出就吃。如果正在喝酒说话，应该把说话的嘴腾出来。麻婆豆腐必须是：麻、辣、烫。

昆明最便宜的小饭铺里有小炒豆腐。猪肉末，肥瘦，豆腐捏碎，同炒，加酱油，起锅时下葱花。这道菜便宜，实惠，好吃。不加酱油而用盐，与番茄同炒，即为番茄炒豆腐。番茄须烫过，撕去皮，炒至成酱，番茄汁渗入豆腐，乃佳。

砂锅豆腐须有好汤，骨头汤或肉汤，小火炖，至豆腐起蜂窝，方好。砂锅鱼头豆腐，用花鲢（即胖头鱼）头，劈为两半，下冬菇、扁尖（腌青笋）、海米，汤清而味厚，非海参鱼翅可及。

"汪豆腐"好像是我的家乡菜。豆腐切成指甲盖大的小薄片，推入虾子酱油汤中，滚几开，勾薄芡，盛大碗中，浇一勺熟猪油，即得。叫做"汪豆腐"，大概因为上面泛着一层油。用勺舀了吃。吃时要小心，

218

不能性急，因为很烫。滚开的豆腐，上面又是滚开的油，吃急了会烫坏舌头。我的家乡人喜欢吃烫的东西，语云："一烫抵三鲜。"乡下人家来了客，大都做一个汪豆腐应急。周巷汪豆腐很有名。我没有到过周巷，周巷汪豆腐好，我想无非是虾子多，油多。近年高邮新出一道名菜：雪花豆腐，用盐，不用酱油。我想给家乡的厨师出个主意：加入蟹白（雄蟹白的油即蟹的精子），这样雪花豆腐就更名贵了。

不知道为什么，北京的老豆腐现在见不着了，过去卖老豆腐的摊子是很多的。老豆腐其实并不老，老，也许是和豆腐脑相对而言。老豆腐的佐料很简单：芝麻酱、腌韭菜末。爱吃辣的浇一勺青椒糊。坐在街边摊头的矮脚长凳上，要一碗老豆腐，就半斤旋烙的大饼，夹一个薄脆，是一顿好饭。

四川的豆花是很妙的东西，我和几个作家到四川旅游，在乐山吃饭。几位作家都去了大馆子，我和林斤澜钻进一家只有穿草鞋的乡下人光顾的小店，一人要了一碗豆花。豆花只是一碗白汤，啥都没有。豆花用筷子夹出来，蘸"味碟"里的佐料吃。味碟里主要是豆瓣。我和斤澜各吃了一碗热腾腾的白米饭，很美。豆花汤里或加切碎的青菜，则为"菜豆花"。北京的豆花饭庄的豆花乃以鸡汤煨成，过于讲究，不如乡坝头的豆花存其本味。

北京的豆腐脑过去浇羊肉口蘑渣熬成的卤。羊肉是好羊肉，口蘑渣是碎黑片蘑，还要加一勺蒜泥水。现在的卤，羊肉极少，不放口蘑，只是一锅稠糊糊的酱油黏汁而已。即便是过去浇卤的豆腐脑，我觉得也不如我们家乡的豆腐脑。我们那里的豆腐脑温在紫铜扁钵的锅里，用紫铜平勺盛在碗里，加秋油、滴醋、一点点麻油，小虾米、榨菜末、芹菜（药芹即水芹菜）末。清清爽爽，而多滋味。

中国豆腐的做法多矣，不胜记载。四川作家高缨请我们在乐山的山上吃过一次豆腐宴，豆腐十好几样，风味各别，不相雷同。特点是豆腐的质量极好。掌勺的老师傅从磨豆腐到烹制，都是亲自为之，绝不假手旁人。这一顿豆腐宴可称寰中一绝！

豆腐干南北皆有。北京的豆腐干比较有特点的是熏干。熏干切长片拌芹菜，很好。熏干的烟熏味和芹菜的芹菜香相得益彰。花干、苏州干是从南边传过来的，北京原先没有。北京的苏州干只是用味精取鲜，苏州的小豆腐干是用酱油、糖、冬菇汤煮出后晾得半干的，味长而耐嚼。从苏州上车，买两包小豆腐干，可以一直嚼到郑州。香干亦称茶干。我在小说《茶干》中有较细的描述：

……豆腐出净渣，装在一个小蒲包里，包口扎紧，入锅，码好，投料，加上好香油，上面用石头压实，文火煨煮，要煮很长时间。煮得了，再一块一块从蒲包里倒出来，这种茶干是圆形的，周围较厚、中间较薄，周身有蒲包压出来的细纹，……这种茶干外皮是深紫色的，掰了，里面是浅褐色的。很结实，嚼起来很有咬劲，越嚼越香，是佐茶的妙品，所以，叫做"茶干"。

茶干原出界首镇，故称"界首茶干"。据说乾隆南巡，过界首，曾经品尝过。

干丝是淮扬名菜。大方豆腐干，快刀横披为片，刀工好的师傅一块豆腐干能片16片；再立刀切为细丝。这种豆腐干是特制的，极坚致，切丝不断，又绵软，易吸汤汁。旧本只有拌干丝。干丝入开水略煮，捞出后装高足浅碗，浇麻酱油醋。青蒜切寸段，略焯，五香花生米搓去皮，同拌，尤妙。煮干丝的兴起也就是五六十年的事。干丝母鸡汤煮，加开阳（大虾米）、火腿丝。我很留恋拌干丝，因为味道清爽，现在只能吃到煮干丝了。干丝本不是"菜"，只是吃包子烧麦的茶馆里，在上点心之前喝茶时的闲食。现在则是全国各地淮扬菜系的饭馆里都预备了。我在北京常做煮干丝，成了我们家的保留节目。北京很少遇到大白豆腐干，只能用豆腐片或百页切丝代替。口感稍差，味道却不逊色，因为我的煮干丝里下了干贝。煮干丝没有什么诀窍，什么鲜东西都可往里搁。干丝上桌前要放细切的姜丝，要嫩姜。

臭豆腐是中国人的一大发明。我在上海、武汉都吃过。长沙火宫殿的臭豆腐毛泽东年轻时常去吃。后来回长沙，又特意去吃了一次，说了一句话："火宫殿的臭豆腐还是好吃。"这就成了"最高指示"，写在照壁上。火宫殿的臭豆腐遂成全国第一。油炸臭豆腐干，宜放辣椒酱、青蒜。南京夫子庙的臭豆腐干是小方块，用竹签像冰糖葫芦似的串起来卖，一串八块。昆明的臭豆腐不用油炸，在炭火盆上搁一个铁箅子，臭豆腐干放在上面烤焦，别有风味。

在安徽屯溪吃过霉豆腐、长条豆腐，长了二寸长的白色的绒毛，在平底锅中煎熟，蘸酱油辣椒青蒜吃。凡到屯溪者，都要去尝尝。

豆腐乳各地都有。我在江西进贤参加土改，那里的农民家家都做腐乳。进贤原来很穷，没有什么菜吃，顿顿都用豆腐乳下饭。做豆腐乳，放大量辣椒面，还放柚子皮，味道非常强烈，广西桂林、四川忠县、云南路南所出豆腐乳都很有名，各有特点。腐乳肉是苏州松鹤楼的名菜，肉味浓醇，入口即化。广东点心很多都放豆腐乳，叫做"南乳××饼"。

南方人爱吃百页。百页结烧肉是宁波、上海人家常吃的菜。上海老城隍庙的小吃店里卖百页结：百页包一点肉馅，打成结，煮在汤里，要吃，随时盛一碗。一碗也就是四五只百页结。北方的百页缺韧性，打不成结，一打结就断。百页可入臭卤中腌臭，谓之"臭千张"。

杭州知味观有一道名菜：炸响铃。豆腐皮（如过干，要少润一点水），瘦肉剁成细馅，加葱花细姜末，入盐，把肉馅包在豆腐皮内，成一卷，用刀剁成寸许长的小段，下油锅炸得馅熟皮酥，即可捞出。油温不可太高，太高豆皮易糊。这菜嚼起来发脆响，形略似铃，故名响铃。做法其实并不复杂。肉剁极碎，成泥状（最好用刀背剁），平摊在豆腐皮上，折叠起来，如小钱包大，入油炸，亦佳。不入油炸，而以酱油冬菇汤煮，豆皮层中有汁，甚美。北京东安市场拐角处解放前有一家肉店宝华春，兼卖南味熟肉，卖一种酒菜：豆腐皮切细条，在酱肉汤中煮透，捞出，晾至微干，很好吃，不贵。现在宝华春已经没有了。豆腐皮可做汤。炖酥腰（猪腰炖汤）里放一点豆腐皮，则汤色雪白。

1992 年 6 月 25 日

干
丝

南京、镇江、扬州、高邮、淮安都有干丝。发源地我想是扬州。这是淮扬菜系的代表作之一，很多菜谱都著录。但其实这不是"菜"。干丝不是下饭的，是佐茶的。

扬州一带人有吃早茶的习惯。人说扬州人"早上皮包水，晚上水包皮"。"水包皮"是洗澡，"皮包水"是喝茶。"扬八属"各县都有许多茶馆。上茶馆不只是喝茶，是要吃包子点心的。这有点像广东的"饮茶"。不过广东的茶楼是由服务员（过去叫"伙计"）推着小车，内置包点，由茶客手指索要，扬州的茶馆是由客人一次点齐，陆续搬上。包点是现做现蒸，总得等一些时候，一般上茶馆的人都要一个干丝，一边喝茶，吃干丝，既消磨时间，也调动胃口。

一种特制的豆腐干，较大而方，用薄刃快刀片成薄片，再切为细丝，这便是干丝。讲究一块豆腐干要片十六片，切丝细如马尾，一根不断。

最初似只有烫干丝。干丝在开水锅中烫后，滗去水，在碗里堆成宝塔状，浇以麻油、好酱油醋，即可下箸。过去盛干丝的碗是特制的，白边青花，碗足稍高，碗腹较深，敞口，这样拌起干丝来好拌。现在则是一只普通的大碗了。我父亲常常带了一包五香花生米，搓去外皮，携青蒜一把，嘱堂倌切寸段，稍烫一烫，与干丝同拌，别有滋味。这大概是他的发明。干丝喷香，茶泡两开正好，吃一箸干丝，喝半杯茶，很美！扬州人喝茶爱喝"双拼"，倾龙井、香片各一包，入壶同泡，殊不足取。总算还好，没有把乌龙茶和龙井掺和在一起。

煮干丝不知起于何时。用小虾米吊汤，投干丝入锅，下火腿丝、鸡丝，煮至入味，即可上桌。不嫌夺味，亦可加冬菇丝。有冬笋的季节，可加冬笋丝。总之烫干丝味要清纯，煮干丝则不妨浓厚。但也不能搁螃蟹、蛤蜊、海蛎子、蛏，那样就是喧宾夺主，吃不出干丝的味了。

北京没有适于切干丝的豆腐干。偶有"大白干"，质地松泡，切丝易断。不得已，以高碑店豆腐片代之，细切如扬州方干一样，但要选片薄而有韧性者。这道菜已经成了我偶设家宴的保留节目。

美籍华人女作者聂华苓和她的丈夫保罗·安格尔来北京，指名要在我家吃一顿饭，由我亲自做。我给她掂配了几个菜。几个什么菜，我已经忘了，只记得有一大碗煮干丝。华苓吃得淋漓尽致，最后端起碗来把剩余的汤汁都喝了。华苓是湖北人，年轻时是吃过煮干丝的，但是美国不易吃到。美国有广东馆子、四川馆子、湖南馆子，但淮扬馆子似很少。我做这个菜是有意逗引她的故国乡情！我那道煮干丝自己也感觉不错，是用干贝吊的汤。前已说过，煮干丝不厌浓厚。

1992 年 9 月 7 日

肉食者不鄙

/ 狮子头 /

狮子头是淮安菜。猪肉肥瘦各半，爱吃肥的亦可肥七瘦三，要"细切粗斩"，如石榴米大小（绞肉机绞的肉末不行），荸荠切碎，与肉末同拌，用手拌成招柑大的球，入油锅略炸，至外结薄壳，捞出，放进水锅中，加酱油、糖，慢火煮，煮至透味，收汤放入深腹大盘。

狮子头松而不散，入口即化，北方的"四喜丸子"不能与之相比。周总理在淮安住过，会做狮子头，曾在重庆红岩八路军办事处做过一次，说："多年不做了，来来来，尝尝！"想必做得很成功，因为语气中流露出得意。

我在淮安中学读过一个学期，食堂里有一次做狮子头，一大锅油，狮子头像炸麻团似的在油里翻滚，捞出，放在碗里上笼蒸，下衬白菜。一般狮子头多是红烧，食堂所做却是白汤，我觉最能存其本味。

/ 镇江肴蹄 /

镇江肴蹄，盐渍，加硝，放大盆中，以巨大石块压之至肥瘦肉都已板实，取出，煮熟，晾去水气，切厚片，装盘。瘦肉颜色殷红，肥肉白如羊脂玉，入口不腻。

吃肴肉，要蘸镇江醋，加嫩姜丝。

/ 乳腐肉 /

乳腐肉是苏州松鹤楼的名菜，制法未详。我所做乳腐肉乃以意为之。猪肋肉一块，煮至六七成熟，捞出，俟冷，切大片，每片须带肉皮、肥瘦肉，用煮肉原汤入锅，红乳腐碾烂，加冰糖、黄酒、小火焖。乳腐肉嫩如豆腐，颜色红亮，下饭最宜。汤汁可蘸银丝卷。

/ 腌笃鲜 /

上海菜，鲜肉和咸肉同炖，加扁尖笋。

/ 东坡肉 /

浙江杭州、四川眉山，全国到处都有东坡肉。苏东坡爱吃猪肉，见于诗文，东坡肉其实就是红烧肉，功夫全在火候。先用猛火攻，大滚几开，即加作料，用微火慢炖，汤汁略起小泡即可。东坡论煮肉法，云须忌水，不得已时可以浓茶烈酒代之。完全不加水是不行的，会焦煳粘锅，但水不能多。要加大量黄酒。扬州炖肉，还要加一点高粱酒。

加浓茶，我试过，也吃不出有什么特殊的味道。

传东坡有一首诗："无竹令人俗，无肉令人瘦，若要不俗与不瘦，除非天天笋烧肉。"未必可靠，但苏东坡有时是会写这种张打油体的诗的。冬笋烧肉，是很好吃。我的大姑妈善做这道菜，我每次到姑妈家，她都做。

/ 霉干菜烧肉 /

这是绍兴菜，全国各处皆有，但不似绍兴人三天两头就要吃一次。鲁迅一辈子大概都离不开霉干菜。《风波》里所写的蒸得乌黑的霉干菜很诱人，那大概是不放肉的。

/ 黄鱼鲞烧肉 /

宁波人爱吃黄鱼鲞（黄鱼干）烧肉，广东人爱吃咸鱼烧肉，这都是外地人所不能理解的口味，其实这种搭配是很有道理的。近几年因为违法乱捕，黄鱼产量锐减，连新鲜黄鱼都很难吃到，更不用说黄鱼鲞了。

/ 火腿 /

浙江金华火腿和云南宣威火腿风格不同。金华火腿味清，宣威火腿味重。

昆明过去火腿很多，哪一家饭铺里都能吃到火腿。昆明人爱吃肘棒的部位，横切成圆片，外裹一层薄皮，里面一圈肥肉，当中是瘦肉，叫做"金钱片腿"。正义路有一家火腿庄，专卖火腿，除了整只的、零切的火腿，还可以买到火腿脚爪、火腿油。火腿油炖豆腐，很好吃，护国路原来有一家本地馆子，叫"东月楼"，有一道名菜：锅贴乌鱼。乃以乌鱼片两片，中夹火腿一片，在平底铛上烙熟，味道之鲜美，难以形容。前年我到昆明去，向本地人问起东月楼，说是早就没有了，"锅贴乌鱼"遂成《广陵散》。

华山南路吉庆祥的火腿月饼，全国第一。一个重旧秤四两，名曰"四两砣"。吉庆祥还在，而且有了分号，所制四两砣不减当年。

/ 腊肉 /

湖南人爱吃腊肉。农村人家杀了猪，大部分都腌了，挂在厨灶房梁上，烟熏成腊肉。我不怎样爱吃腊肉，有一次在长沙一家大饭店吃了一回蒸腊肉，这盘腊肉真叫好。通常的腊肉是条状，却片不成形，这盘腊肉却是切成颇大的整齐的方片，而且蒸得极烂，我没有想到腊肉能蒸得这样烂！入口香糯，真是难得。

/ 夹沙肉·芋泥肉 /

夹沙肉和芋泥肉都是甜的。夹沙肉是川菜，芋泥肉是广西菜。厚膘臀尖肉，煮半熟，捞出，沥去汤，过油灼肉皮起泡，候冷，切大片，两片之间不切通，夹入豆沙，装碗笼蒸，蒸至四川人所说"炟而不烂"，倒扣在盘里，上桌，是为夹沙肉。芋泥肉做法与夹沙肉相似。芋泥较豆沙尤为细腻，且有芋香，味较夹沙肉更胜一筹。

/ 白肉火锅 /

白肉火锅是东北菜。其特点是肉片极薄。是把大块肉冻实了，用刨子刨出来的，故入锅一涮就熟，很嫩。白肉火锅用海蛎子（蚝）作锅底，加酸菜。

/ 烤乳猪 /

烤乳猪原来各地都有，清代满汉全席上必有这道菜，后来别处渐渐没有，只有广东一直盛行，不论大饭店，烧腊摊上的烤乳猪都很好。烤乳猪如抹一点甜面酱，卷薄饼吃，一定不亚于北京烤鸭，可惜广东人不大懂得吃饼，一般烤乳猪只作为双拼冷盘。

1992 年 9 月 9 日

229

鱼我所欲也

/ 石斑 /

我第一次吃石斑鱼在 1947 年，在越南海防，一家华侨开的饭馆里。那吃法很别致。一条很大的石斑，红烧，同时上一大盘生的薄荷叶。我仿照邻座人的办法，吃一口石斑鱼，嚼几片薄荷叶。薄荷可把口中残余的鱼味去掉，再吃第二口，则鱼味常新。这种吃法，国内似没有。越南人爱吃薄荷，华侨饭馆这样的搭配，盖受越南人之影响。

石斑鱼有红斑，青斑——即灰鼠斑。灰泉斑尤名贵，清蒸最好。

/ 鳜鱼 /

可以和石斑相媲美的淡水鱼，真唯鳜鱼乎？张志和《渔父》词："西塞山前白鹭飞，桃花流水鳜鱼肥"，一经品题，身价十倍。我的家乡是水乡，产鱼，而以"鳊、白、鳟"为三大名鱼，"鳟"是鳟花鱼，即鳜鱼。徐文长以为"鯚"应作"纐"。纐是古代的花毯。鯚花鱼身上有黄黑的斑点，似"纐"。但"纐"字今人多不识，如果饭馆的菜单上出现这个字，顾客将不知道这是什么东西。鳜鱼肉细，是蒜瓣肉，刺少，清蒸、氽汤、红烧、糖醋皆宜。苏南饭馆做"松鼠鳜鱼"，甚佳。

1938 年，我在淮安吃过干炸鯚花鱼。活鳜鱼，重三斤，加花刀，在大油锅中炸熟，外皮酥脆，鱼肉白嫩，蘸花椒盐吃，极妙。和我一同吃的有小叔父汪兰生、表弟董受申。汪兰生、董受申都去世多年了。

/ 鲥鱼 · 刀鱼 · 鮰鱼 /

这都是江鱼。

鲥鱼现在卖到二百多块钱一斤，成了走后门送礼的东西，"吃的人不买，买的人不吃"。

刀鱼极鲜，肉极细，但多刺。金圣叹尝以为刀鱼刺多是人生恨事之一。不会吃刀鱼的人是很容易卡到嗓子的。镇江人以刀鱼煮至稀烂，用纱布滤去细刺，以做汤，下面，即谓"刀鱼面"，很美。

我在江阴读南菁中学时，常常吃到鮰鱼，学校食堂里常做。这东西在江阴是很便宜的。鮰鱼本名鮠鱼，但今人只叫它鮰鱼。鮰鱼大概也能红烧，但我在中学时吃的鮰鱼都是白烧。后来在汉口的璇宫饭店吃的，也是白烧。鮰鱼肉厚，切成块，放在碗里，没有吃过的人会以为这是鸡块。鮰鱼几乎无刺，大块入口，吃起来很过瘾，宜于馋而懒的人。或说鮰鱼是吃死人的。江里哪有那么多的死人？！鮰鱼吃鱼，是确实的。凡吃鱼的鱼都好吃。鳜鱼也是吃鱼的。养鱼的池塘里是不能有鳜鱼的，见鳜鱼，即捕去。

/ 黄河鲤鱼 /

我不爱吃鲤鱼，因为肉粗，且有土腥气，但黄河鲤鱼除外。在河南开封吃过黄河鲤鱼，后来在山东水泊梁山下吃过黄河鲤鱼，名不虚传。辨黄河与非黄河鲤，只须看鲤鱼剖开后内膜是白的还是黑的。白色者是真黄河鲤，黑色者是假货。梁山一带人对鲤鱼很重视。酒席上必须有鲤鱼，"无鱼不成席"。婚宴尤不可少。梁山一带人对即将结婚的青年男女，不说是"等着吃你的喜酒"，而说"等着吃你的鱼！"。鲤鱼要吃三斤左右的，价也最贵。《水浒传·吴学究说三阮撞筹》中吴用说他"在一个大财主家做门馆教学，今来要对付十数尾金色鲤鱼，要重十四五斤的"，鲤鱼大到十四五斤，不好吃了，写《水浒传》的施耐庵、罗贯中对吃鲤鱼外行。

/ 虎头鲨和昂嗤鱼 /

虎头鲨和昂嗤鱼原来都是贱鱼，在我的家乡是上不得席的，现在都变得名贵了。

苏州人特重塘鳢鱼，谈起来眉飞色舞。我到苏州一看：瞎，原来就是我们那里的虎头鲨。虎头鲨头大而硬，鳞色微紫，有小黑斑，样子很凶恶，而肉极嫩。我们家乡一般用来氽汤，汤里加醋。

昂嗤鱼阔嘴有须，背黄腹白，无背鳍，背上有一根硬骨，捏住硬骨，它会"昂嗤昂嗤"地叫。过去也是氽汤，不放醋，汤白如牛乳。近年家乡兴起炒昂嗤鱼片，谓之"炒金银片"，亦佳。

/ 鳝鱼 /

　　淮安人能做全鳝席，一桌子菜，全是鳝鱼。除了烤鳝背、炝虎尾等等名堂，主要的做法一是炒，二是烧。鳝鱼烫熟切丝再炒，叫做"软兜"，生炒叫炒脆鳝。红烧鳝段叫"火烧马鞍桥"，更粗的鳝段叫"闷张飞"。制鳝鱼都要下大量姜蒜，上桌后撒胡椒，不厌其多。

1992 年 9 月 14 日

手把肉

　　蒙古人从小吃惯羊肉，几天吃不上羊肉就会想得慌。蒙古族舞蹈家斯琴高娃（蒙古族女的叫斯琴高娃的很多，跟那仁花一样的普遍）到北京来，带着她的女儿。她的女儿对北京的饭菜吃不惯。我们请她在晋阳饭庄吃饭，这小姑娘对红烧海参、脆皮鱼……统统不感兴趣。我问她想吃什么，"羊肉！"我把服务员叫来，问他们这儿有没有羊肉，说只有酱羊肉。"酱羊肉也行，咸不咸？""不咸。"端上来，是一盘羊腱子。小姑娘白嘴把一盘羊腱子都吃了。问她："好吃不好吃？""好吃！"她妈说："这孩子！真是蒙古人！她到北京几天，头一回说'好吃'。"

　　蒙古人非常好客，有人骑马在草原上漫游，什么也不带，只背了一条羊腿。日落黄昏，看见一个蒙古包，下马投宿。主人把他的羊腿解下来，随即杀羊。吃饱了，喝足了，和主人一家同宿在蒙古包里，酣然一觉。第二天主人送客上路，给他换了一条新的羊腿背上。这人在草原上走了一大圈，回家的时候还是背了一条羊腿，不过已经不知道换了多少次了。

"四人帮"肆虐时期，我们奉江青之命，写一个剧本，搜集素材，曾经四下内蒙古。我在内蒙古学会了两句蒙古话。蒙古族同志说，会说这两句话就饿不着。一句是"不达一的"——要吃的；一句是"莫哈一的"——要吃肉。"莫哈"泛指一切肉，特指羊肉。（元杂剧有一出很特别，汉话和蒙古话揉和在一起唱。其中有一句是"莫哈整斤吞"，意思是整斤地吃羊肉。）果然，我从伊克昭盟到呼伦贝尔大草原，走了不少地方，吃了多次手把肉。

　　八九月是草原最美的时候。经过一夏天的雨水，草都长好了，草原一片碧绿。阿格长好了，灰背青长好了，阿格和灰背青是牲口最爱吃的草。草原上的草在我们看起来都是草，牧民却对每一种草都叫得出名字。草里有野葱、野韭菜（蒙古人说他们那里的羊肉不膻，是因为羊吃野葱，自己把味解了）。到处开着五颜六色的花。羊这时也都上了膘了。

　　内蒙古的作家、干部爱在这时候下草原，体验生活，调查工作，也是为去"贴秋膘"。进了蒙古包，先喝奶茶。内蒙古的奶茶制法比较简单，不像西藏的酥油茶那样麻烦。只是用铁锅坐一锅水，水开后抓入一把茶叶，滚几滚，加牛奶，放一把盐，即得。我没有觉得有太大的特点，但喝惯了会上瘾的。（蒙古人一天也离不开奶茶。很多人早起不吃东西，喝两碗奶茶就去放羊。）摆了一桌子奶食，奶皮子、奶油（是稀的）、奶渣子……还有月饼、桃酥。客人喝着奶茶，蒙古包外已经支起大锅，坐上水，杀羊了。蒙古人杀羊真是神速，不是用刀子捅死的，是掐断羊的主动脉。羊挣扎都不挣扎，就死了。马上开膛剥皮，工具只是一把比水果刀略大一点的折刀。一会儿的工夫，羊皮就剥下来，抱到稍远处晒着去了。看看杀羊的现场，连一滴血都不溅出，草还是干干净净的。

"手把肉"即白水煮切成大块的羊肉。一手"把"着一大块肉，用一柄蒙古刀自己割了吃。蒙古人用刀子割肉真有功夫。一块肉吃完了，骨头上连一根肉丝都不剩。有小孩子割剔得不净，妈妈就会说："吃干净了，别像那干部似的！"干部吃肉，不像牧民细心，也可能不大会使刀子。牧民对奶、对肉都有一种近似宗教情绪的敬重，正如汉族的农民对粮食一样，糟踏了，是罪过。吃手把肉过去是不预备佐料的，顶多放一碗盐水，蘸了吃。现在也有一点佐料，酱油、韭菜花之类。因为是现杀、现煮、现吃，所以非常鲜嫩。在我一生中吃过的各种做法的羊肉中，我以为手把羊肉第一。如果要我给它一个评语，我将毫不犹豫地说：无与伦比！

吃肉，一般是要喝酒的。蒙古人极爱喝酒，而且几乎每饮必醉。我在呼和浩特听一个土默特旗的汉族干部说"骆驼见了柳，蒙古人见了酒"，意思就走不动了——骆驼爱吃柳条。我以为这是一句现代俗话。偶读一本宋人笔记，见有"骆驼见柳，蒙古见酒"之说，可见宋代已有此谚语，已经流传几百年了。可惜我把这本笔记的书名忘了。宋朝的蒙古人喝的大概是武松喝的那种煮酒，不会是白酒——蒸馏酒。白酒是元朝的时候才从阿拉伯传进来的。

在达茂旗吃过一次"羊贝子"，即煮全羊。整只羊放在大锅里煮。据说蒙古人吃只煮30分钟，因为我们是汉族，怕太生了不敢吃，多煮了15分钟。整羊，刹去四蹄，趴在一个大铜盘里。羊头已经切下来，但仍放在脖子后面的腔子上，上桌后再搬走。吃羊贝子有规矩，先由主客下刀，切下两条脖子后面的肉（相当于北京人听说的"上脑"部位），交叉斜搭在肩背上，然后其他客人才动刀，各自选取自己爱吃的部位。羊贝子真是够嫩的，一刀切下去，会有血水滋出来。同去的编剧、导演，有的望而生畏，有的浅尝即止，鄙人则吃了个不亦乐乎。羊肉越嫩越好。

蒙古人认为煮久了的羊肉不好消化，诚然诚然。我吃了一肚子半生的羊肉，太平无事。

蒙古人真能吃肉。海拉尔有两位书记到北京东来顺吃涮羊肉，两个人要了14盘肉，服务员问："你们吃得完吗？"一个书记说："前几天我们在呼伦贝尔，五个人吃了一只羊！"

蒙古人不是只会吃手把肉，他们也会各种吃法。呼和浩特的烧羊腿，烂，嫩，鲜，入味。我尤其喜欢吃清蒸羊肉。我在四子王旗一家不大的饭馆中吃过一次"拔丝羊尾"。我吃过拔丝山药、拔丝土豆、拔丝苹果、拔丝香蕉，从来没听说过羊尾可以拔丝。外面有一层薄薄的脆壳，咬破了，里面好像什么也没有，一包清水，羊尾油已经化了。这东西只宜供佛，人不能吃，因为太好吃了！

我在新疆唐巴拉牧场吃过哈萨克的手抓羊肉。做法与内蒙古的手把肉略似，也是大锅清水煮，但切的肉块较小，煮的时间稍长。肉熟后，下面条，然后装在大瓷盘里端上来。下面是面，上面是肉。主人以刀把肉切成小块，客人以手抓肉及面同吃。吃之前，由一个孩子执铜壶注水于客人之手，客人手上浇水后不能向后甩，只能待其自干，否则即是对主人不敬。铜壶颈细而长，壶身镂花，有中亚风格。

昆明食菌

我在昆明住过 7 年，离开已 40 多年，忘不了昆明的菌子。

雨季一到，诸菌皆出，空气里到处是菌子气味。无论贫富，都能吃到菌子。

常见的是牛肝菌、青头菌。牛肝菌菌盖正面色如牛肝。其特点是背面无菌褶，是平的，只有无数小孔，因此菌肉很厚，可切成薄片，宜于炒食。入口滑细，极鲜。炒牛肝菌要加大量蒜片，否则吃了会头晕。菌香、蒜香扑鼻，直入脏腑，逗人食欲。牛肝菌价极廉。西南联大的大食堂的饭桌上都能有一盘。青头菌稍贵一点。青头菌菌盖正面微带苍绿色，菌褶雪白。炒或烩，宜放盐，用酱油颜色就不好看了。一般都认为青头菌格韵较高，但也有人偏嗜牛肝菌，以其滋味更为强烈浓厚。

最名贵的是鸡㙡，鸡之名甚奇怪。"㙡"字别处少见，一般字典上查不到。为什么叫"鸡㙡"，众说不一。有人说鸡㙡的菌盖"开伞"后，样子像公鸡脖子上的毛——鸡鬃。没有根据。我见过未经熟制的鸡㙡，样子并不像鸡鬃。——果系如此，何不径写作"鸡鬃"？这东西生长的地方也奇怪，生在田野间的白蚁窝上。为什么专长在白蚁窝上，这道理连专家也没有弄明白。鸡枞菌盖小而菌把粗长，吃的主要便是形似鸡大腿似的菌把。鸡枞是菌中之王。味道如何，真难比方。可以说这是植物鸡。味正似当年的肥母鸡。但鸡肉粗，有丝，而鸡枞极细腻丰腴，且鸡肉无此一种特殊的菌子香气。昆明甬道街有一家不大的云南馆子，制鸡枞极有名。

菌子里味道最深刻（请恕我用了这样的怪字眼），样子最难看的，是干巴菌。这东西像一个被踩破的马蜂窝，颜色如半干牛粪，乱七八糟，当中还夹杂了许多松毛（马尾松的针叶），草茎，择起来很费事。择也择不出大片，只是螃蟹小腿肉粗细的丝丝。洗净后，与肥瘦相间的猪肉、青辣椒同炒，入口细嚼，半天说不出话来。只觉得：世界上还有这么好吃的东西？干巴菌，菌也，但有陈年宣威火腿香味、宁波曹白鱼鲞香味、苏州风鸡香味、南京鸭珍肝香味，且杂有松毛的清香气味。干巴菌晾干，与辣椒同腌，可久藏，味与鲜时无异。

样子最好看的是鸡油菌，个个正圆，银元大，嫩黄色，但据说不好吃。干巴菌和鸡油菌，一个中吃不中看，一个中看不中吃。

寻常茶话

　　袁鹰编《清风集》约稿。我对茶实在是个外行。茶是喝的，而且喝得很勤，一天换３次叶子。每天起来第一件事，便是坐水，沏茶。但是毫不讲究。对茶叶不挑剔。青茶、绿茶、花茶、红茶、沱茶、乌龙茶，但有便喝。茶叶多是别人送的，喝完了一筒，再开一筒，喝完了碧螺春，第二天就可以喝蟹爪水仙。但是不论什么茶，总得是好一点的。太次的茶叶，便只好留着煮茶叶蛋。《北京人》里的江泰认为喝茶只是"止渴生津利小便"，我以为还有一种功能，是：提神。《陶庵梦忆》记闵老子茶，说得神乎其神。我则有点像董日铸，以为"浓、热、满三字尽茶理"。我不喜欢喝太烫的茶，沏茶也不爱满杯。我的家乡认为客人斟茶斟酒"酒要满，茶要浅"，茶斟得太满是对客人不敬，甚至是骂人。于是就只剩下一个字，浓。我喝茶是喝得很酽的。常在机关开会，有女同志尝了我的一口茶，说是"跟药一样"。因此，写不出关于茶的文章。要写，也只是些平平常常的话。

　　我读小学五年级那年暑假，我的祖父不知怎么忽然高了兴，要教我读书。"穿堂"的左侧有两间空屋。里间是佛堂，挂了一幅丁云鹏画的佛像，佛的袈裟是朱红的。佛像下，是一尊乌斯藏铜佛。我的祖母每天早晚来烧一炷香。外间本是个贮藏室，房梁上挂着干菜，干的粽叶。靠墙有一缸"臭卤"，面筋、百叶、笋头、苋菜秸都放在里面臭。临窗设一方桌，便是我的书桌。祖父每天早晨来讲《论语》一章，剩下的时间由我自己写大小字各一张。大字写《圭峰碑》，小字写《闲邪公家传》，都是祖父从他的藏帖里拿来给我的。隔日作文一篇。还不是正式的八股，是一种叫做"义"的文体，只是解释《论语》的内容。题目是祖父出的。我共作了多少篇"义"，已经不记得了。只记得有一题是"孟子反不伐义"。

祖父生活俭省，喝茶却颇考究。他是喝龙井的，泡在一个深栗色的扁肚子的宜兴砂壶里，用一个细瓷小杯倒出来喝。他喝茶喝得很酽，一次要放多半壶茶叶。喝得很慢，喝一口，还得回味一下。

他看看我的字，我的"义"，有时会另拿一个杯子，让我喝一杯他的茶。真香。从此我知道龙井好喝，我的喝茶浓酽，跟小时候的熏陶也有点关系。

后来我到了外面，有时喝到龙井茶，会想起我的祖父，想起孟子反。

我的家乡有"喝早茶"的习惯，或者叫做"上茶馆"。上茶馆其实是吃点心、包子、蒸饺、烧卖、千层糕……茶自然是要喝的。在点心未端来之前，先上一碗干丝。我们那里原先没有煮干丝，只有烫干丝。干丝在一个敞口的碗里堆成塔状，临吃，堂倌把装在一个茶杯里的作料——酱油、醋、麻油浇入。喝热茶、吃干丝，一绝！

抗日战争时期，我在昆明住了7年，几乎天天泡在茶馆。"泡茶馆"是西南联大学生特有的说法。本地人叫做"坐茶馆"，"坐"，本有消磨时间的意思，"泡"则更胜一筹。这是从北京带过去的一个字,"泡"者,长时间地沉溺其中也,与"穷泡""泡蘑菇"的"泡"是同一语源。联大学生在茶馆里往往一泡就是半天。干什么的都有。聊天、看书、写文章。有一位教授在茶馆是读梵文。有一位研究生,可称泡茶馆的冠军。此人姓陆,是一怪人。他曾经徒步旅行了半个中国,读书甚多,而无所著述,不爱说话。他简直是"长"在茶馆里。上午、下午、晚上,要一杯茶,独自坐着看书。他连漱洗用具都放在一家茶馆里,一起来就到茶馆里洗脸刷牙。听说他后来流落在四川,穷困潦倒而死,悲夫!

昆明茶馆里卖的都是青茶,茶叶不分等次,泡在盖碗里。文林街后来开了家"摩登"茶馆,用玻璃杯卖绿茶、红茶——滇红、滇绿。滇绿色如生青豆,滇红色似"中国红"葡萄酒,茶叶都很厚。滇红尤其经泡,三开之后,还有茶色。我觉得滇红比祁(门)红、英(德)红都好,这也许是我的偏见。当然比斯里兰卡的"利普顿"要差一些——有人喝不来"利普顿",说是味道很怪。人之好恶,不能勉强。我在昆明喝过大烤茶。把茶叶放在粗陶的烤茶罐里,放在炭火上烤得半焦,倾入滚水,茶香扑人。几年前在大理街头看到有烤茶缸卖,犹豫一下,没有买。买了,放在煤气灶上烤,也不会有那样的味道。

1946年冬,开明书店在绿杨村请客。饭后,我们到巴金先生家喝工夫茶。几个人围着浅黄色的老式圆桌,看陈蕴珍(萧珊)"表演"濯器、炽炭、注水、淋壶、筛茶。每人喝了3小杯。我第一次喝工夫茶,印象深刻。这茶太酽了,只能喝3小杯。在座的除巴先生夫妇,有靳以、黄裳。一转眼,43年了。靳以、萧珊都不在了。巴老衰病,大概没有喝一次工夫茶的兴致了。那套紫砂茶具大概也不在了。

我在杭州喝过一杯好茶。

1947年春,我和几个在一个中学教书的同事到杭州去玩。除了"西湖景"，使我难忘的两样方物，一是醋鱼带把。所谓"带把"，是把活草鱼的脊肉剔下来，快刀切为薄片，其薄如纸，浇上好秋油，生吃。鱼肉发甜，鲜脆无比。我想这就是中国古代的"切脍"。一是在虎跑喝的一杯龙井。真正的狮峰龙井雨前新芽，每蕾皆一旗一枪，泡在玻璃杯里，茶叶皆直立不倒，载浮载沉，茶色颇淡，但入口香浓，直透肺腑，真是好茶！只是太贵了。一杯茶，一块大洋，比吃一顿饭还贵。狮峰茶名不虚，但不得虎跑水不可能有这样的味道。我自此才知道，喝茶，水是至关重要的。

我喝过的好水有昆明的黑龙潭泉水。骑马到黑龙潭，疾驰之后，下马到茶馆里喝一杯泉水泡的茶，真是过瘾。泉就在茶馆檐外地面，一个正方的小池子，看得见泉水咕嘟咕嘟往上冒。井冈山的水也很好，水清而滑。有的水是"滑"的，"温泉水滑洗凝脂"并非虚语。井冈山水洗被单，越洗越白；以泡"狗古脑"茶，色味俱发，不知道水里含了什么物质。天下第一泉、第二泉的水，我没有喝出什么道理。济南号称泉城，但泉水只能供观赏，以泡茶，不觉得有什么特点。

有些地方的水真不好。比如盐城。盐城真是"盐城"，水是咸的。中产以上人家都吃"天落水"。下雨天，在天井上方张了布幕，以接雨水，存在缸里，备烹茶用。最不好吃的水是菏泽。菏泽牡丹甲天下，因为菏泽土中含碱，牡丹喜碱性土。我们到菏泽看牡丹，牡丹极好，但茶没法喝。不论是青茶、绿茶，沏出来一会儿就变成红茶了，颜色深如酱油，入口咸涩。由菏泽往梁山，住进招待所后，第一件事便是赶紧用不带碱味的甜水沏一杯茶。

老北京早起都要喝茶，得把茶喝"通"了，这一天才舒服。无论贫富，皆如此。1948年我在午门历史博物馆工作。馆里有几位看守员，岁数都很大了。他们上班后，都是先把带来的窝头片在炉盘上烤上，然后轮流用水氽坐水沏茶。茶喝足了，才到午门城楼的展览室里去坐着。他们喝的都是花茶。北京人爱喝花茶，以为只有花茶才算是茶（很多人把茉莉花叫做"茶叶花"）。我不太喜欢花茶，但好的花茶例外，比如老舍先生家的花茶。

老舍先生一天离不开茶。他到莫斯科开会，苏联人知道中国人爱喝茶，倒是特意给他预备了一个热水壶。可是，他刚沏了一杯茶，还没喝几口，一转脸，服务员就给倒了。老舍先生很愤慨地说："他妈的！他不知道中国人喝茶是一天喝到晚的！"一天喝茶喝到晚，也许只有中国人如此。外国人喝茶都是论"顿"的，难怪那位服务员看到多半杯茶放在那里，以为老先生已经喝完了，不要了。

龚定庵以为碧螺春天下第一。我曾在苏州东山的"雕花楼"喝过一次新采的碧螺春。"雕花楼"原是一个华侨富商的住宅，楼是进口的硬木造的，到处都雕了花，八仙庆寿、福禄寿三星、龙、凤、牡丹……真是集恶俗之大成。但碧螺春真是好。不过茶是泡在大碗里的，我觉得这有点煞风景。后来问陆文夫，文夫说碧螺春就是讲究用大碗喝的。茶极细，器极粗，亦怪！

在湖南桃源喝过一次擂茶。茶叶、老姜、芝麻、米，加盐放在一个擂钵里，用硬木的擂棒"擂"成细末，用开水冲开，便是擂茶。我在《湘行二记》中对擂茶有较详细的叙述，为省篇幅，不再抄引。

茶可入馔，制为食品。杭州有龙井虾仁，想不恶。裘盛戎曾用龙井茶包饺子，可谓别出心裁。日本有茶粥。《俳人的食物》说俳人小聚，食物极简单，但"唯茶粥"一品，万不可少。茶粥是啥样的呢？我曾用粗茶叶煎汁，加大米熬粥，自以为这便是"茶粥"了。有一阵子，我每天早起喝我所发明的茶粥，自以为很好喝。四川的樟茶鸭子乃以柏树枝、樟树叶及茶叶为熏料，吃起来有茶香而无茶味。曾吃过一块龙井茶心的巧克力，这简直是恶作剧！用上海人的话说：巧克力与龙井茶实在完全"弗搭界"。

1989 年 9 月 16 日

烟
赋

　　中国人抽烟，大概开始于明朝，是从外国传入的。从前的中国书里称烟草为淡巴菰，是 tobacco 的译音。我年轻时，上海人还把雪茄叫做"吕宋"。吸烟成风，盖在清代。现存在几种烟草谱，都是清人的著作。纪晓岚就是"嗜食淡巴菰"的。我的高中国文老师史先生说，纪晓岚总纂《四库全书》时，叫人把书页平摊在一个长案上，他一边吸烟，一边校读，围着大案走一圈，一篇《四库全书总目提要》就出来了。这可能是传闻，但乾隆年间，抽烟的人已经颇多，是可以肯定的。

　　小说《异秉》里的张汉轩说，烟有5种：水、旱、鼻、雅、潮。雅（鸦片）不是烟草所制，潮州烟其实也是旱烟之一种，中国人以前抽的烟实只有旱烟、水烟两大类。旱烟，南方多切成丝，北方则是揉碎了，都是用烟袋，摁在烟锅里抽的。北方人把烟叶都称为关东烟。关东烟里的上品是蛟河烟。这是贡品。据说西太后抽的即是蛟河烟。真正的蛟河烟只产在那么一两亩地里。我在吉林抽过真蛟河烟，名不虚传！其次则"亚布力"也还可以，这是从苏联引进的品种。河北省过去种"易县小叶"。旱烟袋，讲求白铜锅、乌木杆、翡翠嘴。烟袋有极长的。

南方老太太用的烟袋，银嘴5寸，乌木杆长至8尺，抽烟时得由别人点火，自己是够不着的。有极短的，可以插在靴子里，称为"京八寸"。这种烟袋亦称骚胡子烟袋，说是公公抽烟，叫儿媳妇点火，瞅着没人看见，可以乘机摸一下儿媳妇的手。潮州的烟袋是用竹根做的，在一头挖一窟窿，嵌一小铜胎，以装烟，不另安锅。我1950年在江西土改，那里的农民抽的就是这种烟，谓之"吃黄烟"。山西、内蒙人用羊腿做烟袋。抽这种烟得点一盏灯，因为一次只装很小的一撮烟，抽一口就把烟灰吹掉，叫做"一口香"，要不停地点火。云、贵、川抽叶子烟，烟叶剪成二寸许长，裹成小指粗细的烟支，可以说是自制小雪茄，但多数是插在烟锅里抽，也可算是旱烟类。我在鄂温克族地区抽过达斡尔人用香蒿籽窨制的烟，一层烟叶，一层香蒿子，阴干，烟味极佳。是用纸卷了抽的。广东的"生切"也是用纸卷了抽的。新疆的"莫合烟"，即苏联翻译小说里常常见到的"马霍烟"，也是用纸卷了抽的。莫合烟是用烟梗磨碎制成的，不用烟叶。抽水烟应该是最卫生的，烟从水里滤过，有害物质减少了。但抽水烟很麻烦。每天涮水烟袋就很费事。水烟袋要保持洁净，抽起来才香。我有个远房舅舅，到人家做客，都由他的车夫一次带了5支水烟袋，换着抽，此人真是个会享福的人！水烟的烟丝极细，叫做"皮丝"，出在甘肃的兰州和福建的福州，一在西北，一在东南，制法质量也极相似，奇怪！云南人抽水烟筒，那得会抽，否则嘬不出烟来。若论过瘾，应当首推水烟筒。旱烟、水烟，吸时都要在口腔内打一回旋，烟筒的烟则是直灌入肺，毫无缓冲。

卷烟，或称纸烟，北京人叫做烟卷儿，上海一带人叫做香烟。也有少数地方叫做洋烟的。早年的东北评剧《雷雨》里的四凤夸赞周萍的唱词道："穿西服，抽洋烟，梳的本是那个偏分。"可以为证。大概在东北人眼中这些都是很时髦的。东北是"十八岁的大姑娘叼着大烟袋"的地方,卷烟曾经是稀罕东西。现在卷烟已经通行全国。抽旱烟的还有,大都是上了年纪的人,但也相对地减少了。抽水烟的就更少了,白铜镂花的水烟袋已经成为古玩,年轻人都不知道这玩意是干什么用的了。说卷烟是洋烟,是有道理的。因为它本是从外国(主要是英国)输入的。上海一带流行的上等烟茄立克、白炮台、555……销行最广的中等烟红锡包(北方叫小粉包)、老刀牌(北方叫强盗牌)都是英国货。世界上的烟卷原分两大系。一类是海洋型,英国烟为其代表。英国的烟丝很细,有些烟如白炮台的烟盒上标明是 NAVY CUT,大概和海军有点关系。一类是大陆型,典型的代表是埃及烟、法国烟、苏联的白海牌(东北人叫它"大白杆"),以及阿尔巴尼亚等烟属之。抽大陆型烟的人数不多。现在卷烟分为两大派系,一类是烤烟型,即英国烟型,一类是混合型,是一半海洋型、一半大陆型的烟丝的混合,美国烟大都是混合型。英国型的烟烟丝金黄,比较柔和,有烟草的自然的香味,比较为中国人所喜欢。

后来有外商和华侨在中国设厂制烟,比较重要的是英美烟草有限公司和南洋兄弟烟草公司。大前门为南洋兄弟烟草公司所出,美丽牌好像就是英美烟草公司出的。也有较小的厂出烟,大联珠、紫金山……大概是本国的烟厂所出。

我到昆明后抽过很多种杂牌烟。有一种烟叫仙岛牌,不记得是什么地方出的,烟味极好,是英国烤烟型,价钱也不贵。后来就再不见了,可能是因为日本兵占领了越南,滇越铁路一断,没有来源了。有一种烟,叫"白姑娘",硬盒扁支的,烟味很冲。有一种从湖南来的烟,抽起来有牙粉味。最便宜的烟是鹦鹉牌,十支装,呛得不得了,不知是什么树叶或草叶做的,肯定不是烟叶!

从陈纳德的飞虎队至美国空军到昆明后,昆明市面上到处是美国烟，多是从美国军用物资仓库中流出的。骆驼牌、老金、LUCKY STRIKE CHESTERFIELD、PHILIPMORRIS……一时抽美国烟的人很多，因为并不太贵。

云南烟业的兴起盖在 40 年代初。那里的农业专家和实业家，经过研究，认为云南土壤、气候适于种烟，于是引进美国弗吉尼亚的大金叶，试种成功。随即建厂生产卷烟。所出的牌子有两种：重九和七七。重九当时算是高档烟，这个牌子沿用至今。七七是中档烟，后来不生产了。

50 年代后，云南制烟业得到很大发展，云南烟的质量得到全国公认，把许多省市的卷烟都甩到后面去了。云南卷烟的三大名牌：云烟牌、红山茶、红塔山。最近几年，红塔山的声誉日隆，俨然夺得云南名烟的首席（红山茶似已不再生产）。说它已经是国产烟的第一，也不为过分。时间并不长，为什么会发生这样大的变化？

借中华文学基金会、中国作协创联部和《中国作家》联合举办的"红塔山笔会"的机缘，我们到玉溪卷烟厂做了几天客，饱抽"红塔山"，解开了这个谜。

对于抽烟，我可以说是个内行。

打开烟盒，抽出一支，用手指摸一摸，即可知道工艺水平如何。要松紧合度。既不是紧得吸不动，也不是松得跺一跺就空了半截。没有挺硬的烟梗，抽起来不会"放炮"，溅出火星，烧破衣裤。

放在鼻子底下闻一闻，就知道是什么香型。若是烤烟型，即应有微甜略酸的自然烟香。

最重要的当然就是入口、经喉、进肺的感觉。抽烟，一要过瘾，二要绵软。这本来是一对矛盾，但是配方得当，却可以兼顾。如果要对卷烟加以评品，我于红塔山得一字，曰："醇"。

这是好烟。

红塔山得天时、地利、人和。

玉溪的经纬度和美国的弗吉尼亚相似，土质也相似，适宜烟叶生长。玉溪的日照时间比弗吉尼亚还要略长一点，因此烟叶质量有可能超过弗吉尼亚。玉溪地处滇中，气候温和，夏无酷暑，冬无严寒，雨量充足。空气和湿度天然利于烟叶的存放，不需要另作干湿调节的设施。更重要的是，玉溪卷烟厂有一个以厂长褚时健为核心的志同道合、协调一致、互相默契的领导班子。

褚厂长是个人物。面色深黑，双目有神，年过60，精力充沛，说话是男中音，底气很足。他接受采访时从从容容，有条有理，语言表达得准确、清楚、简练，而又不是背稿子。他谈话时不带一张纸，不需要秘书在旁提供材料。他说话无拘束，很自然，所谈虽是实际问题，却具幽默感，偶出笑声。从谈吐中让人感到这是个很有自信而又随时思索着的人，一个有见识、有魄力、有性格的硬汉子，一个杰出的"人"。我一向不大承认什么"企业家"，以为企业管理只是"形而下"的东西。自识褚时健，觉得坐在我身边侃侃而谈的这个人，确实是一位企业"家"，因为他有那么一套"学问"，他掌握了企业管理中某种规律性、某种哲理性的东西。

褚时健在未到玉溪卷烟厂之前，搞过一些规模较小的企业，在长期实践中他认识了一条最朴素的真理：还是要重视物质、重视生产力。他不为"左"的政治经济气候所摇撼，不相信神话。

到了玉溪厂，他不停地思索着的是如何把红塔山的质量搞上去、保持住，使企业不停地发展。

质量，是企业的生命。

我和褚厂长只有两次短暂的接触，未能窥见他的"学问"，但是我觉得他抓到了"玉烟"管理的一个支点：质量。

为什么红塔山能够力挫群雄，扶摇直上？首先，红塔山有质量上好的烟叶。有一个美国烟草专家参观了云南烟业，说再不抓烟叶生产，云烟质量很难保持。这句话给褚厂长很大启发。他决定，首先抓烟叶。玉溪卷烟厂的第一车间，不在厂里，在厂外，在田间。玉烟给烟农很大帮助，从资金到化肥、农药。但是有一个条件：你得给我好烟叶。最初厂里有人想不通，我们和农民是买卖关系，怎么能在他们身上下这样大的本？现在大家都认识到了，这是具有战略意义的一步棋。许多曾经显赫一时的名牌烟，质量下来了，很重要的一个原因，是烟叶质量没有保证。

当年生产的烟叶，不能当年就用，得存放一个时期，这样杂质异味才会挥发掉。据闻英国的名牌烟的烟叶都要存放3年。二次世界大战，存烟用尽，质量也不如以前了。玉溪烟厂的烟叶都要存放两年至两年半。这是像中药店配制丸散一样"修合虽无人见，存心自有天知"的事。这个"天"就是抽烟的人。烟叶存放了多久，抽烟的人是看不到的，但是抽得出来。他们不知其所以然，但是知其然，能分辨出烟的好坏。

玉烟厂的主要设备都是进口的。有人说：国产设备和进口的差不多，要便宜得多，为什么要花那样大的价钱搞进口的？褚时健笑答：过几年你们就知道了。从卷烟的质量看，进口设备，是划得来的。

我因为在红塔山下崴了脚，没有能去参观车间，据参观过的作家说："真是壮观！"

对烟的评价是最具群众性的，最公平的。卷烟不能像酒一样搞评比。我们国家是不允许卷烟做广告的。现在既不能像过去的美丽牌在《申报》和《新闻报》上作整幅的广告："有美皆备，无丽弗臻"，也不能像克莱文·A一样借重梅兰芳的声誉，宣传这种烟对嗓音无害。

卷烟的声誉，全靠质量，靠"烟民"们的口碑。北京人有言："人叫人千声不语，货叫人点手就来。"这是假不得的。桃李不言，下自成蹊，红塔山之赢得声誉，岂虚然哉！

玉溪卷烟厂每年给国家创利税三四十个亿，这是个吓人一跳的数字。

厂里请作家题字留念，我写了一副对联：

技也进乎道
名者实之宾

我18岁开始抽烟，今年71岁，从来没有戒过，可谓老烟民矣。到了玉溪烟厂，坚定了一个信念，一抽到底，决不戒烟。吸烟是有害的。有人甚至说吸一支烟，少活5分钟，不去管它了！写了一首五言诗：

玉溪好风日，
兹土偏宜烟。
宁减十年寿，
不忘红塔山。

诗是打油诗，话却是真话，在家人也不打诳语。

玉溪卷烟厂的礼堂里，在一块很大的红天鹅绒上缀了两行铜字：

天下有玉烟
天外还有天

据褚厂长说，这是从工人的文章里摘出来的，可以说是从群众中来的了。这是全厂职工的座右铭。这表现了全体职工的自豪感，也表现了他们的高瞻远瞩的胸襟。愿玉溪卷烟厂鹏程万里！

　　　　　　　　　　　　　　　　　　　1991 年 5 月 21 日，北京

故乡的野菜

　　荠菜。荠菜是野菜，但在我的家乡却是可以上席的。我们那里，一般的酒席，开头都有八个凉碟，在客人入席前即已摆好。通常是火腿、变蛋（松花蛋）、风鸡、酱鸭、油爆虾（或呛虾）、蚶子（是从外面运来的，我们那里不产）、咸鸭蛋之类。若是春天，就会有两样应时凉拌小菜：杨花萝卜（即北京的小水萝卜）切细丝拌海蜇和拌荠菜。荠菜焯过，碎切，和香干细丁同拌，加姜米，浇以麻酱油醋，或用虾米，或不用，均可。这道菜常抟成宝塔形，临吃推倒，拌匀。拌荠菜总是受欢迎的，吃个新鲜。凡野菜，都有一种园种的蔬菜所缺少的清香。

　　荠菜大都是凉拌，炒荠菜很少人吃。荠菜可包春卷，包圆子（汤团）。江南人用荠菜包馄饨，称为菜肉馄饨，亦称"大馄饨"。我们那里没有用荠菜包馄饨的。我们那里的面店中所卖的馄饨都是纯肉馅的馄饨，即江南所说的"小馄饨"。没有"大馄饨"。我在北京的一家有名的家庭餐馆吃过这一家的一道名菜：翡翠蛋羹。一个汤碗里一边是蛋羹，一边是荠菜，一边嫩黄，一边碧绿，绝不混淆，吃时搅在一起。这种讲究的吃法，我们家乡没有。

枸杞头。春天的早晨，尤其是下了一场小雨之后，就可听到叫卖枸杞头的声音。卖枸杞头的多是附郭近村的女孩子，声音很脆，极能传远："卖枸杞头来！"枸杞头放在一个竹篮子里，一种长圆形的竹篮，叫做元宝篮子。枸杞头带着雨水，女孩子的声音也带着雨水。枸杞头不值什么钱，也从不用秤约，给几个钱，她们就能把整篮子倒给你。女孩子也不把这当做正经买卖，卖一点钱，够打一瓶梳头油就行了。

　　自己去摘，也不费事。一会儿工夫，就能摘一堆。枸杞到处都是。我的小学的操场原是祭天地的空地，叫做"天地坛"。天地坛的四边围墙的墙根，长的都是这东西。枸杞夏天开小白花，秋天结很多小红果子，即枸杞子，我们小时候叫它"狗奶子"，因为很像狗的奶子。

　　枸杞头也都是凉拌，清香似尤甚于荠菜。

　　蒌蒿。小说《大淖记事》："春初水暖，沙洲上冒出很多紫红色的芦芽和灰绿色的蒌蒿，很快就是一片翠绿了。"我在书页下面加了一条注："蒌蒿是生于水边的野草，粗如笔管，有节，生狭长的小叶，初生二寸来高，叫做'蒌蒿薹子'，加肉炒食极清香。……"蒌蒿，字典上都注"蒌"音楼，蒿之一种，即白蒿。我以为蒌蒿不是蒿之一种，蒌蒿掐断，没有那种蒿子气，倒是有一种水草气。苏东坡诗："蒌蒿满地芦芽短"，以蒌蒿与芦芽并举，证明是水边的植物，就是我的家乡所说"蒌蒿薹子"。"蒌"字我的家乡不读楼，读吕。蒌蒿好像都是和瘦猪肉同炒，素炒好像没有。我小时候非常爱吃炒蒌蒿薹子。桌上有一盘炒蒌蒿薹子，我就非常兴奋，胃口大开。蒌蒿薹子除了清香，还有就是很脆，嚼之有声。

　　荠菜、枸杞我在外地偶尔吃过，蒌蒿薹子，自19岁离乡后从未吃过，非常想念。去年我的家乡人有人开了汽车到北京来办事，我的弟妹托他们带了一塑料袋蒌蒿薹子来，因为路上耽搁，到北京时已经焐坏了。我挑了一些还不太烂的，炒了一盘，还有那么一点意思。

马齿苋。中国古代吃马齿苋是很普遍的，马苋与人苋（即红白苋菜）并提。后来不知怎么吃的人少了。我的祖母每年夏天都要摘一些马齿苋，晾干了，过年包包子。我的家乡普通人家平常是不包包子的，只有过年才包，自己家里人吃，有客人来蒸一盘待客。不是家里人包的，一般的家庭妇女不会包，都是备了面、馅，请包子店里的师傅到家里做，做一上午，就够正月里吃了。我的祖母吃长斋，她的马齿苋包子只有她自己吃。我尝过一个，马齿苋有点酸酸的味道，不难吃，也不好吃。

马齿苋南北皆有。我在北京的甘家口住过，离玉渊潭很近，玉渊潭马齿苋极多。北京人叫做马苋儿菜，吃的人很少。养鸟的拔了喂画眉。据说画眉吃了能清火。画眉还会有"火"么？

莼菜。第一次喝莼菜汤是在杭州西湖的楼外楼，1948年4月。这以前我没有吃过莼菜，也没有见过。我的家乡人大都不知莼菜为何物。但是秦少游有《以莼姜法鱼糟蟹寄子瞻》诗，则高邮原来是有莼菜的。诗最后一句是"泽居备礼无麋鹿"，秦少游当时盖在高邮居住，送给苏东坡的是高邮的土产。高邮现在还有没有莼菜，什么时候回高邮，我得调查调查。

明朝的时候，我的家乡出过一个散曲作家王磐。王磐字鸿渐，号西楼，散曲作品有《西楼乐府》。王磐当时名声很大，与散曲大家陈大声并称为"南曲之冠"。王西楼还是画家。高邮现在还有一句歇后语："王西楼嫁女儿——画（话）多银子少"。王西楼有一本有点特别的著作：《野菜谱》。《野菜谱》收野菜五十二种。五十二种中有些我是认识的，如白鼓钉（蒲公英）、蒲儿根、马栏头、青蒿儿（即茵陈蒿）、枸杞头、野绿豆、蒌蒿、荠菜儿、马齿苋、灰条。江南人重马栏头。小时读周作人的《故乡的野菜》，提到儿歌："荠菜马栏头，姐姐嫁在后门头"，很是向往，但是我的家乡是不大有人吃的。灰条的"条"字，正字应是"藋"，通称灰菜。这东西我的家乡不吃。我第一次吃灰菜是在一个山东同学的家里，蘸了稀面，蒸熟，就烂蒜，别具滋味。后来在昆明黄土坡一中学教书，学校发不出薪水，我们时常断炊，就捋了灰菜来炒了吃。在北京我也摘过灰菜炒食。有一次发现钓鱼台国宾馆的墙外长了很多灰菜，极肥嫩，就弯下腰来摘了好些，装在书包里。门卫发现，走过来问："你干什么？"他大概以为我在埋定时炸弹。我把书包里的灰菜抓出来给他看，他没有再说什么，走开了。灰菜有点碱味，我很喜欢这种味道。王西楼《野菜谱》中有一些，我不但没有吃过、见过，连听都没听说过，如："燕子不来香""油灼灼"……

《野菜谱》上图下文。图画的是这种野菜的样子，文则简单地说这种野菜的生长季节，吃法。文后皆系以一诗，一首近似谣曲的小乐府，都是借题发挥，以野菜名起兴，写人民疾苦。如：

眼子菜

眼子菜，如张目，年年盼春怀布谷，犹向秋来望时熟。何事频年倦不开，愁看四野波漂屋。

猫耳朵

猫耳朵，听我歌，今年水患伤田禾，仓廪空虚鼠弃窝，猫兮猫兮将奈何！

江荠

江荠青青江水绿，江边挑菜女儿哭。爷娘新死兄趁熟，止存我与妹看屋。

抱娘蒿

抱娘蒿，结根牢，解不散，如漆胶。君不见昨朝儿卖客船上，儿抱娘哭不肯放。

这些诗的感情都很真挚，读之令人酸鼻。我的家乡本是个穷地方，灾荒很多。主要是水灾，家破人亡，卖儿卖女的事是常有的。我小时就见过。现在水利大有改进，去年那样的特大洪水，也没死一个人，王西楼所写的悲惨景象不复存在了。想到这一点，我为我的家乡感到欣慰。过去，我的家乡人吃野菜主要是为了度荒，现在吃野菜则是为了尝新了。喔，我的家乡的野菜！

1992 年 4 月 14 日

多年父子成兄弟

这是我父亲的一句名言。

父亲是个绝顶聪明的人。他是画家，会刻图章，画写意花卉。图章初宗浙派，中年后治汉印。他会摆弄各种乐器，弹琵琶，拉胡琴，笙箫管笛，无一不通。他认为乐器中最难的其实是胡琴，看起来简单，只有两根弦，但是变化很多，两手都要有功夫。他拉的是老派胡琴，弓子硬，松香滴得很厚——现在拉胡琴的松香都只滴了薄薄的一层。他的胡琴音色刚亮。胡琴码子都是他自己刻的，他认为买来的不中使。他养蟋蟀，养金铃子。他养过花，他养的一盆素心兰在我母亲病故那年死了，从此他就不再养花。我母亲死后，他亲手给她做了几箱子冥衣——我们那里有烧冥衣的风俗。按照母亲生前的喜好，选购了各种花素色纸作衣料，单夹皮棉，四时不缺。他做的皮衣能分得出小麦穗、羊羔、灰鼠、狐肷。

父亲是个很随和的人，我很少见他发过脾气，对待子女，从无疾言厉色。他爱孩子，喜欢孩子，爱跟孩子玩，带着孩子玩。我的姑妈称他为"孩子头"。春天，不到清明，他领一群孩子到麦田里放风筝。

放的是他自己糊的蜈蚣（我们那里叫"百脚"），是用染了色的绢糊的。放风筝的线是胡琴的老弦。老弦结实而轻，这样风筝可笔直地飞上去，没有"肚儿"。用胡琴弦放风筝，我还未见过第二人。清明节前，小麦还没有"起身"，是不怕践踏的，而且越踏会越长得旺。孩子们在屋里闷了一冬天，在春天的田野里奔跑跳跃，身心都极其畅快。他用钻石刀把玻璃裁成不同形状的小块，再一块一块逗拢，接缝处用胶水粘牢，做成小桥、小亭子、八角玲珑水晶球。桥、亭、球是中空的，里面养了金铃子。从外面可以看到金铃子在里面自在爬行，振翅鸣叫。他会做各种灯。用浅绿透明的"鱼鳞纸"扎了一只纺织娘，栩栩如生。用西洋红染了色，上深下浅，通草做花瓣，做了一个重瓣荷花灯，真是美极了。用小西瓜（这是拉秧的小瓜，因其小，不中吃，叫做"打瓜"或"笃瓜"）上开小口挖净瓜瓤，在瓜皮上雕镂出极细的花纹，做成西瓜灯。我们在这些灯里点了蜡烛，穿街过巷，邻居的孩子都跟过来看，非常羡慕。

父亲对我的学业是关心的，但不强求。我小时，国文成绩一直是全班第一。我的作文，时得佳评，他就拿出去到处给人看。我的数学不好，他也不责怪，只要能及格，就行了。他画画，我小时也喜欢画画，但他从不指点我。他画画时，我在旁边看，其余时间由我自己乱翻画谱，瞎抹。我对写意花卉那时还不太会欣赏，只是画一些鲜艳的大桃子，或者我从来没有见过的瀑布。我小时字写得不错，他倒是给我出过一点主意。在我写过一阵《圭峰碑》和《多宝塔》以后，他建议我写写《张猛龙》。这建议是很好的，到现在我写的字还有《张猛龙》的影响。我初中时爱唱戏，唱青衣，我的嗓子很好，高亮甜润。在家里，他拉胡琴，我唱。我的同学有几个能唱戏的。学校开同乐会，他应我的邀请，到学校去伴奏。几个同学都只是清唱。有一个姓费的同学借到一顶纱帽，一件蓝官衣，扮起来唱《朱砂井》，但是没有配角，没有衙役，没有犯人，只是一个赵廉，摇着马鞭在台上走了两圈，唱了一段"郿坞县在马上心神不定"，便完事下场。父亲那么大的人陪着几个孩子玩了一下午，还挺高兴。我17岁初恋，暑假里，在家写情书，他在一旁瞎出主意，我十几岁就学会了抽烟喝酒。他喝酒，给我也倒一杯。抽烟，一次抽出两根，他一根我一根。他还总是先给我点上火。我们的这种关系，他人或以为怪。父亲说："我们是多年父子成兄弟。"

我和儿子的关系也是不错的。我戴了"右派分子"的帽子下放张家口农村劳动，他那时还从幼儿园刚毕业，刚刚学会汉语拼音，用汉语拼音给我写了第一封信。我也只好赶紧学会汉语拼音，好给他回信。"文化大革命"期间，我被打成"黑帮"，送进"牛棚"。偶尔回家，孩子们对我还是很亲热。我的老伴告诫他们"你们要和爸爸'划清界限'"，儿子反问母亲："那你怎么还给他打酒？"只有一件事，两代之间，曾有分歧。他下放山西忻县"插队落户"。按规定，春节可以回家探亲。我们等着他回来。不料他同时带回了一个同学。他这个同学的父亲是一位正受林彪迫害搞得人囚家破的空军将领。这个同学在北京已经没有家，按照大队的规定是不能回北京的。但是这孩子很想回北京，在一伙同学的秘密帮助下，我的儿子就偷偷地把他带回来了。他连"临时户口"也不能上，是个"黑人"，我们留他在家住，等于"窝藏"了他。公安局随时可以来查户口，街道办事处的大妈也可能举报。当时人人自危，自顾不暇，儿子惹了这么一个麻烦，使我们非常为难。我和老伴把他叫到我们的卧室，对他的冒失行为表示很不满，我责备他："怎么事前也不和我们商量一下！"我的儿子哭了，哭得很委屈，很伤心。我们当时立刻明白了他是对的，我们是错的。我们这种怕担干系的思想是庸俗的。我们对儿子和同学之间义气缺乏理解，对他的感情不够尊重。他的同学在我们家一直住了四十多天，才离去。

对儿子的几次恋爱，我采取的态度是"闻而不问"。了解，但不干涉。我们相信他自己的选择，他的决定。最后，他悄悄和一个小学时期女同学好上了，结了婚。有了一个女儿，已近7岁。

我的孩子有时叫我"爸"，有时叫我"老头子！"，连我的孙女也跟着叫。我的亲家母说这孩子"没大没小"。我觉得一个现代化的，充满人情味的家庭，首先必须做到"没大没小"。父母叫人敬畏，儿女"笔管条直"最没有意思。

儿女是属于他们自己的。他们的现在，和他们的未来，都应由他们自己来设计。一个想用自己理想的模式塑造自己的孩子的父亲是愚蠢的，而且，可恶！另外作为一个父亲，应该尽量保持一点童心。

1990 年 9 月 1 日

随遇而安

　　我当了一回"右派"，真是三生有幸。要不然我这一生就更加平淡了。

　　我不是1957年打成"右派"的，是1958年"补课"补上的，因为本系统指标不够。划"右派"还要有"指标"，这也有点奇怪。这指标不知是一个什么人所规定的。

　　1957年我曾经因为一些言论而受到批判，那是作为思想问题来批判的。在小范围内开了几次会，发言都比较温和，有的甚至可以说很亲切。事后我还是照样编刊物，主持编辑部的日常工作，还随单位的领导和几个同志到河南林县调查过一次民歌。那次出差，给我买了一张软席卧铺车票，我才知道我已经享受"高干"待遇了。第一次坐软卧，心里很不安。我们在洛阳吃了黄河鲤鱼，随即到林县的红旗渠看了两三天。凿通了太行山，把漳河水引到河南来，水在山腰的石渠中活活地流着，很叫人感动。收集了不少民歌。有的民歌很有农民式的浪漫主义的想象，如想到将来渠里可以有"水猪""水羊"，想到将来少男少女都会长得很漂亮。上了一次中岳嵩山。这里运载石料的交通工具主要是用人力拉的排子车，特别处是在车上装了一面帆，布帆受风，拉起来轻快得多。帆本是船上用的，这里却施之陆行的板车上，给我十分新鲜的印象，我们去的时候正是桐花盛开的季节，漫山遍野摇曳着淡紫色的繁花，如同梦境。从林县出来，有一条小河。河的一面是峭壁，一面是平野，岸边密植杨柳，河水清澈，沁人心脾。我好像曾经见过这条河，以后还会看到这样的河。这次旅行很愉快，我和同志们也相处得很融洽，没有一点隔阂，一点别扭。这次批判没有使我觉得受了伤害，没有留下阴影。

1958 年夏天，一天（我这人很糊涂，不记日记，许多事都记不准时间），我照常去上班，一上楼梯，过道里贴满了围攻我的大字报。要拔掉编辑部的"白旗"，措辞很激烈，已经出现"右派"字样。我顿时傻了。运动，都是这样：突然袭击。其实背后已经策划了一些日子，开了几次会，作了充分的准备，只是本人还蒙在鼓里，什么也不知道。这可以说是暗算。但愿这种暗算以后少来，这实在是很伤人的。如果当时量一量血压，一定会猛然增高。我是有实际数据的。"文化大革命"中我一天早上看到一批侮辱性的大字报，到医务所量了量血压，低压110，高压170。平常我的血压是相当平稳正常的，90—130。我觉得卫生部应该发一个文件：为了保障人民的健康，不要再搞突然袭击式的政治运动。

开了不知多少次批判会。所有的同志都发了言。不发言是不行的。我规规矩矩地听着，记录下这些发言。这些发言我已经完全都忘了，便是当时也没有记住，因为我觉得这好像不是说的我，是说的另外一个别的人，或者是一个根本不存在的，假设的，虚空的对象。有两个发言我还留下印象。我为一组义和团故事写过一篇读后感，题目是《仇恨·轻蔑·自豪》。这位同志说："你对谁仇恨？轻蔑谁？自豪什么？"

我发表过一组极短的诗，其中有一首《早春》，原文如下：

（新绿是朦胧的，飘浮在树杪，完全不像是叶子……）

远树绿色的呼吸。

批评的同志说：连呼吸都是绿的了，你把我们的社会主义社会污蔑到了什么程度？！听到这样的批判，我只有停笔不记，愣在那里。我想辩解两句，行么？当时我想：鲁迅曾说费厄泼赖应该缓行，现在本来应该到了可行的时候，但还是不行。中国大概永远没有费厄的时候。所谓"大辩论"，其实是"大辩认"，他辩你认。稍微辩解，便是"态度问题"。态度好，问题可以减轻；态度不好，加重。问题是问题，态度是态度，问题大小是客观存在，怎么能因为态度如何而膨大或收缩呢？许多错案都是因为本人为了态度好而屈认，而造成的。假如再有运动（阿弥陀佛，但愿真的不再有了），对实事求是、据理力争的同志应予表扬。

开了多次会，批判的同志实在没有多少可说的了。那两位批判"仇恨·轻蔑·自豪"和"绿色的呼吸"的同志当然也知道这样的批判是不能成立的。批判"绿色的呼吸"的同志本人是诗人，他当然知道诗是不能这样引申解释的。他们也是没话找话说，不得已。我因此觉得开批判会对被批判者是过关，对批判者也是过关。他们也并不好受。因此，我当时就对他们没有怨恨，甚至还有点同情。我们以前是朋友，以后的关系也不错。我记下这两个例子，只是说明批判是一出荒诞戏剧，如莎士比亚说，所有的上场的人都只是角色。

我在一篇写"右派"的小说里写过："写了无数次检查，听了无数次批判，……她不再觉得痛苦，只是非常的疲倦。她想：定一个什么罪名，给一个什么处分都行，只求快一点，快一点过去，不要再开会，不要再写检查。"这是我的亲身体会。其实，问题只是那一些，只要写一次检查，开一次会，甚至一次会不开，就可以定案。但是不，非得开够了"数"不可。原来运动是一种疲劳战术，非得把人搞得极度疲劳，身心交瘁，丧失一切意志，瘫软在地上不可。我写了多次检查，一次比一次更没有内容，更不深刻，但是我知道，就要收场了，因为大家都累了。

结论下来了：定为一般"右派"，下放农村劳动。

我当时的心情是很复杂的。我在那篇写"右派"的小说里写道："……她带着一种奇怪的微笑。"我那天回到家里，见到爱人说，"定成右派了"，脸上就是带着这种奇怪的微笑的。我也不知道我为什么要笑。

我想起金圣叹。金圣叹在临刑前给人写信，说："杀头，至痛也，而圣叹于无意中得之，亦奇。"有人说这不可靠。金圣叹给儿子的信中说："字谕大儿知悉，花生米与豆腐干同嚼，有火腿滋味"，有人说这更不可靠。我以前也不大相信，临刑之前，怎能开这种玩笑？现在，我相信这是真实的。人到极其无可奈何的时候，往往会生出这种比悲号更为沉痛的滑稽感，鲁迅说金圣叹"化屠夫的凶残为一笑"，鲁迅没有被杀过头，也没有当过"右派"，他没有这种体验。

另一方面，我又是真心实意地认为我是犯了错误，是有罪的，是需要改造的。我下放劳动的地点是张家口沙岭子。离家前我爱人单位正在搞军事化，受军事训练，她不能请假回来送我。我留了一个条子："等我五年。等我改造好了回来。"就背起行李，上了火车。

"右派"的遭遇各不相同，有幸有不幸。我这个"右派"算很幸运的，没有受多少罪。我下放的单位是一个地区性的农业科学研究所。所里有不少技师、技术员，所领导对知识分子是了解的，只是在干部和农业工人的组长一级介绍了我们的情况（和我同时下放到这里的还有另外几个人），并没有在全体职工面前宣布我们的问题。不少农业工人（也就是农民）不知道我们是来干什么的，只说是毛主席叫我们下来锻炼锻炼的。因此，我们并未受到歧视。

初干农活，当然很累。像起猪圈、刨冻粪这样的重活，真够一呛。我这才知道"劳动是沉重的负担"这句话的意义。但还是咬着牙挺过来了。我当时想：只要我下一步不倒下来，死掉，我就得拼命地干。大部分的农活我都干过，力气也增长了，能够扛170斤重的一麻袋粮食稳稳地走上和地面成45度角那样陡的高跳。后来相对固定在果园上班。果园的活比较轻松，也比"大田"有意思。最常干的活是给果树喷波尔多液。硫酸铜加石灰，兑上适量的水，便是波尔多液，颜色浅蓝如晴空，很好看。喷波尔多液是为了防治果树病害，是常年要喷的。喷波尔多液是个细致活。不能喷得太少，太少了不起作用；不能太多，太多了果树叶子挂不住，流了。叶面、叶背都得喷到。许多工人没这个耐心，于是喷波尔多液的工作大部分落在我的头上，我成了喷波尔多液的能手。喷波尔多液次数多了，我的几件白衬衫都变成了浅蓝色。

我们和农业工人干活在一起，吃住在一起。晚上被窝挨着被窝睡在一铺大炕上。农业工人在枕头上和我说了一些心里话，没有顾忌。我这才比较切近地观察了农民，比较知道中国的农村，中国的农民是怎么一回事。这对我确立以后的生活态度和写作态度是很有好处的。

我们在下面也有文娱活动。这里兴唱山西梆子（中路梆子），工人里不少都会唱两句。我去给他们化妆。原来唱旦角的都是用粉妆，——鹅蛋粉、胭脂，黑锅烟子描眉。我改成用戏剧油彩，这比粉妆要漂亮得多。我勾的脸谱比张家口专业剧团的"黑"（山西梆子谓花脸为"黑"）还要干净讲究。遇春节，沙岭子堡（镇）闹社火，几个年轻的女工要去跑旱船，我用油底浅妆把她们一个个打扮得如花似玉，轰动一堡，几个女工高兴得不得了。我们和几个职工还合演过戏，我记得演过的有小歌剧《三月三》、崔嵬的独幕话剧《十六条枪》。一年除夕，在"堡"里演话剧，海报上特别标出一行字：

台上有布景

这里的老乡还没有见过个布景。这布景是我们指导着一个木工做的。演完戏，我还要赶火车回北京。我连妆都没卸干净，就上了车。

1959 年底给我们几个人作鉴定，参加的有工人组长和部分干部。工人组长一致认为：老汪干活不藏奸，和群众关系好，"人性"不错，可以摘掉"右派"帽子。所领导考虑，才下来一年，太快了，再等一年吧。这样，我就在 1960 年在交了一个思想总结后，经所领导宣布：摘掉"右派"帽子，结束劳动。暂时无接受单位，在本所协助工作。

我的"工作"主要是画画。我参加过地区农展会的美术工作（我用多种土农药在展览牌上粘贴出一幅很大的松鹤图，色调古雅，这里的美术中专的一位教员曾特别带着学生来观摩）；我在所里布置过"超声波展览馆"（"超声波"怎样用图像表现？声波是看不见的，没有办法，我就画了农林牧副渔多种产品，上面一律用圆规蘸白粉画了一圈又一圈同心圆）。我的"巨著"，是画了一套《中国马铃薯图谱》。这是所里给我的任务。

这个所有一个下属单位"马铃薯研究站"，设在沽源。为什么设在沽源？沽源在坝上，是高寒地区（有一年下大雪，沽源西门外的积雪跟城墙一般高）。马铃薯本是高寒地带的作物。马铃薯在南方种几年，就会退化，需要到坝上调种。沽源是供应全国薯种的基地，研究站设有这里，理所当然。这里集中了全国各地、各个品种的马铃薯，不下百来种。我在张家口买了纸、颜色、笔，带了在沙岭子新华书店买得的《癸巳类稿》《十驾斋养新录》和两册《容斋随笔》（沙岭子新华书店进了这几种书也很奇怪，如果不是我买，大概永远也卖不出去），就坐长途汽车，奔向沽源。其时在八月下旬。

我在马铃薯研究站画《图谱》，真是神仙过的日子。没有领导，不用开会，就我一个人，自己管自己。这时正是马铃薯开花，我每天蹚着露水，到试验田里摘几丛花，插在玻璃杯里，对着花描画。我曾经给北京的朋友写过一首长诗，叙述我的生活。全诗已忘，只记得两句：

坐对一丛花，

眸子炯如虎。

下午，画马铃薯的叶子。天渐渐凉了，马铃薯陆续成熟，就开始画薯块。画一个整薯，还要切开来画一个剖面。一块马铃薯画完了，薯块就再无用处，我于是随手埋进牛粪火里，烤烤，吃掉。我敢说，像我一样吃过那么多品种的马铃薯的，全国盖无第二人。

沽源是绝塞孤城。这本来是一个军台。清代制度，大臣犯罪，往往由皇帝批示"发往军台效力"，这处分比充军要轻一些（名曰"效力"，实际上大臣自己并不去，只是闲住在张家口，花钱雇一个人去军台充数）。我于是在《容斋随笔》的扉页上，用朱笔画了一方图章，文曰：

效力军台

白天画画，晚上就看我带去的几本书。

1962年初，我调回北京，在北京京剧团担任编剧，直至离休。

摘掉"右派分子"帽子，不等于不是"右派"了。"文化大革命"期间，有人来外调，我写了一个旁证材料。人事科的同志在材料上加了批注：

该人是摘帽右派，所提供情况，仅供参考。

我对"摘帽右派"很反感，对"该人"也很反感。"该人"跟"该犯"差不了多少。我不知道我们的人事干部从什么地方学来的这种带封建意味的称谓。

"文化大革命"，我是本单位第一批被揪出来的，因为有"前科"。

"文化大革命"期间给我贴的大字报，标题是：

老右派，新表演

我搞了一些时期"样板戏"，江青似乎很赏识我，但是忽然有一天宣布："汪曾祺可以控制使用。"这主要当然是因为我曾是"右派"。在"控制使用"的压力下搞创作，那滋味可想而知。

一直到1979年给全国绝大多数"右派分子"平反，我才算跟"右派"的影子告别。我到原单位去交材料，并向经办我的专案的同志道谢："为了我的问题的平反，你们做了很多工作，麻烦你们了，谢谢！"那几位同志说："别说这些了吧！20年了！"

有人问我："这些年你是怎么过来的？"他们大概觉得我的精神

状态不错，有些奇怪，想了解我是凭仗什么力量支持过来的。我回答：

"随遇而安。"

丁玲同志曾说她从被划为"右派"到北大荒劳动，是"逆来顺受"。我觉得这太苦涩了，"随遇而安"，更轻松一些。"遇"，当然是不顺的境遇，"安"，也是不得已。不"安"，又怎么着呢？既已如此，何不想开些。如北京人所说："哄自己玩儿。"当然，也不完全是哄自己。生活，是很好玩的。

随遇而安不是一种好的心态，这对民族的亲和力和凝聚力是会产生消极作用的。这种心态的产生，有历史的原因（如受老庄思想的影响），本人气质的原因（我就不是具有抗争性格的人），但是更重要的是客观，是"遇"，是环境的，生活的，尤其是政治环境的原因。中国的知识分子是善良的。曾被打成"右派"的那一代人，除了已经死掉的，大多数都还在努力地工作。他们的工作的动力，一是要实证自己的价值。人活着，总得做一点事。二是对生我养我的故国未免有情。但是，要恢复对在上者的信任，甚至轻信，恢复年轻时的天真的热情，恐怕是很难了。他们对世事看淡了，看透了，对现实多多少少是疏离的。受过伤的心总是有璺的。人的心，是脆的。

这是没有办法的事。

为政临民者，可不慎乎。

1991 年 1 月 31 日

自得其乐

孙犁同志说写作是他的最好的休息。是这样。一个人在写作的时候是最充实的时候，也是最快乐的时候。凝眸既久（我在构思一篇作品时，我的孩子都说我在翻白眼），欣然命笔，人在一种甜美的兴奋和平时没有的敏锐之中，这样的时候，真是虽南面王不与易也。写成之后，觉得不错，提刀却立，四顾踌躇，对自己说："你小子还真有两下子！"此乐非局外人所能想象。但是一个人不能从早写到晚，那样就成了一架写作机器，总得岔乎岔乎，找点事情消遣消遣，通常说，得有点业余爱好。

我年轻时爱唱戏。起初唱青衣、梅派；后来改唱余派老生。大学三四年级唱了一阵昆曲，吹了一阵笛子。后来到剧团工作，就不再唱戏吹笛子了，因为剧团有许多专业名角，在他们面前吹唱，真成了班门弄斧，还是以藏拙为好。笛子本来还可以吹吹，我的笛风甚好，是"满口笛"，但是后来没法再吹，因为我的牙齿陆续掉光了，撒风漏气。

这些年来我的业余爱好，只有：写写字、画画画、做做菜。

我的字照说是有些基本功的。当然从描红模子开始。我记得我描

272

的红模子是："暮春三月，江南草长，杂花生树，群莺乱飞。"这16个字其实是很难写的，也许是写红模子的先生故意用这些结体复杂的字来折磨小孩子，而且红模子底子是欧字，这就更难落笔了。不过这也有好处，可以让孩子略窥笔意，知道字是不可以乱写的。大概在我十一二岁的时候，那年暑假，我的祖父忽然高了兴，要亲自教我《论语》，并日课大字1张，小字20行。大字写《圭峰碑》，小字写《闲邪公家传》，这两本帖都是祖父从他的藏帖中选出来的。祖父认为我的字有点才分，奖了我一块猪肝紫端砚，是圆的，并且拿了几本初拓的字帖给我，让我常看看。我记得有小字《麻姑仙坛》、虞世南的《夫子庙堂碑》、褚遂良的《圣教序》。小学毕业的暑假，我在三姑父家从一个姓韦的先生读桐城派古文，并跟他学写字。韦先生是写魏碑的。但他让我临的却是《多宝塔》。初一暑假，我父亲拿了一本影印的《张猛龙碑》，说："你最好写写魏碑，这样字才有骨力。"我于是写了相当长时期《张猛龙》。用的是我父亲选购来的特殊的纸。这种纸是用稻草做的，纸质较粗，也厚，写魏碑很合适，用笔须沉着，不能浮滑。这种纸一张有二尺高，尺半宽，我每天写满一张。写《张猛龙》使我终身受益，到现在我的字的间架用笔还能看出痕迹。这以后，我没有认真临过帖，平常只是读帖而已。我于二王书未窥门径。写过一个很短时期的《乐毅论》，放下了，因为我很懒。《行穰》《丧乱》等帖我很欣赏，但我知道我写不来那样的字。我觉得王大令的字的确比王右军写得好。读颜真卿的《祭侄文》，觉得这才是真正的颜字，并且对颜书从二王来之说很信服。大学时，喜读宋四家。有人说中国书法一坏于颜真卿，二坏于宋四家，这话有道理。但我觉得宋人字是书法的一次解放，宋人字的特点是少拘束，有个性，我比较喜欢蔡京和米芾的字（苏东坡字太俗，黄山谷字做作）。有人说米字不可多看，多看则终身摆脱不开，

273

想要升入晋唐，就不可能了。一点不错。但是有什么办法呢！打一个不太好听的比方，一写米字，犹如寡妇失了身，无法挽回了。我现在写的字有点《张猛龙》的底子、米字的意思，还加上一点乱七八糟的影响，形成我自己的那么一种体，格韵不高。

我也爱看汉碑。临过一遍《张迁碑》，《石门铭》《西狭颂》看看而已。我不喜欢《曹全碑》。盖汉碑好处全在筋骨开张，意态从容，《曹全碑》则过于整饬了。

我平日写字，多是小条幅，四尺宣纸一裁为四。这样把书桌上书籍信函往边上推推，摊开纸就能写了。正儿八经地拉开案子，铺了画毡，着意写字，好像练了一趟气功，是很累人的。我都是写行书。写真书，太吃力了。偶尔也写对联。曾在大理写了一副对子：

苍山负雪
洱海流云

字大径尺。字少，只能体兼隶篆。那天喝了一点酒，字写得飞扬霸悍，亦是快事。对联字稍多，则可写行书。为武夷山一招待所写过一副对子：

四围山色临窗秀
一夜溪声入梦清

字颇清秀，似明朝人书。

我画画，没有真正的师承。我父亲是个画家，画写意花卉，我小时爱看他画画，看他怎样布局（用指甲或笔杆的一头划几道印子），画花头，定枝梗，布叶，钩筋，收拾，题款，盖印。这样，我对用墨，用水，用色，略有领会。我从小学到初中，都"以画名"。初二的时候，画了一幅墨荷，裱出后挂在成绩展览室里。这大概是我的画第一次上裱。我读的高中重数理化，功课很紧，就不再画画。大学四年，也极少画画。工作之后，更是久废画笔了。当了"右派"，下放到一个农业科学研究所，结束劳动后，倒画了不少画，主要的"作品"是两套植物图谱，一套《中国马铃薯图谱》、一套《口蘑图谱》，一是淡水彩，一是钢笔画。摘了帽子回京，到剧团写剧本，没有人知道我能画两笔。重拈画笔，是运动促成的。运动中没完没了地写交待，实在是烦人，于是买了一刀元书纸，于写交待之空隙，瞎抹一气，少抒郁闷。这样就一发而不可收，重新拾起旧营生。有的朋友看见，要了去，挂在屋里，被人发现了，于是求画的人渐多。我的画其实没有什么看头，只是因为是作家的画，比较别致而已。

我也是画花卉的。我很喜欢徐青藤、陈白阳，喜欢李复堂，但受他们的影响不大。我的画不中不西，不今不古，真正是"写意"，带有很大的随意性。曾画了一幅紫藤，满纸淋漓，水汽很足，几乎不辨花形。这幅画现在挂在我的家里。我的一个同乡来，问："这画画的是什么？"我说是："骤雨初晴。"他端详了一会儿，说："哎，经你一说，是有点那个意思！"他还能看出彩墨之间的一些小块空白，是阳光。我常把后期印象派方法融入国画。我觉得中国画本来都是印象派，只是我这样做，更是有意识的而已。

画中国画还有一种乐趣，是可以在画上题诗，可寄一时意兴，抒感慨，也可以发一点牢骚，曾用干笔焦墨在浙江皮纸上画冬日菊花，题诗代简，寄给一个老朋友，诗是：

新沏清茶饭后烟，

自搔短发负晴暄。

枝头残菊开还好，

留得秋光过小年。

为宗璞画牡丹，只占纸的一角，题曰：

人间存一角，

聊放侧枝花。

欣然亦自得，

不共赤城霞。

宗璞把这首诗念给冯友兰先生听了，冯先生说："诗中有人。"

今年洛阳春寒，牡丹至期不开。张抗抗在洛阳等了几天，败兴而归，写了一篇散文《牡丹的拒绝》。我给她画了一幅画，红叶绿花，并题一诗：

看朱成碧且由他，

大道从来直似斜。

见说洛阳春索寞，

牡丹拒绝著繁花。

我的画，遣兴而已，只能自己玩玩，送人是不够格的。最近请人刻一闲章："只可自怡悦"，用以押角，是实在话。

体力充沛，材料凑手，做几个菜，是很有意思的。做菜，必须自己去买菜。提一菜筐，逛逛菜市，比空着手遛弯儿要"好白相"。到一个新地方，我不爱逛百货商场，却爱逛菜市，菜市更有生活气息一些。买菜的过程，也是构思的过程。想炒一盘雪里蕻冬笋，菜市场冬笋卖完了，却有新到的荷兰豌豆，只好临时"改戏"。做菜，也是一种轻量的运动。洗菜，切菜，炒菜，都得站着（没有人坐着炒菜的），这样对成天伏案的人，可以改换一下身体的姿势，是有好处的。

做菜待客，须看对象。聂华苓和保罗·安格尔夫妇到北京来，中国作协不知是哪一位，忽发奇想，在宴请几次后，让我在家里做几个菜招待他们，说是这样别致一点。我给做了几道菜，其中有一道煮干丝。这是淮扬菜。华苓是湖北人，年轻时是吃过的。但在美国不易吃到。她吃得非常惬意，连最后剩的一点汤都端起碗来喝掉了。不是这道菜如何稀罕，我只是有意逗引她的故国乡情耳。台湾女作家陈怡真（我在美国认识她），到北京来，指名要我给她做一回饭。我给她做了几个菜。一个是干贝烧小萝卜。我知道台湾没有"杨花萝卜"（只有白萝卜）。那几天正是北京小萝卜长得最足最嫩的时候。这个菜连我自己吃了都很惊诧：味道鲜甜如此！我还给她炒了一盘云南的干巴菌。台湾咋会有干巴菌呢？她吃了，还剩下一点，用一个塑料袋包起，说带到宾馆去吃。如果我给云南人炒一盘干巴菌，给扬州人煮一碗干丝，那就成了鲁迅请曹靖华吃柿霜糖了。

做菜要实践。要多吃，多问，多看（看菜谱），多做。一个菜点得试烧几回，才能掌握咸淡火候。冰糖肘子、乳腐肉，何时烛软入味，只有神而明之，但是更重要的是要富于想象。想得到，才能做得出。我曾用家乡拌荠菜法凉拌菠菜。半大菠菜（太老太嫩都不行），入开水锅焯至断生，捞出，去根切碎，入少盐，挤去汁，与香干（北京无香干，以熏干代）细丁、虾米、蒜末、姜末一起，在盘中抟成宝塔状，上桌后淋以麻酱油醋，推倒拌匀。有余姚作家尝后，说是"很像马兰头"。这道菜成了我家待不速之客的应急的保留节目。有一道菜，敢称是我的发明：塞肉回锅油条。油条切段，寸半许长，肉馅剁至成泥，入细葱花、少量榨菜或酱瓜末拌匀，塞入油条段中，入半开油锅重炸。嚼之酥碎，真可声动十里人。

我很欣赏《杨恽报孙会宗书》："田彼南山，芜秽不治。种一顷豆，落而为萁。人生行乐耳，须富贵何时。""人生行乐耳，须富贵何时"，说得何等潇洒。不知道为什么，汉宣帝竟因此把他腰斩了，我一直想不透。这样的话，也不许说么？

小说的散文化

散文化似乎是世界小说的一种(不是唯一的)趋势。屠格涅夫的《猎人日记》有些篇近似散文。《日静草原》尤其是这样。都德的《磨坊文札》也如此。他们有意用"日记""文札"来作为文集的标题，表示这里面所收的各篇，不是传统的严格意义上的小说。契诃夫有些小说写得很轻松随便。《恐惧》实在不大像小说，像一篇杂记。阿左林的许多小说称之为散文也未尝不可，但他自己是认为那是小说的。——有些完全不能称为小说的东西，则命之为"小品"，比如《阿左林先生是古怪的》。萨洛扬的带有自传色彩的小说，是具有文学性的回忆录。鲁迅的《故乡》写得很不集中。《社戏》是小说么？但是鲁迅并没有把它收在专收散文的《朝花夕拾》里，而是收在小说集里的。废名的《竹林的故事》可以说是具有连续性的散文诗。萧红的《呼兰河传》全无故事。沈从文的《长河》是一部很奇怪的长篇小说。它没有大起大落，大开大阖，没有强烈的戏剧性，没有高峰，没有悬念，只是平平静静，慢慢地向前流着，就像这部小说所写的流水一样。这是一部散文化的长篇小说。大概传统的、严格意义上的小说有一点像山，而散文化的小说则像水。

　　散文化的小说一般不写重大题材。在散文化小说作者的眼里，题材无所谓大小。他们所关注的往往是小事，生活的一角落，一片段。即使有重大题材，他们也会把它大事化小。散文化的小说不大能容纳过于严肃的、严峻的思想。这一类小说的作者大都是性情温和的人。他们不想对这个世界作陀思妥耶夫斯基式的拷问和卡夫卡式的阴冷的怀疑。许多严酷的现实，经过散文化的处理，就会失去原有的硬度。鲁迅是个性格复杂的人。一方面，他是一个孤独、悲愤的斗士，同时又极富柔情。《故乡》《社戏》里有一种说不出来的惆怅和凄凉，如同秋水黄昏。沈从文企图在《长河》里"把最近二十年来当地农民性格灵魂被时代大力压扁扭曲失去原有的素朴所表现的式样，加以解剖及描绘"，这是一个十分严肃的、使人痛苦的思想。他"唯恐作品和读者对面，给读者也只是一个痛苦印象"，所以"特意加上一点牧歌的谐趣"。事实上《长河》的抒情成分大大冲淡了那种痛苦思想。散文化小说的作者大都是抒情诗人。散文化小说是抒情诗，不是史诗。散文化小说的美是阴柔之美，不是阳刚之美。是喜剧的美，不是悲剧的美。散文化小说是清澈的矿泉，不是苦药。它的作用是滋润，不是治疗。这样说，当然是相对的。

　　散文化的小说不过分地刻画人物。他们不大理解，也不大理会典型论。海明威说：不存在典型，典型是说谎。这话听起来也许有点刺耳，但是在解释得不准确的典型论的影响之下，确实有些作家造出了一批鲜明、突出，然而虚假的人物形象。要求一个人物像一团海绵一样吸进那样多的社会内容，是很困难的。透过一个人物看出一个时代，这只是评论家分析出来的，小说作者事前是没有想到的。事前想到，大概这篇小说也就写不出来了，小说作者只是看到一个人，觉得怪有意思，想写写他，就写了。如此而已。散文化小说作者通常不对人物进行概括。看过一千个医生，才能写出一个医生，这种创作方法恐怕谁也没有当真实行过。散文化小说作者只是画一朵两朵玫瑰花，不想把一堆玫瑰花，放进蒸锅，提出玫瑰香精。当然，他画的玫瑰是经过选择的，要能入画。散文化小说的人物不具有雕塑性，特别不具有米盖朗琪罗那样的把精神扩及到肌肉的力度。它也不是伦布朗的油画。它只是一些 sketch，最多是列宾的钢笔淡彩。散文化小说的人像要求神似。轻轻几笔，神全气足。《世说新语》，堪称范本。散文化的小说大都不是心理小说。这样的小说不去挖掘人的心理深层结构，散文化小说的作者不喜欢"挖掘"这个词。人有什么权利去挖掘人的心呢？人心是封闭的。那就让它封闭着吧。

散文化小说的最明显的外部特征是结构松散。只要比较一下莫泊桑和契诃夫的小说，就可以看出两者在结构上的异趣。莫泊桑，还有欧·亨利，耍了一辈子结构，但是他们显得很笨，他们实际上是被结构耍了。他们的小说人为的痕迹很重。倒是契诃夫，他好像完全不考虑结构，写得轻轻松松，随随便便，潇潇洒洒。他超出了结构，于是结构转更多样。章太炎论汪中的骈文"起止自在，无首尾呼应之式"。打破定式，是散文化小说结构的特点。魏叔子论文云："人知所谓伏应而不知无所谓伏应者，伏应之至也；人知所谓断续而不知无所谓断续者，断续之至也。"（《陆悬圃文序》）古今中外作品的结构，不外是伏应和断续。超出伏应、断续，便在结构上得到大解放。苏东坡所说的"常行于所当行，常止于不可不止"，是散文化小说作者自觉遵循的结构原则。

喔，还有情节。情节，那没有什么。

有一些散文化的小说所写的常常只是一种意境。《白净草原》写了多少事呢?《竹林的故事》写的只是几个孩子对于他们的小天地的感受,是一篇他们的富有诗意的生活的"流水"(中国的往日的店铺把逐日随手所记账目叫做"流水",这是一个很好的词语)。《长河》的《秋(动中有静)》写的只是一群过渡人无目的、无条理的闲话,但是那么亲切,那么富有生活气息。沈从文创造了一种寂寞和凄凉的意境,一片秋光。某些散文化小说也许可称之为"安静的艺术"。《白净草原》《秋(动中有静)》,这从题目上就可以看得出来。阿左林所写的修道院是静静的。声音、颜色、气味,都是静静的。目光和影子是静静的。人的动作、神情是静静的。墙上的常春藤也是静静的。散文化小说往往都有点怀旧的调子。甚至有点隐逸的意味。这有什么不好呢?我不认为这样一些小说所产生的影响是消极的。这样的小说的作者是爱生活的,他们对生活的态度是执着的。他们没有忘记窗外的喧嚣而躁动的尘世。

散文化小说的作者十分潜心于语言。他们深知,除了语言,小说就不存在。他们希望自己的语言雅致、精确、平易。他们让他们对于生活的态度于字里行间自自然然地流出,照现在西方所流行的一种说法是:注意语言对于主题的暗示性。他们不把倾向性"特别地说出"。散文化小说的作者不是先知,不是圣哲,不是无所不知的上帝,不是富于煽动性的演说家。他们是读者的朋友。因此,他们自己不拘束,也希望读者不受拘束。

散文化的小说曾给小说的观念带来一点新的变化。

1986 年 11 月 17 日

文化的异国

　　我年轻时就很喜欢桑德堡的诗，特别是那首《雾》。我去参观桑德堡的故居，在果园里发现两棵凤仙花，我很兴奋，觉得很亲切，问陪同我们参观的一位女士："这是什么花？"她说："不知道。"在中国到处都有的花，美国人竟然不认识。

　　美国也有菊花，我所见的只有两种，紫红色的和黄色的，都是短瓣，头状花序。没有卷瓣的、管瓣的、长瓣的、抱成一个圆球的。当然更不会有"懒梳妆""十丈珠帘""晓色""墨菊"……这样许多名目。美国的插花以多为胜，一大把，插在一个广口玻璃瓶里，不像中国讲究花、叶、枝、梗，倾侧取势，互相掩映。

　　美国也有荷花，但美国人似乎并不很欣赏。他们没有读过周敦颐的《爱莲说》，不懂得什么"香远益清"，"出淤泥而不染"。

　　美国似乎没有梅花。有一个诗人翻译中国诗，把梅花译成了杏花。美国人不了解中国人为什么那样喜爱梅花。他们不懂得"疏影横斜水清浅，暗香浮动月黄昏"。不懂得这样的意境，不懂得中国人欣赏花，是欣赏花的高洁，欣赏在花之中所寄寓的人格的美。

中国和西方的审美观念是有很大的不同的。

比较起来，中国对西方的了解比西方对中国的了解要多些。

我在芝加哥参观美术馆，正赶上专题绘画展览，我看了莫奈、梵高、毕加索的原作，很为惊异，我自信我对莫奈、梵高、毕加索是能看懂的，会欣赏的。

我看了亨利·摩尔的雕塑，不觉得和我有不可逾越的距离。

但是西方对中国艺术却是相当陌生的。

中国"昭陵六骏"的"拳毛䯄""飒露紫"都在美国的费城大学博物馆，我曾特意去看过，真了不起！可是除我之外，没有别人驻足赞叹。

波士顿博物馆陈列着两幅中国名画，关仝的《雪山行旅图》和传宋徽宗摹张萱《捣练图》。《雪山图》气势雄伟，《捣练图》线条劲细，彩墨如新，堪称中国的国宝。但是美国参观的人似乎不屑一顾。

要一般外国人学会欣赏中国的书法，真是太难了，让他们体会王羲之和王献之有什么不同，那是绝对办不到的。

文学上也如此。

中国人对美国的作家，从惠特曼、霍桑、马克·吐温，到斯坦贝克、海明威……都是相当熟悉的。尤其是海明威。不少中国作家是受了海明威的影响的，包括我。但是美国人知道几个中国作家？有多少人知道鲁迅、沈从文？这公平么？

是不是中国作家水平低？不见得吧？拿沈从文来说，他的作品比日本川端康成总还要高一些吧！但是川端康成得了诺贝尔奖，沈从文却一直未获提名通过。这公平么？

中国文学没有在世界范围内得到公平的评价，一方面是因为缺乏了解，另一方面，不能不说，全世界的文学界对中国文学存在着偏见。

有人甚至说"中国无文学"，这不仅是狂妄，而且是无知！

我在国外时间极短，与一般华人接触甚少，不能了解他们的心态。与在国外的文化、文学工作者也少交谈。但我可以体会，在不公平的、存偏见的环境中，华人作家、艺术家，他们的心情是寂寞的，而且充满了无可申说的愤懑。

谁教咱们是中国人呢！

1991 年 5 月

四方食事

/（一）口味/

"口之于味，有同嗜焉。"好吃的东西大家都爱吃。宴会上有烹大虾（得是极新鲜的），大都剩不下。但是也不尽然。羊肉是很好吃的。"羊大为美"。中国吃羊肉的历史大概和这个民族的历史同样久远。中国羊肉的吃法很多，不能列举。我以为最好吃的是手把羊肉。维吾尔、哈萨克都有手把肉，但似以内蒙为最好。内蒙很多盟旗都说他们那里的羊肉不膻，因为羊吃了草原上的野葱，生前已经自己把膻味解了。我以为不膻固好，膻亦无妨。我曾在达茂旗吃过"羊贝子"，即白煮全羊。整只羊放在锅里只煮45分钟（为了照顾远来的汉人客人，多煮了15分钟，他们自己吃，只煮半小时），各人用刀割取自己中意的部位，蘸一点作料（原来只备一碗盐水，近年有了较多的作料）吃。羊肉带生，一刀切下去，会汪出一点血，但是鲜嫩无比。内蒙人说，羊肉越煮越老，半熟的，才易消化，也能多吃。我几次到内蒙，吃羊肉吃得非常过瘾。同行有一位女同志,不但不吃,连闻都不能闻。一走进食堂,闻到羊肉气味就想吐。她只好每顿用开水泡饭,吃咸菜,真是苦煞。全国不吃羊肉的人,不在少数。

"鱼羊为鲜",有一位老同志是获鹿县人,是回民,他倒是吃羊肉的,但是一生不解何所谓鲜。他的爱人是南京人,动辄说:"这个菜很鲜。"他说:"什么叫'鲜'?我只知道什么东西吃着'香'。"要解释什么是"鲜",是困难的。我的家乡以为最能代表鲜味的是虾子。虾子冬笋、虾子豆腐羹,都很鲜。虾子放得太多,就会"鲜得连眉毛都掉了"的。我有个小孙女,很爱吃我配料煮的龙须挂面。有一次我放了虾子,她尝了一口,说:"有股什么味!"不吃。

中国不少省份的人都爱吃辣椒。云、贵、川、黔、湘、赣。延边朝鲜族也极能吃辣。人说吃辣椒爱上火。井冈山人说:"辣子冇补(没有营养),两头受苦。"我认识一个演员,他一天不吃辣椒,就会便秘!我认识一个干部,他每天在机关吃午饭,什么菜也不吃,只带了一小饭盒油炸辣椒来,吃辣椒下饭,顿顿如此。此人真是个吃辣椒专家,全国各地的辣椒,都设法弄了来吃。据他的品评,认为土家族的最好。有一次他带了一饭盒来,让我尝尝,真是又辣又香。然而有人是不吃辣的。我曾随剧团到重庆体验生活。四川无菜不辣,有人实在受不了。有一个演员带了几个年轻的女演员去吃汤圆,一个唱老旦的演员进门就嚷嚷:"不要辣椒!"卖汤圆的白了她一眼:"汤圆没有放辣椒的!"

北方人爱吃生葱生蒜。山东人特爱吃葱,吃煎饼、锅盔,没有葱是不行的。有一个笑话:婆媳吵嘴,儿媳妇跳了井。儿子回来,婆婆说:"可了不得啦,你媳妇跳井了!"儿子说:"不咋!"拿了一根葱在井口逛了一下,媳妇就上来了。山东大葱的确很好吃,葱白长至半尺,是甜的。江浙人不吃生葱蒜,做鱼肉时放葱,谓之"香葱",实即北方的小葱。几根小葱，挽成一个疙瘩，叫做"葱结"。他们把大葱叫做"胡葱"，即做菜时也不大用。有一个著名女演员，不吃葱，她和大家一同去体验生活，菜都得给她单做。"文化大革命"斗她的时候，这成了一条罪状。北方人吃炸酱面，必须有几瓣蒜。在长影拍片时，有一天我起晚了，早饭已经开过，我到厨房里和几位炊事员一块儿吃。那天吃的是炸油饼，他们吃油饼就蒜。我说："吃油饼哪有就蒜的！"一个河南籍的炊事员说："嘿！你试试！"果然，"另一个味儿"。我前几年回家乡，接连吃了几天鸡鸭鱼虾，吃腻了，我跟家里人说："给我下一碗阳春面，弄一碟葱、两头蒜来。"家里人看我生吃葱蒜，大为惊骇。

有些东西，本来不吃，吃吃也就习惯了。我曾经夸口，说我什么都吃，为此挨了两次捉弄。一次在家乡。我原来不吃芫荽（香菜），以为有臭虫味。一次，我家所开的中药铺请我去吃面，那天是药王生日，铺中管事弄了一大碗凉拌芫荽，说："你不是什么都吃吗？"我一咬牙，吃了。从此我就吃芫荽了。比来北地，每吃涮羊肉，调料里总要撒上大量芫荽。一次在昆明。苦瓜，我原来也是不吃的，——没有吃过，我们家乡有苦瓜，叫做癞葡萄，是放在瓷盘里看着玩，不吃的。有一位诗人请我下小馆子，他要了三个菜：凉拌苦瓜、炒苦瓜、苦瓜汤。他说："你不是什么都吃吗？"从此，我就吃苦瓜了。北京人原来是不吃苦瓜的，近年也学会吃了。不过他们用凉水连"拔"三次，基本上不苦了，那还有什么意思！

有些东西，自己尽可不吃，但不要反对旁人吃。不要以为自己不吃的东西，谁吃，就是岂有此理。比如广东人吃蛇，吃龙虱；傣族人爱吃苦肠，即牛肠里没有完全消化的粪汁，蘸肉吃。这在广东人、傣族人，是没有什么奇怪的。他们爱吃，你管得着吗？不过有些东西，我也以为以不吃为宜，比如炒肉芽——腐肉所生之蛆。

总之，一个人的口味要宽一点、杂一点，"南甜北咸东辣西酸"，都去尝尝。对食物如此，对文化也应该这样。

/（二）切脍/

《论语·乡党》："食不厌精，脍不厌细。"中国的切脍不知始于何时。孔子以"食""脍"对举，可见当时是相当普遍的。北魏贾思勰《齐民要术》提到切脍。唐人特重切脍，杜甫诗累见。宋代切脍之风亦盛。《东京梦华录·三月一日开金鱼池琼林苑》："多垂钓之士，必于池苑所买牌子，方许捕鱼。游人得鱼，倍其价买之。临水斫脍，以荐芳樽，乃一时佳味也。"元代，关汉卿曾写过"望江楼中秋切脍"。明代切脍，也还是有的，但《金瓶梅》中未提及，很奇怪。《红楼梦》也没有提到。到了近代，很多人对切脍是怎么回事，都茫然了。

脍是什么？杜诗邵注："鲙，即今之鱼生、肉生。"更多指鱼生，脍的繁体字是"鲙"，可知。

杜甫《阌乡姜七少府设脍戏赠长歌》对切脍有较详细的描写。脍要切得极细，"脍不厌细"，杜诗亦云："无声细下飞碎雪"。脍是切片还是切丝呢？段成式《酉阳杂俎·物革》云："进士段硕常识南孝廉者，善斫脍，谷薄丝缕，轻可吹起。"看起来是片和丝都有的。切脍的鱼不能洗。杜诗云："落砧何曾白纸湿"，邵注："凡作鲙，以灰去血水，用纸以隔之"，大概是隔着一层纸用灰吸去鱼的血水。《齐民要术》："切鲙不得洗，洗则鲙湿。"加什么佐料？一般是加葱的，杜诗："有骨已剁觜春葱"。《内则》："鲙，春用葱，夏用芥。"葱是葱花，不会是葱段。至于下不下盐或酱油，乃至酒、酢，则无从臆测，想来总得有点咸味，不会是淡吃。

切脍今无实物可验。杭州楼外楼解放前有名菜醋鱼带靶。所谓"带靶"即将活草鱼的脊背上的肉剔下，切成极薄的片，浇好酱油，生吃。我以为这很近乎切脍。我在1947年春天曾吃过，极鲜美。这道菜听说现在已经没有了，不知是因为有碍卫生，还是厨师无此手艺了。

日本鱼生我未吃过。北京西四牌楼的朝鲜冷面馆卖过鱼生、肉生。鱼生乃切成一寸见方、厚约二分的鱼片，蘸极辣的作料吃。这与"谷薄丝缕"的切脍似不是一回事。

与切脍有关联的，是"生吃螃蟹活吃虾"。生螃蟹我未吃过，想来一定非常好吃。活虾我可吃得多了。前几年回乡，家乡人知道我爱吃"呛虾"，于是餐餐有呛虾。我们家乡的呛虾是用酒把白虾（青虾不宜生吃）"醉"死了的。解放前杭州楼外楼呛虾，是酒醉而不待其死，活虾盛于大盘中，上覆大碗，上桌揭碗，虾蹦得满桌，客人捉而食之。用广东话说，这才真是"生猛"。听说楼外楼现在也不卖呛虾了，惜哉！

下生蟹活虾一等的，是将虾蟹之属稍加腌制。宁波的梭子蟹是用盐腌过的，醉蟹、醉泥螺、醉蚶子、醉蛏鼻，都是用高粱酒"醉"过的。但这些都还是生的。因此，都很好吃。

我以为醉蟹是天下第一美味。家乡人贻我醉蟹一小坛。有天津客人来，特地为他剁了几只。他吃了一小块。问："是生的？"就不敢再吃。

"生的"，为什么就不敢吃呢？法国人、俄罗斯人，吃牡蛎，都是生吃。我在纽约南海岸吃过鲜蚌，那绝对是生的，刚打上来的，而且什么作料都不搁，经我要求，服务员才给了一点胡椒粉。好吃么？好吃极了！

为什么"切脍"、生鱼活虾好吃？曰：存其本味。

我以为切脍之风，可以恢复。如果觉得这不卫生，可以仿照纽约南海岸的办法：用"远红外"或什么东西处理一下，这样既不失本味，又无致病之虞。如果这样还觉得"硌应"，吞不下，吞下要反出来，那完全是观念上的问题。当然，我也不主张普遍推广，可以满足少数老饕的欲望，"内部发行"。

/（三）河豚 /

阅报，江阴有人食河豚中毒，经解救，幸得不死。杨花扑面，节近清明，这使我想起，正是吃河豚的时候了。苏东坡诗：

> 竹外桃花三两枝，
> 春江水暖鸭先知。
> 蒌蒿满地芦芽短，
> 正是河豚欲上时。

梅圣俞诗：

> 河豚当此时，
> 贵不数鱼虾。

宋朝人是很爱吃河豚的，没有真河豚，就用了不知什么东西做出河豚的样子和味道，谓之"假河豚"，聊以过瘾，《东京梦华录》等书都有记载。

江阴当长江入海处不远，产河豚最多，也最好。每年春天，鱼市上有很多河豚卖。河豚的脾气很大，用小木棍捅捅它，它就把肚子鼓起来，再捅，再鼓，终至成了一个圆球。江阴河豚品种极多。我所就读的南菁中学的生物实验室里搜集了各种河豚，浸在装了福尔马林的玻璃器内。有的很大，有的小如金钱龟。颜色也各异，有带青绿色的，有白的，还有紫红的。这样齐全的河豚标本，大概只有江阴的中学才能搜集得到。

河豚有剧毒。我在读高中一年级时，江阴乡下出了一件命案，"谋杀亲夫"。"奸夫""淫妇"在游街示众后，同时枪决。毒死亲夫的东西，即是一条煮熟的河豚。因为是"花案"，那天街的两旁有很多人鹄立伫观。但是实在没有什么好看，奸夫淫妇都蠢而且丑，奸夫还是个黑脸的麻子。这样的命案，也只能出在江阴。

但是河豚很好吃，江南谚云："拼死吃河豚。"豁出命去，也要吃，可见其味美。据说整治得法，是不会中毒的。我的几个同学都曾约定请我上家里吃一次河豚，说是"保证不会出问题"。江阴正街上有一家饭馆，是卖河豚的。这家饭馆有一块祖传的木板，刷印保单，内容是如果在他家铺里吃河豚中毒致死，主人可以偿命。

河豚之毒在肝脏、生殖腺和血，这些可以小心地去掉。这种办法有例可援，即"洁本《金瓶梅》"是。

我在江阴读书两年，竟未吃过河豚，至今引为憾事。

/（四）野菜/

春天了，是挖野菜的时候了。踏青挑菜，是很好的风俗。人在屋里闷了一冬天，尤其是妇女，到野地里活动活动，呼吸一点新鲜空气，看看新鲜的绿色，身心一快。

南方的野菜，有枸杞、荠菜、马兰头……北方野菜则主要的是苣荬菜。枸杞、荠菜、马兰头用开水焯过，加酱油、醋、香油凉拌。苣荬菜则是洗净，去根，蘸甜面酱生吃。或曰吃野菜可以"清火"，有一定道理。野菜多半带一点苦味，凡苦味菜，皆可清火。但是更重要的是吃个新鲜。有诗人说："这是吃春天"，这话说得有点做作，但也还说得过去。

敦煌变文、《云谣集杂曲子》、打枣杆、挂枝儿、吴歌，乃至《白雪遗音》等等，是野菜。因为它新鲜。

1989 年 4 月 18 日

词曲的方言与官话

　　我的家乡，宋代出了个大词人秦观，明代出了个散曲大家王磐。我读他们的作品，有一点外乡人不大会有的兴趣，想看看他们的作品里有没有高邮话。结果是，秦少游的词里有，王西楼的散曲里没有。

　　夏敬观《手批山谷词》谓："以市井语入词，始于柳耆卿，少游、山谷各有数篇。"今检《淮海居士长短句》，"以市井语入词"者似只三首。一首《满园花》，两首《品令》。《满园花》不知用的是什么地方的俚语，《品令》则大体上可以断定用的是高邮话。《品令》二首录如下：

　　一、幸自得。一分索强，教人难吃。好好地，恶了十来日。恰而今、较些不？　　须管啜持教笑，又也何须胳织！衔倚赖，脸儿得人惜。放软顽、道不得！

　　二、掉又矑。天然个品格，于中压一。帘儿下，时把鞋儿踢。语低低、笑咭咭。　　每每秦楼相见，见了无门怜惜。人前强，不欲相沾识。把不定、脸儿赤。

首先是这首词的用韵。刘师培《论文杂记》："宋人词多叶韵，……（秦观《品令》用织、吃、日、不、惜为韵，则职、锡、质、物、陌五韵可通用矣）。"刘师培是把官修诗韵的概念套用到词上来了。"职、锡、质、物、陌"五韵大概到宋代已经分不清，无所谓"通用"。毛西河谓"词本无韵"，不是说不押韵，是说词本没有官定的，或具有权威的韵书，所押的只是"大致相近"的韵。张玉田谓："词以协律，当以口舌相调。"只要唱起来顺口，听起来顺耳，就行。《品令》所押的是入声韵，入声韵短促，调值相近，几乎可以归为一大类，很难区别。用今天的高邮话读《品令》，觉得很自然，没有一点别扭。

焦循《雕菰楼词话》："秦少游《品令》'掉又矔，天然个品格'，此正秦邮土音，今高邮人皆然也。"焦循是甘泉人，于高邮为邻县，所言当有据。其实不只这一个"个"字，凭直觉，我觉得这两首词通篇都是用高邮话写的。"胳织"旧注以为"即'胳胳'，意犹多曲折，不顺遂"，不可通。朱延庆君以为"胳织"即"胳肢"，今高邮人犹有读第二字为入声者，其说近是，"嗳持"是用甜言蜜语哄哄。整句意思是：说两句好听的话哄哄你，准能教你笑，也用不着胳肢你！这两首词皆以方言写艳情，似是写给同一个人的，这人是一个惯会撒娇使小性儿的妓女。《淮海居士长短句·附录二·秦观词年表》推测二词写于熙宁九年，这年少游28岁，在家乡闲居，时作冶游，所相与的妓女当也是高邮人，故以高邮方言写词状其娇痴，这也是很自然的。词的语句，虽如夏敬观所说："时移世易，语言变迁，后之阅者渐不能明"，很难逐句解释，但用今天的高邮话读起来，大体上还是能体味到它的情趣的，高邮人对这两首词会感到格外亲切。

少游有《醉乡春》，如下：

唤起一声人悄，衾冷梦觉窗晓。瘴雨过，海棠开，春色又添多少。社瓮酿成微笑，半缺椰瓢共舀。觉顷倒，急投床，醉乡广大人间小。

此词是元符元年于横州作，用的是通行的官话，非高邮土音。但有一个字有点高邮话的痕迹："舀"。王本补遗案曰"地志作'酌'，出韵，误"。《词品》卷三："此词本集不载，见于地志。而修《一统志》者不识'舀'字，妄改可笑。"《雨村词话》："舀，音咬，以瓢取水也。"《词林纪事》卷六按："换头第二句'舀'字，《广韵》上声三十'小'部有此字，以治切，正与'悄'字押。"看来有不少人不认识这个字，但在高邮，这不是什么冷字。高邮人谓以器取水皆曰舀，不一定是用瓢。用一节竹筒旁安一长把，以取水，就叫做"水舀子"。用磁勺取汤，也叫做"舀一勺汤"。这个字不是高邮所独有，但少游是高邮人，对这个字很熟悉，故能押得自然省力耳。

王磐写散曲，我一直觉得有些奇怪。在他以前和以后，都不曾听说高邮还有什么人写过散曲。一个高邮人，怎么会掌握这种北方的歌曲形式，熟悉北方语言呢？

《康熙扬州府志》云："王磐，字鸿渐，高邮人，……与金陵陈大声并为南曲之冠。"这"南曲"易为人误会。其实这里所说的"南曲"，是指南方的曲家。王磐所写，都是北曲。王骥德《曲律·论咏物》云"小令北调，王西楼最佳"。又《杂论》举当世之为北调者，谓"维扬则王山人西楼"。又云"客问词人之冠，余曰：于北词得一人，曰高邮王西楼"。任中敏校阅《王西楼乐府》后记："观于此本内无一南曲。"

写北曲得用北方语言，押北方韵。王西楼对此极内行。如《久雪》：

乱飘来燕塞边，密洒向程门外，恰飞还梁苑去，又舞过灞桥来。

296

攘攘啕啕，颠倒把乾坤碍，分明将造化埋。荡磨的红日无光，隈逼的青山失色。

"色"字有两读，一读 se，而在我们家乡是读入声的；一读 shai，上声，这是河北、山东语音，我的家乡没有这样的读音。然而王磐用的这个"色"字分明应该读（或唱）成 shai 的，否则就不押韵。王磐能用 shai 押韵，押得很稳，北曲的味道很浓，这是什么道理呢？是他对《中原音韵》翻得烂熟，还是他会说北方话（即官话）？我看后一种可能更大一些，否则不会这样运用自如。然而王西楼似未到过北方，而且好像足迹未出高邮一步，他怎能说北方话？这又颇为奇怪。有一种可能是当时官话已在全国流行，高邮人也能操北语了。我很难想象这位"构楼于城西僻地，坐卧其间"的王老先生说的是怎样的一口官话。

1989 年 11 月 27 日

王磐的《野菜谱》

我对王西楼很感兴趣。他是明代的散曲大家。我的家乡会出一个散曲作家，我总觉得是奇怪的事。王西楼写散曲，在我的家乡可以说是空前绝后，在他以前，他的同时和以后，都不会听说有别的写散曲的。西楼名磐，字鸿渐，少时薄科举，不应试，在高邮城西筑楼居住，与当时文士谈咏其间，自号西楼。高邮城西濒临运河，王西楼的名曲《朝天子·咏喇叭》："官船来往乱如麻，全仗你，抬声价"，正是运河堤上所见。我小时还在堤上见过接送官船的"接官厅"。高邮很多人知道王西楼，倒不是因为他写散曲。我在亲戚家的藏书中没有见过一本《西楼乐府》，不少人甚至不知"散曲"为何物。大多数市民知道王西楼是个画家。高邮到现在还流传一句歇后语："王西楼嫁女儿——画（话）多银子少"。关于王西楼的画，有一些近乎神话的传说，但是他的画一张也没有留下来。早就听说他还著了一部《野菜谱》，没有见过，深以为憾。近承朱延庆君托其友人于扬州师范学院图书馆所藏陶珽重编《说郛》中查到，影印了一册寄给我，快读一过，对王西楼增加了一分了解。

留心可以度荒的草木，绘成图谱，似乎是明人的一种风气。朱元璋的第五个儿子朱橚就曾搜集了可以充饥的草木四百余种，在自己的园圃里栽种，叫画工依照实物绘图。加了说明，编了一部《救荒本草》。王磐是个庶民，当然不能像朱橚那样雇人编绘了那样卷帙繁浩的大书，编了，也刻不起。他的《野菜谱》只收了五十二种，不过那都是他目验、亲尝、自题、手绘的。而且多半是自己掏钱刻印的，——谁愿意刻这种无名利可图的杂书呢？他的用心是可贵的，也是感人的。

《野菜谱》卷首只有简单的题署：

野菜谱

　　　高邮王鸿渐

无序跋，亦无刊刻的年月。我以为这书是可信的，这种书不会有人假冒。

五十二种野菜中，我所认识的只有：白鼓钉（蒲公英）、蒲儿根、马栏头、青蒿儿（即茵陈蒿）、枸杞头、野绿豆、蒌蒿、荠菜儿、马齿苋、灰条。其余的不但不识，连听都没听说过，如"燕子不来香""油灼灼"……

《野菜谱》上文下图。文约占五分之三，图占五分之二。"文"，在菜名后有两三行说明，大都是采食的时间及吃法，如：

白鼓钉

名蒲公英，四时皆有，唯极寒天小而可用，采之熟食。

后面是近似谣曲的通俗的乐府短诗，多是以菜名起兴，抒发感慨，嗟叹民生的疾苦。穷人吃野菜是为了度荒，没有为了尝新而挑菜的。我的家乡很穷，因为多水患，《野菜谱》几处提及，如：

眼子菜

眼子菜，如张目，年年盼春怀布谷，犹向秋来望时熟。何事频年倦不开，愁看四野波漂屋。

猫耳朵

猫耳朵，听我歌，今年水患伤田禾，仓廪空虚鼠弃窝，猫兮猫兮将奈何！

灾荒年月，弃家逃亡，卖儿卖女，是常见的事，《野菜谱》有一些小诗，写得很悲惨，如：

江荠

江荠青青江水绿，江边挑菜女儿哭。爹娘新死兄趁熟，止存我与妹看屋。

抱娘蒿

抱娘蒿，结根牢，解不散，如漆胶。君不见昨朝儿卖客船上，儿抱娘哭不肯放。

读了这样的诗，我们可以理解王磐为什么要写《野菜谱》，他和朱橚编《救荒本草》的用意是不相同的。同时也让我们知道，王磐怎么会写出《朝天子·咏喇叭》那样的散曲。我们不得不想到一个多年来人们不爱用的一个词儿：人民性。我觉得王磐与和他被并称为"南曲之冠"的陈大声有所不同。陈大声不免油滑，而王磐的感情是诚笃的。

《野菜谱》的画不是作为艺术作品来画的，只求形肖。但是王磐是画家，昔人评其画品"天机独到"，原作绝不会如此的毫无笔力。《说郛》本是复刻的，刻工不佳，我非常希望能看到初刻本。

我觉得对王西楼的评价应该调高一些，这不是因为我是高邮人。

1989 年 7 月 3 日

步障：实物和常理

　　《辞海》"步障"条云是"用以遮蔽风尘或视线的一种屏幕"，引《晋书·石崇传》："崇与贵戚王恺、羊琇之徒以奢靡相尚；恺作紫丝有布障四十里，……崇作锦步障五十里以敌之。"

　　沈从文编著的《中国古代服饰研究》："……从本图和敦煌开元天宝间壁画《剃度图》《宴乐图》中反映比较，进一步得知古代人野外郊游生活及这些应用工具形象和不同使用方法。从时间较后之《西岳降灵图》及宋人绘《汉宫春晓图》所见各式步障形象，得知中古以来，所谓'步障'，实一重重用整幅丝绸作成，宽长约三五尺，应用方法，多是随同车乘行进，或在路旁交叉处阻挡行人。主要是遮隔路人窥视，或蔽风日沙尘，作用和掌扇差不太多。《世说新语》记西晋豪富贵族王恺、石崇斗富，一用紫丝步障，一用锦步障，数目到三四十里。历来不知步障形象，却少有人怀疑这个延长三四十里的手执障子，得用多少人来掌握，平常时候又得用多大仓库来贮藏！如据画刻所见，则'里'字当是'连'或'重'字误写。在另外同时关于步障记载，和《唐六典》关于帷帐记载，也可知当时必是若干'连'或'重'。"

沈先生的话是有道理的。从《中国古代服饰研究》所载《敦煌壁画所见帷帐》及《宁懋石室石刻所见帷帐》我们可想见步障大体就是这样的东西。因为见不到较早的写本,《晋书》的"里"究竟应是"连"还是"重",不能确断,但肯定这必是一个错字。四十里、五十里,有四五条长安街那样长,这样长的步障,怎么可能呢?

读古书要证以实物,更重要的要揆之常理,方不至流于荒唐。

「小山重叠金明灭」

温庭筠《菩萨蛮》是大家读熟了的一首词：

小山重叠金明灭，鬓云欲度香腮雪。懒起画蛾眉，弄妆梳洗迟。照花前后镜，花面交相映，新帖绣罗襦，双双金鹧鸪。

自来注温词者，都以为"小山"是屏风上的山。我年轻时初读这首词就有这样的印象，且想到扬州的黑漆绘金的屏风，那也确是明明灭灭的。最近读了一本词选，还是这样解释的。

沈从文先生提出不同看法。他以为"小山"是妇女发髻间插戴的小梳子。《中国古代服饰研究》云："唐代妇女喜于发髻上插几把小小梳子，当成装饰，讲究的用金、银、犀、玉或牙等材料，露出半月形梳背，有多到十来把的（经常有实物出土），所以唐人诗有'斜插犀梳云半吐'语。又元稹《恨妆成》诗有'满头行小梳，当面施圆靥'，王建《宫词》有'归来别赐一头梳'语。温庭筠词有'小山重叠金明灭'即对于当时妇女发间金背小梳而咏。"别一处又说："当时发髻间使用小梳至八件以上的。……这种小梳子是用金银犀玉牙等不同材料作成的，洛阳唐墓常有实物出土。温庭筠词'小山重叠金明灭'所形容的，也正是当时妇女头上金银牙玉小梳在头发间重叠闪烁情形。"

我觉得沈先生的说法是一个很有说服力的创见。这样解释，温庭筠的这首词才读得通，这首《菩萨蛮》通篇所咏，是一个贵族妇女梳妆的情形，怎么会从屏风上的小山写起呢？按《菩萨蛮》的章法，这两句照例是衔接的，从屏风说到头发，天上一句，地下一句，这一步实在跳得太远了，真成了上海人所说的"不搭界"。如把"小山"解释成小梳子，则和后面的"鬓云"扣得很紧，顺理成章。我希望再有注温词者能参考沈先生的意见，改正过来。

沈先生一再强调治文史者要多看文物、互相印证，这样才不会望文生义，想当然耳。他的意见是值得重视的。

我对文史、文物皆甚无知，只是把沈先生的文章抄了两段，无所发明。

1990 年 4 月 11 日

《水浒》人物的绰号
——浪子燕青及其他

"浪子燕青"的"浪子"是一个特定概念，指的是风流浪子。张国宝《罗李郎》杂剧："人都道你是浪子，上长街百十样风流事。"此人一出场，但见：

> 六尺以上身材，二十四五年纪，三牙掩口细髯，十分腰细膀阔。……腰间斜插名人扇，鬓畔常簪四季花。

这个"人物赞"描写如画，在《水浒传》诸"赞"之中是上乘。

这人是北京土居人氏，自小父母双亡，卢员外家中养的他大。为见他一身雪练也似白肉，卢俊义叫一个高手匠人，与他刺了这一身遍体花绣，却似玉亭柱上铺着软翠。若赛锦体，由你是谁，都输与他。不则一身好花绣，那人更兼吹的、弹的、唱的、舞的，拆白道字，顶真续麻，无有不能，无有不会。亦是说的诸路乡谈，省的诸行百艺的市语。更且一身本事，无人比的：拿着一张川弩，只用三枝短箭，郊

306

外落生，并不放空，箭到物落。晚间入城，少杀也有百十个虫蚁。若赛锦标社，那里利物，管取都是他的。亦且此人百伶百俐，道头知尾，本身姓燕，排行第一，官名单讳个青字，北京城里人口顺，都叫他做"浪子燕青"。

《水浒传》里文身绣体的有两个人。一个是史进，一个是燕青。史进刺的是九纹龙，燕青刺的大概是花鸟。"凤凰踏碎玉玲珑，孔雀斜穿花错落。""玉玲珑"是什么，曾有人考证过，结论勉强。一说玉玲珑是复瓣水仙。总之燕青刺的花是相当复杂的。史进的绣体因为后来不常脱膊，再没有展示的机会。燕青在东岳庙和任原相扑，脱得只剩一条熟绢水裤儿，浑身花绣毕露，赢得众人喝采，着实地出了风头。

《水浒传》对燕青真是不惜笔墨，前后共用了一篇赋体的赞，一段散文的叙述，一首《沁园春》，一篇七言古风，不厌其烦。如此调动一切手段赞美一个人物，在全书中绝无仅有。看来作者对燕青是特别钟爱的。

写相扑一回，章法奇特。前面写得很铺张，从燕青与宋江谈话，到燕青装做货郎担儿，唱山东货郎转调歌，到和李逵投宿住店，到用扁担劈了任原夸口的粉牌，到众人到客店张看燕青，到燕青游玩岱岳庙，到往迎恩桥看任原，到相扑献台的布置，到太守劝阻燕青，到"部署"再度劝阻，一路写来，曲折详尽，及至正面写到相扑交手，只几句话就交待了。起得铺张，收得干净，确是文章高手。相扑原是"说时迟，那时快"的事，动作本身，没有多少好写。但是《水浒传》的寥寥数语却写得十分精彩。

……任原看看逼将入来，虚将左脚卖个破绽，燕青叫一声："不

307

要来！"任原却待奔他，被燕青去任原左肋下穿将过去。任原性起，急转身又来拿燕青，被燕青虚跃一跃，又在右肋下钻过去。大汉转身，终是不便，三换换得脚步乱了。燕青却抢将入去，用右手扭住任原，探左手插入任原交裆，用肩胛顶住他胸脯，把任原直托将起来，头重脚轻，借力便旋五旋，到献台边，叫一声："下去！"把任原头在下脚在上，直撺下献台来，这一扑名叫"鹁鸽旋"，数万香官看了，齐声喝采。

《容与堂刻本水浒传》于此处行边加了一路密圈，看来李卓吾对这段文字也是很欣赏的。这一段描写实可作为体育记者的范本。

燕青不愧是"浪子"。

《水浒传》一百八人多数的绰号并不是很精彩。宋江绰号"呼保义"，不知是什么意思。龚开的画赞称之曰"呼群保义"，近似"增字解经"。他另有个绰号"及时雨"是个比喻，只是名实不符。宋江并没有在谁遇到困难时给人什么帮助，倒是他老是在危难之际得到别人的解救。"黑旋风李逵"的绰号大概起得较早，元杂剧里就有几出以"黑旋风"为题目的，但这个绰号只是说他爱向人多处排头砍去，又生得黑，也形象，但了无余蕴。"霹雳火"只是说这个人性情急躁。"豹子头"我始终不明白是什么意思。倒是"菜园子张青"虽看不出此人有多大能耐，却颇潇洒。

不过《水浒》能把一百八人都安上一个绰号，配备齐全，也不容易。

绰号是特定的历史时期的文学现象和社会现象。其盛行大概在宋以后、明以前，即《水浒传》成书之时。宋以前很少听到。明以后不绝如缕，如《七侠五义》里的"黑狐狸智化"，窦尔墩"人称铁罗汉"，但在演义小说中不那么普遍。从文学表现手段（虽然这是末技）和社会心理，主要是市民心理的角度研究一下绰号，是有意义的。

呼雷豹

京剧《南阳关》有一句唱词：

尚司徒胯下呼雷豹

旧本《戏考》上是这样写的。小时候看戏，以为尚司徒骑的是一只豹，而且这只豹能够"呼雷"，以为这是个《封神榜》上的人物，虽然戏台上尚司徒只是摇着一根马鞭，看不出他骑的是什么。

十多年前，在内蒙认识一个抗日战争时期在草原打过游击的姓曹的同志，他说起他当时骑的是一匹"豹花马"。后来在草原上他指给我看一匹黑白斑点相杂的马，说："这就是豹花马"，我恍然大悟，"豹花马"的"豹"应该写成"驳"。《辞海》"驳"字条云"马毛色不纯"，引《诗经·豳风·东山》："皇驳其马。"毛传："骝白曰驳。"马的毛色不纯，都可叫做驳，不过似乎又专指黑白斑点相杂的马。有一种鸡，羽毛黑白斑点相杂，很多地方叫它"芦花鸡"，那位姓曹的同志告诉我，内蒙叫"驳花鸡"，可为旁证。那末尚司徒胯下的原是黑白斑点相杂的马，不是金钱豹。"驳"字《辞海》音 bó，读成 bào，只是字调的变化。

为什么叫"呼雷驳"？"呼雷"，即"忽律"，声之转也，"忽律"即鳄鱼（出处偶忘，但我是记得不错的）。《水浒传》的朱贵绰号"旱地忽律"，是说他像一条旱地上的鳄鱼。鳄鱼身上是黑白相杂，斑斑点点的。"呼雷驳"者，有像鳄鱼那样黑白相杂的斑点的马也。

这种马是名马，曾见张大千摹宋人《杨妃上马图》，杨贵妃要骑上去的正是一匹驳花马。

由此想到《三国演义》上关云长骑的"赤兔马"的"兔"，大概也不能照字面解释。马像个兔子，无神骏可言，而且马哪儿都不像兔。曾在内蒙读过一本《内蒙文史资料》，记一个在包头做生意的山西掌柜的，因为急事，骑上他的千里驹"沙力兔"连夜直返太原，"兔"可能是骏马的一种，而且我怀疑"兔"是少数民族语言的译音。

中国古代人善于识马，《说文》《尔雅》多有记载，其区别主要在毛色。现代人对马的知识就很少了。牧区的少数民族还能说出很多马的名称，汉民，即使生活在草原附近的，除了白马、黑马，大概只能说出"黄骠马""枣骝马"等等不多的几种。画马的名家如徐悲鸿、尹瘦石、刘勃舒……能够分辨出几种？居住在城市里的青年，能说得出好多汽车的牌号：丰田、福特、奔驰、皇冠，还有一些曲里拐弯很难念的牌号，并且一眼就分得出坐车人的级别；对马的区别，就茫然了。这是时地使然，原无足怪。但是我还是希望精通马道的人能写出一本《中国马谱》，否则读起古书就很难得其仿佛。载涛[1]想是能写马谱的，可惜他已经故去了。

1990 年 7 月 27 日

---

[1]载涛：爱新觉罗·溥仪之族叔。

城隍·土地·灶王爷

城隍,《辞海》"城隍"条等云:"护城河",引班固《两都赋序》:"京师修宫室,浚城隍,起苑囿,以备制度。"即说是浚,当有水。但同书"隍"字条又注云:"没有水的护城壕。"到底是有水没有水?姑且不去管它,反正,城隍后来已经成为神。说是守护城池的神也可以,更准确一点,应说是坐镇一方之神。据《辞海》,最早见于记载的为芜湖城隍,建于三国吴赤乌二年。北齐慕容俨在郢城建城隍神祠一所。唐代以来郡县皆祭城隍。后唐清泰元年封城隍为王。宋以后祀城隍习俗更为普遍。明太祖洪武三年正式规定各府州县的城隍神,并加以祭祀。为什么历代这样重视城隍,以至朱元璋于立国之初就为此特别下了一个红头文件?

乾隆十七年,郑板桥在知潍县事任内曾修葺过潍县的城隍庙,撰过一篇《城隍庙碑记》。我曾见过拓本。字是郑板桥自己写的,写得很好,虽仍有"六分半书"笔意,但是是楷书,很工整,不似"乱石铺阶"那样狂气十足。这篇碑文实在是绝妙文章:

……故仰而视之，苍然者天也；俯而临之，块然者地也。其中耳目口鼻手足而能言，衣冠揖让而能礼者，人也。岂有苍然之天而又耳目口鼻而人者哉？自周公以来，称为上帝，而俗世又呼为玉皇。于是耳目口鼻手足冕旒执玉而人之；而又写之以金，范之以土，刻之以木，琢之以玉，而又从之以妙龄之官，陪之以武毅之将。天下后世，遂衰衰然从而人之，俨在其上，俨在其左右矣。至如府州县邑皆有城，如环无端，啮者是也；城之外有隍，抱城而流，汤汤汩汩者是也。又何必乌纱袍笏而人之乎？而四海之大，九州之众，莫不以人祀之；而又予之以祸福之权，授之以死生之柄；而又两廊森肃，陪以十殿之王；而又有刀花、剑树、铜蛇、铁狗、黑风、蒸锧以俱之。而人亦衰衰然从而惧之矣。非唯人惧之，吾亦惧之。每至殿庭之后，寝宫之前，其窗阴阴，其风吸吸，吾亦毛发竖栗，状如有鬼者，乃知古帝王神道设教不虚也。……

这是一篇写得曲曲折折的无神论。城，城也；隍，河也，"又何必乌纱袍笏而人之乎？"这已经说得很清楚。然而大家都"以人祀之，而又予之以祸福之权，授之以死生之柄"，"与之""授之"，很可玩味。神本无权，唯人授之，这种"神权人授"的思想很有进步意义。谁授予神这样的权柄呢？下文自明。不但授之以权，而且把城隍庙搞得那样恐怖，人亦衰衰然从而惧之。"非唯人惧之，吾亦惧之矣"，这句话说得很幽默。郑板桥是真的害怕了吗？城隍庙总是阴森森，"吾亦毛发竖栗，状如有鬼者"，郑板桥是真觉得有鬼么？答案在下面："乃知古帝王神道设教不虚也"，郑板桥对古帝王的用心是一清二楚的。但是郑板桥并未正面揭穿（这怎么可能呢），而且潍县的城隍庙是在他的倡议下，谋于士绅而葺新的，这真是最大的幽默！我们对于明清之后的名士的思想和行事，总要于其曲曲折折处去寻绎。不这样，他们就无法生存。我向觉得板桥的思想很通达，不图其通达有如此。

我们县里的城隍庙的历史是颇久的，有两棵粗可合抱的白果（银杏）树为证。庙相当大，两进大殿，前殿和后殿。前殿面南坐着城隍老爷，也称城隍菩萨，——这与佛教的"菩提萨埵"无关，中国的老百姓是把一切的神都可称为菩萨的，叫"老爷"时多。发亮的油白大脸，长眉细目，五绺胡须。大红缎地平金蟒袍。按说他只是县团级，但是派头却比县知事大得多，县官怎么能穿蟒呢。而且封了爵，而且爵位甚高，"敕封灵应侯"。如此僭越，实在很怪。他们职权是管生死和祸福。人死之后，即须先到城隍那里挂一个号。京剧《琼林宴》范仲禹的唱词云："在城隍庙内挂了号，在土地祠内领了回文。"城隍庙正殿上有几块匾，除了"威灵显赫"之类外，有一块白话文的特大的匾，写的是"你也来了"。我们二伯母（我是过继给她的）病重，她的母亲（我应该叫她外婆）有一天半夜里把我叫起来，把我带到城隍庙去。我迷迷糊糊地去了。干什么？去"借寿"，即求城隍老爷把我的寿借几年（好像是十年）给二伯母。半夜里到城隍庙里去，黑咕隆咚的，真有点怕人。我那时还小，借几年就借几年吧，无所谓，而且觉得这是应该的。到城隍老爷那里去借寿，我想这是古已有之的习俗，不是我的外婆首创，因为所有仪注好像都有成规。不过借寿并不成功，我的二伯母过了两天还是死了。

我们那里的城隍庙有一个特别处，即后殿还有一个神像，也是五绺长须，但穿着没有城隍那样阔气。这位神也许是城隍的副手。他们名称很奇怪，叫"老戴"。城隍和老戴之间好像有个什么故事的，我忘了。

正殿前的两廊塑着各种酷刑行刑时的景象，即板桥碑记中所说的

313

"刀花、剑树……"。我们那里的城隍庙所塑的是上刀山、下油锅、锯人、磨人等等，一共七十二种酷刑，谓之"七十二司"，这"司"是阴司的意思。七十二司分为十个相通连的单间，左廊右廊各五间。每一间有一个阎王，即板桥所说的"十王"。阎王是"王"，应该是"南面而王"，坐在正面。《聊斋·陆判》所说的十王殿的十王大概是坐在正面的，但多数的十王都是屈居在两廊，变成了陪客，甚至是下属了，我们县里的城隍庙、泰山廊都是这样。中国诸神的品级官阶也乱得很。十王中我只记得一个秦广王，其余的，对不起，全忘了。《玉历宝钞》上好像有十王的全部称号，且各有像（虽然都长得差不多），不难查到的。

城隍庙正殿的对面，照例有一座戏台。郑板桥碑记云："岂有神而好戏者乎？是又不然。《曹娥碑》云：'盱能抚节安歌，婆娑乐神'，则歌舞迎神，古人已累有之矣。诗云：'琴瑟击鼓，以迓田祖'，夫田果有祖，田祖果爱琴瑟，谁则闻之？不过因人心之报称，以致其重叠爱媚于尔大神尔。今城隍既以人道祀之，何必不以歌舞之事娱之哉！"郑板桥这里说得有点不够准确。歌舞最初是乐神的，因为他是神，才以歌舞乐之，这是"神道"，并不是因为以人道祀之，才以歌舞之事娱之。到了后来，戏才是演给人看的，但还是假借了乐神的名义。很多地方的戏台都在庙里，都是"神台"。我们县城隍庙的戏台是演戏的重要场地，我小时看的许多戏都是站在戏台与正殿之间的砖地上看的。看的都是"大戏"，即京剧。但有一次在这个戏台上也演过梅花歌舞团那样的歌舞，这种节目演给城隍老爷看，颇为滑稽。

每年七月半，城隍要出巡，即把城隍的大驾用八抬大轿抬出来，在城里的主要街道上游一游。城隍出巡，前面是有许多文艺表演的节目，叫做"会"，许多地方叫"赛会""出会"，我们那里叫"迎会"。

参与迎会的，谓之"走会"。我乡迎会的情形，我在小说《故里三陈·陈四》中有较详细的描述，不赘。各地赛会，节目有同有异，高跷、旱船，南北皆有。北京的"中幡""五虎棍"，我们那里没有。我们那里的"站高肩"，北方没有。

城隍的姓名大都无可稽考，但也有有案可查的。张岱《西湖梦寻·城隍庙》载："吴山城隍庙，宋以前在皇山，旧名永固，绍兴九年徙建于此。宋初，封其神，姓孙名本。永乐时封其神为周新。"周新本是监察御史，弹劾敢言，被永乐杀了。"一日上见绯而立者，叱之，问为谁，对曰：'臣新也，上帝谓臣刚直，使臣城隍浙江，为陛下治奸贪吏。'言已不见，遂封为浙江都城隍。"这当然只是传说，永乐帝不会白日见鬼。但这记载说明一个问题，即城隍由上帝任命后，还得由人间的皇帝加封，否则大概是无效的。"都城隍"之名他书未见。周新是个省级城隍，比州、府、县的城隍要大，相当于一个巡抚了。都城隍不是各省都有。

《聊斋志异》以《考城隍》为全书第一篇，评书者都以为有深意焉，我看这只是寓言，寄托蒲松龄认为所有的官都应该考一考的愤慨耳。他说这是"予姊夫之祖宋公讳焘"的事情，宋焘亦未必有其人。

土地即社神。《风俗编·神鬼》："凡今社神，俱呼土地。"其所管的地面是不大的，大体相当于明清的坊——凡土地都称为"当坊土地"，解放前的一个保。我家所住的一条街上街的中段和东段即有两座土地祠。《聊斋·王六郎》后为招远县邬镇土地，管一个镇，也差不多。到了乡下，则随便哪个田头，都可立一个土地庙。《王六郎》是一篇写得很美的小说，文长，不具引。土地本也应是有名有姓的，但人都不知道。王六郎只名王六郎，那倒是因为他本没有名字，只是

315

姓王，叫人"相见可呼王六郎"。他当了土地，仍叫王六郎么？这不免有失官体。有一位土地的名字倒是为人所知的，是北京国子监的土地，此人非别，乃韩愈也！韩愈当过国子祭酒，与国子监有点老关系，但让他当国子监的土地爷，实在有点不大像话。我曾看过国子监的土地祠，比一架自鸣钟大不了多少。

河北农村有俗话："别拿土地爷不当神仙！"事实上人们对土地爷是不大尊重的。土地祠（或亦称庙）很简陋，香火冷落，乡下给土地爷上供的只是一块豆腐。《西游记》孙悟空到了一处，遇到妖怪，不知是什么来头，便把土地召来，二话不说，叫土地老儿先把孤拐伸出来教老孙打五百棍解闷。孙悟空对土地的态度实即是吴承恩对土地的态度，也是老百姓对土地的态度：不当一回事儿。因为，他是最小的神，或神里最小的官。

我们县别有都土地，那可不一样了。都土地祠亦称都天庙，连庙所在的那条巷子也叫都天庙巷。都天庙和城隍庙不能相比，小得多，但也有殿有厦。殿上坐着都土地，比城隍小一号，亦红蟒，亦面长圆而白亮，无五绺须。我的家乡把长圆而肥白的脸叫做"都天脸"，此专指女人的面相，男人这样的脸很少，不知道为什么没有人说"城隍脸"。都土地管辖地界大致相当于一个区。他的封爵次于城隍一等，是"灵显伯"。父老相传，我所住在的北城的都土地是张巡。张巡怎么会跑到我的家乡来当一个区长级的都土地呢？这里既不是他的家乡（河南南阳），又不是他战死的地方（河南睢阳），说北城都土地是张巡，根据的是什么？有这样一个在安史之乱时和安禄山打仗，城破而死的有名的忠臣当都土地，我们那一区的居民是觉得很光荣的。都土地也不是每个区都有。

土地城隍属于一个系统，他们的关系是上下级，如表：

316

土地→都土地→城隍→都城隍

　　都城隍的上面是什么呢？没有了，好像是一直通到玉皇大帝。土地的下面呢？也没有了，因为土地祠里并未塑有衙役皂隶。他们是上下级，是不是要布置任务，汇报工作？也许要的，但是咱们不知道。

　　祭灶的起源盖甚早。

　　《史记·孝武本纪》："是时而李少君亦以祠灶、谷道、却老方见上，上尊之。"《索隐》："如淳云：'祠灶可以致福。'案：礼灶者，老妇之祭，盛于盆，尊于瓶。"这最初本是"老妇之祭"。晋代宗懔《荆楚岁时记》："按礼器，灶者老妇之祭，'尊于瓶，盛于盆'，言以瓶为樽，用盆盛馔也"，意思是拿瓶子当酒樽，盆盛食物。老妇大概没钱，用不起正儿八经的器皿，只好这样马马虎虎，因陋就简。

　　祭灶本是求福，是很朴素的愿望，到了方士的手里，就变得神乎其神起来。《史记·孝武本纪》："少君言于上曰：祠灶则致物，致物而丹沙可化为黄金，黄金成以为饮食器则益寿，益寿而海中蓬莱仙者可见，见之心封禅则不死，黄帝是也。"从祠灶到不死，绕了这样大一个圈子，汉代的方士真能胡说八道！而汉武帝偏偏就相信这种胡说八道！

　　祭灶的礼俗一直相沿不替。唐、五代的材料我没有来得及查，宋代则讲风俗的书几乎没有一本不提到祭灶的。

　　《东京梦华录》："十二月……二十四日交年，都人至夜请僧道看经，备酒果送神，烧合家替代钱纸，帖灶马于灶上，以酒糟涂抹灶门，谓之'醉司命'。"

《梦粱录》："十二月……二十四日，不以穷富，皆备蔬食饧豆祀灶。"

《武林旧事》："……二十四日，谓之'交年'，祀灶用花饧米饵，及烧替代及作糖豆粥，谓之'口数'。"

祭灶的祭品不拘，但有一样东西是必有的：饧。饧是古糖字，指用麦芽或谷芽熬成的糖，熬干了，就成了关东糖。我们那里就叫做"灶糖"。为什么要请灶王爷吃关东糖？《抱朴子·微旨》："月晦之夜，灶神亦上天白人罪状。"原来灶王爷既是每一家的守护神，又是玉皇大帝的情报员，——一个告密者。人在家里，不是公开场合，总难免说点错话，办点错事，灶王爷一天到晚窥听监视，这受得了吗！人于是想出一个高招，塞他一嘴关东糖，叫他把牙粘住，使他张不开嘴，说不出人的坏话。不过灶王爷二十三或二十四上天，到除夕才回来，在天上要待一个星期，在玉皇大帝面前一句话也不说，玉皇大帝不觉得奇怪么？

以酒糟涂抹灶门，其用意与祭之以饧同，让他醉末咕咚的，他还能打小报告么？

灶王爷上天，是骑马去的。《东京梦华录》云："帖灶马于灶上。"我们那里是用纸叠成一个小孩子折手工的纸马，祭毕烧掉。叠纸马照例是我们一个堂姐的事。这实在有点儿戏。

我们那里的孩子捉蜻蜓，红蜻蜓是不捉的，说这是灶王爷的马。灶王爷骑了这样的马——蜻蜓，上天？

把灶王爷送上天，谓之"送灶"。送灶的日期各地不一样。我们那里一般人家是腊月二十四。俗话说："君（或军）三，民四，龟五。"按规定，娼妓家送灶应是二十五，不过妓女都不遵守。二十五送灶，这不等于告诉别人：我们家是妓女？北京送灶，则都在二十三。

到除夕，把灶王爷接回来，或谓之"迎灶"，我们那里叫做"接灶"。

谁参加祭灶？各地，甚至各家不一样。有的人家只许男的参加，女的不参加；有的人家则只有女的跪拜，男人不参与；我们家则男女都拜，先由男的拜，后由女的拜。我觉得应该由女的祭拜合适。女人一天围着锅台转，与灶王爷关系密切，而且，这本是"老妇之祭"，不关老爷们的事！

灶王爷是什么长相？《庄子·达生》："灶有髻"，司马彪注："髻，灶神，著赤衣，状如美女。"我见过木刻彩印的灶王像，面孔略圆，有二三十根稀稀疏疏的胡子，并不像美女，倒像个有福气的老封翁。我们家灶王龛里则只贴了一张长方的红纸，上写"东厨司命定福灶君"。

灶王爷姓什么，叫什么？《荆楚岁时记》说他"姓苏名吉利"。不单他，连他老婆都有名字："妇姓王名抟颊"。但我曾看过一个华北的民间故事，说他名叫张三，因为做了见不得人的事，钻进了灶膛里，弄得一脸乌七抹黑，于是成了灶王。北京俗曲亦云："灶王爷本姓张。"他到底叫什么？吁，鬼神之事，难言之矣。

城隍、土地、灶君是和中国人民大众生活关系最密切的神。

这些神是"古帝王"造出来的神话，是谣言，目的是统一老百姓的思想，是"神道设教"。

老百姓也需要这样的神。这些神的意象一旦为老百姓所掌握，就会变成一种自觉的、宗教性的、固执的力量。没有这些神，他们就会失去伦理道德的标准、是非善恶的尺度，失去心理平衡，惶惶然不可终日。我们县的城隍，在北伐的时候曾由以一个姓黄的党部委员为首的一帮热血青年用粗绳拉倒，劈成碎片。这触怒了城乡的许多道婆子。我们县有很多的道婆子，她们没有任何文化，只会念一句"南无阿弥陀佛"，是神就拜，念"南无阿弥陀佛"，不管这神是什么教的神。

不管哪个庙的香期，她们都去，一坐一大片，叫做"坐经"。她们的凝聚力很大，心很齐。她们听说城隍老爷被毁了，"哈！这还行？！"她们一人拿了一炷香，要把姓黄的党部委员的家烧掉。黄某事先听到消息，越墙逃走，躲藏了好多天，这帮道婆子捐钱募化，硬是重新造了一个城隍老爷，和原来的一样。她们的道理很简单："怎么可以没有城隍老爷！"

愚昧是一种伟大的力量。

大多数人对城隍、土地、灶王爷的态度是"诚惶诚恐，不胜屏营待命之至"，但是也有人不是这样，有的时候不是这样。很多地方戏的"三小戏"都有《打城隍》《打灶王》，和城隍老爷、灶王爷开了点小小玩笑，使他们不能老是那样俨乎其然，那样严肃。送灶时的给灶王喂点关东糖，实在表现了整个民族的幽默感。

也许正是这点幽默感，使我们这个民族不至被信仰的铁板封死。

1990 年 12 月 8 日

录音压鸟

　　听到一种鸟声："光棍好苦。"奇怪！这一带都是楼房，怎么会飞来一只"光棍好苦"呢？鸟声使我想起南方的初夏、雨声、绿。"光棍好苦"也叫"割麦插禾""媳妇好苦"。这种鸟的学名是什么，我一直没有弄清楚，也许是"四声杜鹃"吧。接着又听见布谷鸟的声音："咕咕，咕咕。"唔？我明白了：这是谁家把这两种鸟的鸣声录了音，在屋里放着玩哩，——季节也不对，九十月不是"光棍好苦"和布谷叫的时候。听听鸟叫录音，也不错，不像摇滚乐那样吵人。不过他一天要放好多遍。一天下楼，又听见。我问邻居：

　　"这是谁家老放'光棍好苦'？"

　　"八层！养了一只画眉，'压'他那只鸟哪！"

　　过了几天，八层的录音又添了一段：母鸡下蛋：咯咯咯咯、咯咯咯咯、咯咯咯咯嗒……

　　又过了几天，又续了一段：咪噢，咪噢。小猫。

　　我于是肯定，邻居的话不错。

　　培训画眉学习鸣声，北京叫做"压"鸟。"压"亦写作"押"。

北京人养画眉，讲究有"口"。有的画眉能有十三或十四套口，即能学十三四种叫声。比较一般的是苇咋子（一种小水鸟）、山喜鹊（蓝灰色）、大喜鹊，还有"伏天儿"（蝉之一种），鸣声如"伏天伏天……"。有一天我和女儿在玉渊潭堤上散步，听见一只画眉学猫叫，学得真像，我女儿不禁笑出声来："这不是自己吓唬自己吗？"听说有一只画眉能学"麻雀争风"：两只麻雀，本来挺好，叫得很亲热；来了个第三者，跟母麻雀调情，公麻雀生气了，和第三者打了起来；结果是第三者胜利了，公麻雀被打得落荒而逃，母麻雀和第三者要好了，在一处叫得很亲热。一只画眉学三只鸟叫，还叫出了情节，我真有点不相信。可是养鸟的行家都说这是真事。听行家们说，压鸟得让画眉听真鸟，学山喜鹊就让它听山喜鹊，学苇咋子就听真苇咋子；其次，就是向别的有"口"的画眉学。北京养画眉的每天集中在一起，谓之"会鸟"，目的之一就是让画眉互相学习。靠听录音，是压不出来的！玉渊潭有一年飞来了一只"光棍好苦"，一只布谷，有一位，每天拿着录音机，追踪这两只鸟。我问养鸟的行家："他这是干什么？""想录下来，让画眉学，——瞎白！"

北京养画眉的大概有不少人想让画眉学会"光棍好苦"和布谷。不过成功的希望很少。我还没听到一只画眉有这一套"口"的。那位不辞辛苦跟踪录音的"主儿"也是不得已。"光棍好苦"和布谷北京极少来，来了，叫两天就飞走了。让画眉跟真的"光棍好苦"和布谷学，"没门儿！"

我们楼八层的小伙子（我无端地觉得这个养画眉的是个年轻人，一个生手）录的这四套"学习资料"，大概是跟别人转录来的。他看来急于求成，一天不知放多少遍录音。一天到晚，老听他的"光棍好苦""咕咕""咯咯咯咯嗒""喵呜"，不免有点叫人厌烦。好在，我有点幸灾乐祸地想，这套录音大概听不了几天了，他这只画眉是只"生鸟"，"压"不出来的。

我不反对画眉学别的鸟或别的什么东西的声音（有的画眉，能学旧日北京推水的独轮小车吱扭扭的声音；有一阵北京抓社会治安，不少画眉学会了警车的尖利的叫声，这种不上"谱"的叫声，谓之"脏口"，养画眉的会一把抓出来，把它摔死）。也许画眉天生就有学这些声音的习性。不过，我认为还是让画眉"自觉自愿"地学习，不要灌输，甚至强迫。我担心画眉忙着学这些声音，会把它自己本来的声音忘了。画眉本来的鸣声是很好听的。让画眉自由地唱它自己的歌吧！

1991 年 11 月 5 日

我的家乡

　　法国人安妮·居里安女士听说我要到波士顿。特意退了机票，推迟了行期，希望和我见一面。她翻译过我的几篇小说。我们谈了约一个小时，她问了我一些问题。其中一个是，为什么我的小说里总有水？即使没有写到水，也有水的感觉。这个问题我以前没有意识到过。是这样，这是很自然的。我的家乡是一个水乡，我是在水边长大的，耳目之所接，无非是水。水影响了我的性格，也影响了我的作品的风格。

　　我的家乡高邮在京杭大运河的下面。我小时候常到运河堤上去玩（我的家乡把运河堤叫"上河堆"或"上河埫"。"埫"字一般字典上没有，可能是家乡人造出来的字，音淌。"堆"当是"堤"的声转）。我读的小学的西面是一片菜园，穿过菜园就是河堤。我的大姑妈（我们那里对姑妈有个很奇怪的叫法，叫"摆摆"，别处我从未听过有此叫法）的家，出门西望，就看见爬上河堤的石级。这段河堤有石级，因为地名"御码头"，康熙或乾隆曾在此泊舟登岸（据说御码头夏天没有蚊子）。运河是一条"悬河"，河底比东堤下的地面高，据说河堤和城墙垛子一般高。站在河堤上，可以俯瞰堤下的街道房屋。我们几个同学，可以指认哪一处的屋顶是谁家的。城外的孩子放风筝，风筝在我们的脚下飘，城里人家养鸽子，鸽子飞起来，我们看到的是鸽子的背。几只野鸭子贴水飞向东，过了河堤，下面的人看见野鸭子飞得高高的。

我们看船。运河里有大船。上水的船多撑篙。弄船的脱光了上身，使劲把篙子梢头顶在肩窝处，在船侧窄窄的舷板上，从船头一步一步走向船尾。然后拖着篙子走回船头，欻一声把篙子投进水里，扎到船底，又顶篙子，一步一步走向船尾。如是往复不停。大船上用的船篙甚长而极粗，篙头如饭碗大，有锋利的铁尖。使篙的通常是两个人，船左右舷为一人；有时只有一个人，在一边。这条船的水程，实际上是他们用脚一步一步走出来的。这种船多是重载，船帮吃水甚低，几乎要浸到船板上来。这些撑篙男人都极精壮，浑身作古铜色。他们是不说话的，大都眉棱很高，眉毛很重。因为长年注视着滚动的水，故目光清明坚定。这些大船常有一个舵楼，住着船老板的家眷。船老板娘子大都很年轻，一边扳舵，一边敞开怀奶孩子，态度悠然。舵楼大都伸出一枝竹竿，晾晒着衣裤，风吹着拍拍作响。

看打鱼。在运河里打鱼的多用鱼鹰。一般都是两条船，一船 8 只鱼鹰，有时也会有 3 条、4 条，排成阵势。鱼鹰栖在木架上，精神抖擞，如同临战状态。打鱼人把篙子一挥，这些鱼鹰就劈劈啪啪，纷纷跃进水里。只见它们一个猛子扎下去，眨眼工夫，有的就叼一条鳜鱼上来，——鱼鹰似乎专逮鳜鱼。打鱼人解开鱼鹰脖子上的金属的箍——鱼鹰脖子上都有一道箍，否则它就会把逮到的鱼吞下去，把鳜鱼扔进船舱，奖给它一条小鱼，它就高高兴兴，心甘情愿地又跳进水里去了。有时两只鱼鹰合力抬起一条大鳜鱼上来，鳜鱼还在挣蹦，打鱼人已经一手捞住了。这条鳜鱼够 4 斤！这真是一个热闹场面。看打鱼的，鱼鹰，

325

都很兴奋激动，倒是打鱼人显得十分冷静，不动声色。

远远地听见砰砰砰砰的响声，那是在修船造船。砰砰的声音是斧头往船板里敲钉。船体是空的，故声音传得很远。待修的船翻扣过来，底朝上。这只船辛苦了很久，它累了，它正在休息。一只新船造好了，油了桐油，过两天就要下水了。看看崭新的船，叫人心里高兴，——生活是充满希望的。船场附近照例有打船钉的铁匠炉，叮叮当当。有碾石粉的碾子，石粉是填船缝用的。有卖牛杂碎的摊子。卖牛杂碎的是山东人。这种摊子上还卖锅盔（一种很厚很大的面饼）。

有时我们到西堤去玩。坐小船，两篙子就到了。西堤外就是高邮湖。我们那里的人都叫它西湖。湖很大，一眼望不到边。很奇怪，我竟没有在湖上坐过一次船。西湖还有一些村镇。我知道一个地名，菱塘桥，想必是个大镇子。我喜欢菱塘桥这个地名，这引起我的向往，但我不知道菱塘桥是什么样子。湖东有的村子，到夏天就把耕牛送到湖西去歇伏。我所住的东大街上，那几天就不断有成队的水牛在大街上慢慢地走过。牛过后，留下很大的一堆一堆牛屎。听说湖西凉快，而且湖西有茭草，牛吃了会消除劳乏，恢复健壮。我于是想象湖西是一片碧绿碧绿的茭草。

高邮湖中，曾有神珠。沈括《梦溪笔谈》载：

嘉祐中，扬州有一珠甚大，天晦多见，初出于天长县陂泽中，后转入甓射湖，又后乃在新开湖中，凡十余年，居民行人常常见之。余友人书斋在湖上，一夜忽见其珠甚近，初微开其房，光自吻中出，如横一金线，俄忽张壳，其大如半席，壳中白光如银，珠大如掌。灿烂不可正视，十余里间林木皆有影，如初日所照，远处但见天赤如野火，倏然远去，其行如飞，浮于波中，杳杳如月。古有明月之珠，此珠色不类月，荧荧有芒焰，殆类日光。崔伯易尝为《明珠赋》。伯易高邮人，盖常见之。近岁不复出，不知所往。樊良镇正当珠往来处，行人至此，往往维船数宵以待观，名其亭为"玩珠"。

这就是"秦邮八景"的第一景"甓射珠光"。沈括是很严肃的学者，所言凿凿，又生动细致，似乎不容怀疑。这是个什么东西呢？是一颗大珠子？嘉祐到现在也才 900 多年，已经不可究诘了。高邮湖亦称珠湖，以此。我小时学刻图章，第一块刻的就是"珠湖人"，是一块肉红色的长方形图章。

湖通常是平静的，透明的。这样一片大水，浩浩淼淼（湖上常常没有一艘船），让人觉得有些荒凉，有些寂寞，有些神秘。

黄昏了。湖上的蓝天渐渐变成浅黄、橘黄，又渐渐变成紫色，很深很浓的紫色。这种紫色使人深深感动。我永远忘不了这样的紫色的长天。

闻到一阵阵炊烟的香味。停泊在御码头一带的船上正在烧饭。

一个女人高亮而悠长的声音：

"二丫头……回来吃晚饭来……"

像我的老师沈从文常爱说的那样，这一切真是一个圣境。

高邮湖是悬湖。湖面，甚至有的地方的湖底，比运河东面的地面都高。

湖是悬湖，河是悬河，我的家乡随时都在大水的威胁之中。翻开县志，水灾接连不断。我所经历过的最大的一次水灾，是民国二十年。

这次水灾是全国性的。事前已经有了很多征兆。连降大雨，西湖水位增高，运河水平了漕，坐在河堤上可以"踢水洗脚"。有很多"瘆人"的不祥的现象。天王寺前，虾蟆爬在柳树顶上叫。老人们说：虾蟆在多高的地方叫，大水就会涨得多高。我们在家里的天井里躺在竹床上乘凉，忽然拨剌一声，从阴沟里蹦出一条大鱼！运河堤上，龙王庙里香烛昼夜不熄。七公殿也是这样。大风雨的黑夜里，人们说是看见"耿庙神灯"了。耿七公是有这个人的，生前为人治病施药，风雨之夜，他就在家门前高旗杆上挂起一串红灯，在黑暗的湖里打转的船，奋力向红灯划去，就能平安到岸。他死后，红灯还常在浓云密雨中出现，这就是"耿庙神灯"——"秦邮八景"中的一景。耿七公是渔民和船民的保护神，渔民称之为"七公老爷"。渔民每年要做会，谓之"七公会"。神灯是美丽的，但同时也给人一种神秘恐怖感。阴历七月，西风大作，店铺都预备了"高挑灯笼"——长竹柄，一头用火烧弯如钩状，上悬一个灯笼，轮流值夜巡堤。告警锣声不断。本来平静的水变得暴怒了。一个浪头翻上来，会把东堤石工的丈把长的青石掀起来。看来堤是保不住了。终于，我记得是七月十三（可能记错），倒了口子。我们那里把决堤叫"倒口子"。西堤四处，东堤六处。湖水涌入运河，运河水直灌堤东。顷刻之间，高邮成了泽国。

我们家住进了竺家巷一个茶馆的楼上（同时搬到茶馆楼上的还有几家），巷口外的东大街成了一条河，"河"里翻滚着箱箱柜柜，死猪死羊。"河"里行了船，会水的船家各处去救人（很多人家爬在屋顶上、树上）。

约一星期后，水退了。

水退了，很多人家的墙壁上留下了水印，高及屋檐。很奇怪，水印怎么擦洗也擦洗不掉。全县粮食几乎颗粒无收。我们这样的人家还不致挨饿，但是没有菜吃。老是吃慈菇汤，很难吃。比慈菇汤还要难吃的是芋头梗子做的汤，日本人爱喝芋梗汤，真不可理解。大水之后，百物皆一时生长不出，唯有慈菇芋头却是丰收！我在小学教务处的地上发现几个特大的蚂蟥，缩成一团，有拳头大，怎么踩也踩不破！

我小时候，从早到晚，一天没有看过河水的日子，几乎没有。我上小学，倘不走东大街而走后街，是沿河走的。上初中，如果不从城里走，走东门外，则是沿着护城河。出我家所在的巷口的南头，是越塘。出巷北，往东不远，就是大淖。我在小说《异秉》中所写的老朱，每天要到大淖去挑水，我就跟着他一起去玩。老朱真是个忠心耿耿的人，我很敬重他。他下水把水桶弄满（他两腿都是"筋疙瘩"——静脉曲张），我就拣选平薄的瓦片打水漂。我到一沟、二沟、三垛，都是坐船。到我的小说《受戒》所写的庵赵庄去，也是坐船。我第一次离家去外地读高中，也是坐船——轮船。

水乡极富水产。鱼之类，乡人所重者为鳊、白、鲦（鲦花鱼即鳜鱼）。虾有青白两种。青虾宜炒虾仁，呛虾（活虾酒醉生吃）则用白虾。小鱼小虾，比青菜便宜，是小户人家人佐餐的恩物。小鱼有名"罗汉狗子""猫杀子"者很好吃。高邮湖蟹甚佳，以作醉蟹，尤美。高邮的大麻鸭是名种。我们那里八月中秋兴吃鸭，馈送节礼必有公母鸭成对。大麻鸭很能生蛋。腌制后即为著名的"高邮咸蛋"。高邮鸭蛋双黄者甚多。江浙一带人见面问起我的籍贯，答云高邮，多肃然起敬，曰："你们那里出咸鸭蛋。"好像我们那里就只出咸鸭蛋！

我的家乡不只出咸鸭蛋。我们还出了秦少游，出了散曲作家王磐，出了经学大师王念孙、王引之父子。

县里名胜古迹最出名的是文游台。这是秦少游、苏东坡、孙莘老、王定国文酒游会之所。台基在东山（一座土山）上，登台四望，眼界空阔。我小时凭栏看西面运河的船帆露着半截，在密密的杨柳梢头后面缓缓移动，觉得非常美。有一座镇国寺塔，是个唐塔，方形。这座塔原在陆上，运河拓宽后，为了保存这座塔，留下塔的周围的土地，成了运河当中

329

的一个小岛。镇国寺我小时还去玩过,是个不大的寺。寺门外有一堵紫色的石制照壁,这堵照壁向前倾斜,却不倒。照壁上刻着海水,故名"海水照壁"。寺内还有一尊肉身菩萨的坐像,是一个和尚坐化后漆成的,寺不知毁于何时。另外还有一座净土寺塔,明代修建。我们小时候记不住什么镇国寺、净土寺,因其一在西门,名之为"西门宝塔";一在东门,便叫它"东门宝塔"。老百姓都是这么叫的。

全国以邮字为地名的,应只高邮一县。为什么叫高邮?因为秦始皇曾在高处建邮亭。高邮是秦王子婴的封地,至今还有一条河叫子婴河,旧有子婴庙,今不存。高邮为秦代始建,故亦名秦邮,外地人或以为这跟秦少游有什么关系,没有。

我的母亲

我父亲结过三次婚。

我的生母姓杨。我不知道她的学名。杨家不论男女都是排行的，我母亲那一辈"遵"字排行，我母亲应该叫杨遵什么。前年我写信问我的姐姐，我们的母亲叫什么。姐姐回信说：叫"强四"。我觉得很奇怪，怎样叫这么个名字呢？是小名么？也不大像。我知道我母亲不是行四。一个人怎么会连自己母亲的名字都不知道呢！因为我母亲活着的时候我太小了。

我三岁的时候，母亲就故去了。我对她一点印象都没有。她得的是肺病，病后即移住在一个叫"小房"的房间里，她也不让人把我抱去看她。我只记得我父亲用一个煤油箱做了一个炉子，这炉子是他自制的，煤油箱横放着，有两个火口，可以同时为母亲熬粥、熬参汤、燕窝。另外还记得我父亲雇了一只船陪她到淮城去就医，小船中途停泊时，父亲在船头钓鱼，还记得船舱里挂了好多大头菜。我一直记得大头菜的气味。

我只能从母亲的画像看看她。据我的大姑妈说，这张像画得很像。

画像上的母亲很瘦，眉尖微蹙。样子和我的姐姐很似。

我母亲是读过书的。她病倒之前每天还写一张大字。我曾在我父亲的画室里找出一摞母亲写的大字，字写得很清秀。

前年我回家乡，见着一个老邻居，她记得我母亲。看见过我母亲在花园里看花。——这家邻居和我们家的花园只隔一堵短墙。我母亲叫她"小新娘子"。"小新娘子，过来过来，给你一朵花戴。"我于是好像看见母亲在花园里看花，并且觉得她对邻居很和善。这位"小新娘子"已经是八十多岁的老太太了！

我还记得我母亲爱吃京冬菜。这东西我们家乡是买不到的。是托做京官的亲戚带回来的，装在陶制的罐子里。

我母亲死后，她养病的那间"小房"锁了起来，里面堆放着她生前用的东西，全部嫁妆，——"摞橱"、皮箱和铜火盆、朱漆的火盆架子……我的继母有时开锁进去，取一两样东西，我跟着进去看过。"小房"外面有一个小天井。靠南墙有一个秋叶形的小花台。花台上开了一些秋海棠。这些海棠自开自落，没人管它。花很伶仃，但是颜色很红。

我的第一个继母娘家姓张。他们家原来在张家庄住，是个乡下财主。后来在城里盖了房子，才搬进城来，房子是全新的，新砖，新瓦，油漆的颜色也都很新。没有什么花木，却有一片很大的桑园。我小时就觉得奇怪，又不养蚕，种那么多桑树做什么？桑树都长得很好，干粗叶大，是湖桑。

我的继母幼年丧母，她是跟姑妈长大的。姑妈家姓吴，继母的姑妈年轻守寡。她住的房子二梁上挂着一块匾，朱地金字："松贞柏节"，下款是"大总统题"。这大总统不知是谁，是袁世凯，还是黎元洪？吴家家境不富裕，住的房子是张家的三间偏房。老姑奶奶有两个儿子，一个叫大和子，一个叫小和子。两个儿子都没上学校，念了几年私塾，专学珠算。同年龄的少年学"鸡兔同笼",他们却每天打"归除""斤求两,两求斤"。他们是准备到钱庄去学生意的。

我的继母归宁,也到她的继母屋里坐坐,但大部分时间都在这三间偏房里和姑妈在一起。我父亲到老丈人那边应酬应酬,说些淡话,也都在"这边"陪姑妈闲聊。直到"那边"来请坐席了,才过去。

继母身体不好。她婚前咳嗽得很厉害,和我父亲拜堂时是服用了一种进口的杏仁露强压住的。

她是长女,但是我的外公显然并不钟爱她。她的陪嫁妆奁是不多的,她有时准备出门做客,才戴一点首饰。比较好的首饰是一副翡翠耳环。有一次,她要带我们到外公家拜年,她打扮了一下,换了一件灰鼠的皮袄。我觉得她一定会冷。这样的天气,穿一件灰鼠皮袄怎么行呢?然而她只有一件皮袄。我忽然对我的继母产生一种说不出来的感情。我可怜她,也爱她。

后娘不好当。我的继母进门就遇到一个局面,"前房"(我的生母)留下三个孩子,我姐姐,我,还有一个妹妹。这对于"后娘"当然会是沉重的负担。上有婆婆,中有大姑子、小姑子,还有一些亲戚邻居,他们都拿眼睛看着,拿耳朵听着。

也许我和娘(我们都叫继母为娘)有缘,娘很喜欢我。

她每次回娘家,都是吃了晚饭才回来。张家总是叫了两辆黄包车,姐姐和妹妹坐一辆,娘搂着我坐一辆。张家有个规矩(这规矩是很多人家都有的),姑娘回自己婆家,要给孩子手里拿两根点着了的安息香。我于是拿着两根安息香,偎在娘怀里。黄包车慢慢地走着,两旁人家、店铺的影子向后移动着,我有点迷糊。闻着安息香的香味,我觉得很幸福。

小学一年级时,冬天,有一天放学回家,我大便急了,憋不住,拉在裤子里了(我记得我拉的屎是热腾腾的)。我兜着一裤兜屎,一扭一扭地回了家。我的继母一闻，二话没说，赶紧烧水，给我洗了屁股。她把我擦干净了，让我围着棉被坐着。接着就给我洗衬裤，刷棉裤。她不但没有说我一句，连眉头都没有皱一下。

我妹妹长了头虱，娘煎了草药给她洗头，用篦子给她篦头发。

张氏娘认识字，念过《女儿经》。《女儿经》有几个版本，她念过的那本，她从娘家带了过来，我看过。里面有这样的句子："张家长，李家短，别人的事情我不管。"她就是按照这一类道德规范做人的。她有时念经：《金刚经》《心经》《高王经》。她是为她的姑妈念的。

她做的饭菜有些是乡下做法，比如番瓜（南瓜）熬面疙瘩，煮百合先用油炒一下。我觉得这样的吃法很怪。

她死于肺病。

我的第二个继母姓任。任家是邵伯大地主，庄园有几座大门，庄园外有壕沟吊桥。

我父亲是到邵伯结的婚。那年我已经17岁，读高二了。父亲写信给我和姐姐，叫我们去参加他的婚礼。任家派一个长工推了一辆独轮车到邵伯码头来接我们。我和姐姐一人坐一边。我第一次坐这种独轮车，觉得很有趣。

我已经很大了，任氏娘对我们很客气，称呼我是"大少爷"。我19岁离开家乡到昆明读大学。1986年回乡，这时娘才改口叫我"曾祺"。——我这时已经66岁，也不是什么"少爷"了。

我对任氏娘很尊敬，因为她伴随我的父亲度过了漫长的很艰苦的沧桑岁月。

她今年86岁。

1992年7月11日

大莲姐姐

　　大莲姐姐可以说是我的保姆。她是我母亲从娘家带过来的。她在杨家伺候大小姐——我母亲，到了我们家"带"我。我们那里把女用人都叫做"莲子"，"大莲子""小莲子"。伺候我的二伯母的女用人，有一个奇怪称呼，叫"高脚牌大莲子"。不知道怎么会这样称呼，可能是她的脚背特别高。全家都叫我的保姆为"大莲子"，只有我叫她"大莲姐姐"。

　　我小时候是个"惯宝宝"。怕我长不大，于是认了好几个干妈，在和尚庙、道士观里都记了名，我的法名叫"海螯"。我还记得在我父亲的卧室的一壁墙上贴着一张八寸高五寸宽的梅红纸，当中一行字"三宝弟子求取法名海螯"，两边各有一个字，一边是"皈"，一边是"依"。我大概是从这张记名红纸上才认得这个"皈"字的。因为是"惯宝宝"，才有一个保姆专门"看"我。大莲姐姐对我的姐姐和妹妹是不大管的，就管照看我一个人。

　　大莲姐姐对我母亲很有感情，对我的继母就有一种敌意。继母还没有过门，嫁妆先发了过来，新房布置好了。她拍拍一张小八仙桌，对我的姐姐说："这是红木的，不是海梅的！""海梅"别处不知叫什么，在我们那里是最贵重的木料。我母亲的嫁妆就是海梅的。她还教我们唱：

小白菜呀，

地里黄呀……

我虽然很小，也觉得这不好。

大莲姐姐对我是很好。我小时不好好吃饭，老是围着桌子转，她就围着桌子追着喂我。不知要转多少圈，才能把半碗饭喂完。

晚上，她带着我睡。

我得了小肠疝气，有时发作，就在床上叫："大莲姐姐，我疼。"她就熬了草药，倒在一个痰盂里，抱我坐在上面熏。熏一会儿，坠下来的小肠就能收缩回去。她不知从哪里学到一些偏方，都试过。煮了胡萝卜，让我吃。我天天吃胡萝卜，弄得我到现在还不喜欢胡萝卜的味儿。把鸡蛋打匀了，用一个秤锤烧红了，放在鸡蛋里，嗤啦一声，鸡蛋熟了。不放盐，吃下去。真不好吃！

我上小学后，大莲姐姐辞了事，离开我们家。她好像在别的人家做了几年。后来，就不帮人了，住在臭河边一个白衣庵里。她信佛，听我姐姐说，她受过戒。并未剃去头发，只在头顶上剃了一块，烧的戒疤也少，头发长长了，拢上去，看不出来。她成了个"道婆子"。我们那里有不少这种道婆子。她们每逢哪个庙的香期，就去"坐经"，——席地坐着，一坐一天。不管什么庙，是庙就"坐"。东岳庙、城隍庙，本来都是道士住持，她们不管，一屁股坐下就念"南无阿弥陀佛"。我放学回家，路过白衣庵，她有时看着我走过，有时也叫我到她那里去玩。白衣庵实在没有什么好"玩"的。这是一个小庵，殿上塑着一尊白衣观音。天井东西各有一间小屋，大莲姐姐住东屋，西屋住的也是一个"带发修行"的道婆子。

她后来又和同善社、"理教劝戒烟酒会"的一些人混在一起。我们那里没有一贯道。如果有，她一定也会入一贯道的。她是什么都信的。

1992 年 7 月 12 日

我的小学

　　我读的小学是县立第五小学，简称五小。在城北承天寺的旁边，五小有一支校歌。我在小说《徙》的开头提到这支校歌。歌词如下：

西挹神山爽气，

东来邻寺疏钟，

看吾校巍巍峻宇，

连云栉比列其中。

半城半郭尘嚣远，

无女无男教育同。

桃红李白，芬芳馥郁，

一堂济济坐春风。

愿少年，乘风破浪，

他日毋忘化雨功。

　　"神山爽气"是秦邮八景之一。"神山"即"神居山"，在高邮湖西，我没有去过，"爽气"也不知道是一种什么样子的气。"东来邻寺疏钟"的"邻寺"即承天寺。这倒是每天必须经过的。这是一座古寺，张士诚就是在承天寺称王的。张士诚攻下高邮在至正十三年（公元1353年），称王在次年。那时就有这座寺了。以后也没听说重修过（我没见过重修碑记）。这也就是一个一般的寺庙。一个大雄宝殿，三世佛；殿后是站在鳌鱼头上的南海观音；西侧是罗汉堂，罗汉堂有一口大钟，我写的《幽冥钟》就是写的这口钟；东边是僧众的宿舍和膳堂，廊子上挂了一条很大的木头鱼，画出蓝色的鱼鳞。一口像倒挂的如意云头的铁磬，木鱼、铁磬从来没听见敲响过。寺古房旧僧白头，佛像髹漆都暗淡了。看不出一点张士诚即位称王的痕迹。他在什么地方坐朝的呢？总不能在大雄宝殿上，也不会在罗汉堂里。

学校的对面，也就是承天寺的对面，是"天地坛"。原来大概是祭天地的地方，但我从小就没有见过祭过天地。这是一片很大的空地，安下一个足球场还有富余。天地坛四边有砖砌的围墙，但是除了五小的学生来踢球、跑步，可以说是毫无用处。坛的里面长满了荒草，草丛中有枸杞，秋天结了很多红果子，我们叫它"狗奶子"。

"巍巍峻宇"，"连云栉比"，实在过于夸张了。一个只有六个班的小学，怎么能有这样高大、这样多的房子呢！

学校门外的地势比校内高，进大门，要下一个慢坡，慢坡是"站砖"铺的。不是笔直的，而是有点弯。不知道为什么，我们对这道弯弯的慢坡很有感情。如果它是笔直的，就没有意思了。

慢坡的东端是门房，同时也是斋夫（校工）詹大胖子的宿舍。詹大胖子墙上挂着一架时钟，桌上有一把铜铃，一个玻璃匣子放着花生糖、芝麻糖，是卖给学生吃的。学校不许他卖，他还是偷偷地卖。

詹大胖子的房子的对面，隔着慢坡，是大礼堂。大礼堂的用处是做"纪念周"，开"同乐会"。平常日子，是音乐教室，唱歌。

大礼堂的北面是校园，校园里花木不多，比较突出的是一架很大的"十姊妹"。我对这个校园留下很深的印象是：有一年我们县境闹蝗虫，蝗虫一过，遮天蔽日，学校里遍地都是蝗虫，我们见蝗虫就捉，到校园里用两块砖头当磨子，把蝗虫磨得稀烂。蝗虫太可恶了！

校园之北，是教务处。一个很大的房间，两边靠墙摆了几张三屉桌，供教员备课，批改学生作业。当中有一张相当大的会议桌。这张会议桌平常不开会，有一个名叫夏普天的教员在桌上画炭画像。这夏普天（不知道为什么，学生背后都不称他为"夏先生"，还称之为"夏普天"，有轻视之意）在教员中有其特别处。一是他穿西服（小学教员穿西服者甚少）；二是他在教小学之外还有一个副业：画像。用一个刻有方格的有四只脚的放大镜，放在一张照片上，在大张的画纸上画了经纬方格，看着放大镜，勾出铅笔细线条，然后用剪秃了的羊毫笔，蘸炭粉，涂出深浅浓淡。说是"涂"不大准确，应该说是"蹭"。我在小学时就知道这不叫艺术，但是有人家请他画，给钱。夏普天的画像真正只是谋生之术。夏家原是大族，后来败落了，夏普天画像，实非得已。过了好多年，我才知道夏普天是我们县的最早的共产党员之一！夏普天给我的印象是：一个非常聪明的人。

教务处的北面是幼稚园。现在一般都叫幼儿园，我入园时叫幼稚园。五小设幼稚园是创举。这个幼稚园是全县第一个幼稚园。

幼稚园的房子是新盖的。一切都是新的。新砖，新瓦，新门，新窗。这座房子有点特别，是六角形的。进门，是一个宽敞明亮的大厅。铺着漆成枣红色的地板，用白漆画出一个很大的圆圈。这圆圈是为了让"小朋友"沿着唱歌跳舞而画出的。"小朋友"每天除了吃点心，大部分时间是唱歌跳舞。规定：上幼稚园的"小朋友"的家里都要预备一双"软底鞋"，——普通布鞋，但是鞋底是几层布"纳"出来的软底。

幼稚园的老师是王文英，她是我们县里头一个从"幼稚师范"毕业的专业老师。整个幼稚园只有一个老师，教唱歌、跳舞都是她。我在幼儿园学过很多歌，有一些是"表演唱"。我至今记得的是《小羊儿乖乖》，母亲出去了，狼来了：

狼：小羊儿乖乖，

　　把门儿开开，

　　快点儿开开，

　　我要进来。

小羊：不开不开不能开，

　　　母亲不回来，

　　　谁也不能开。

狼：小兔子乖乖，

　　把门儿开开，

　　快点儿开开，

　　我要进来。

小兔：不开不开不能开，

　　　母亲不回来，

　　　谁也不能开。

狼：小螃蟹乖乖，

　　把门儿开开，

　　快点儿开开，

　　我要进来。

螃蟹：就开就开我就开——（开门）

狼：啊呜！（把小螃蟹吃了）

小羊、小兔：

可怜小螃蟹，

从此不回来。

另外还有：

拉锯，送锯，

你来，我去。

拉一把，推一把，

哗啦哗啦起风啦。

小小狗，快快走；

小小猫，快快跑！

（王老师除了教唱，领着小朋友唱，还用一架风琴伴奏。）

幼稚园门外是一个游戏场，有一个沙坑，一架秋千，还有一个"巨人布"。一根粗大柱，半截埋在土里，柱顶有一个火炬形的顶子，顶与柱之间是铁的轴棍，柱顶牵出八条粗麻绳，小朋友们攥住一根麻绳，连跑几步，拳起腿一悠，柱顶即转动，小朋友能悠好多圈。我到现在还不知道这个游戏器械为什么叫"巨人布"。也许应该写成"巨人步"。这种游戏大概是从外国传进来的。

在全班小朋友中我是最受王老师宠爱的。我们那一班临毕业前曾在游戏场上照了一张合影。我骑在一头木马上。这是我第一次留了一回马上英姿（另外还有一个同学骑在一个灰色的木鸭子上，其他小朋友都蹲着，坐着）。

我离开五小后很少和王老师见面。我 19 岁离开家乡，和王老师不通音讯，她和我的初中国文老师张道仁先生结了婚，我也不知道。

1986 年我回了一次故乡，带了两盒北京的果脯，去看张老师和王老师。我给张老师和王老师都写了一张字。给王老师写的是一首不文不白的韵文：

"小羊儿乖乖，

把门儿开开"，

歌声犹在，耳畔徘徊。

念平生美育，

从此培栽。

我今亦老矣，

白髭盈腮。

但师恩母爱，

岂能忘怀。

愿吾师康健，

长寿无灾。

这首"诗"使王老师哭了一个晚上。她对张先生说："我教了那么多学生，还没有一个来看看我的。"张先生非常感慨地再三说："师恩母爱！师恩母爱！……"他说王老师告诉他，我上幼稚园的时候还戴着我妈妈的孝。王老师不说，我还真不记得。

教务处和幼稚园的东面，是一、二、三、四年级教室。两排。两排教室之前是一片空地。空地的路边有几棵很大的梧桐。到了秋

343

天，落了一地很大的梧桐叶。我很小的时候就知道"一叶落而天下惊秋"，而且不胜感慨。我们捡梧桐子。梧桐子炒熟了，是可以吃的，很香。

往后走，是五年级、六年级教室。这是另外一个区域，不仅因为隔着一个院子，有几棵桂花，而且因为五、六年级是高年级（一、二年级是初年级，三、四年级是中年级），到了这里俨然是"大人"了，不再是毛孩子了。

五年级教室在西边的平地上。教室外面是一口塘。塘里有鱼。常常看到有打鱼的来摸鱼，有时摸上很大的一条。从五年级的北窗伸出钓竿，就可以钓鱼。我有一次在窗里看着一条大黑鱼咬了钩，心里怦怦跳。不料这条大黑鱼使劲一挣，把钩线挣断了，它就带着很长的一截钩线游走了！

六年级教室在一座楼上。这楼是承天寺的旧物，年久失修，真是一座"危楼"，在楼上用力蹦跳，楼板都会颤动。然而它竟也不倒。

我小时候，有一次回乡，遇到一个小学同班姓许的同学（他现在是有名的中医），说我每年都是全班第一。他大概记得不准，我从三年级后算术就不好。语文（初中年级叫"国语"，高年级叫"国文"）倒是总是考第一的。

我觉得那时的语文课本有些篇是选得很好的。一年级开头虽然是"大狗跳，小狗叫"，后面却有《咏雪》这样的诗：

一片一片又一片，

两片三片四五片。

七片八片九十片，

飞入芦花都不见。

我学这一课时才虚岁 7 岁，可是已经能够感受到"飞入芦花都不见"的美。我现在写散文、小说所用的方法，也许是从"飞入芦花都不见"悟出的。

二年级课文中有两则谜语，其中一则是：

远观山有色，
近听水无声。
春去花还在，
人来鸟不惊。

谜底是：画。这对培养儿童的想象力是有好处的。

我希望教育学家能搜集各个时期的课本，研究研究，吸取有益的部分，用之今日。

教三、四年级语文的老师是周席儒。我记不得他教的课文了，但一直觉得他真是一个纯然儒者。他总是坐在三年级和四年级教室之间的一间小屋的桌上批改学生的作文，"判"大字。他判字极认真，不只是在字上用红笔画圈，遇有笔画不正处，都用红笔矫正。有"间架"不平衡的字，则于字旁另书此字示范。我是认真看周先生判的字而有所领会的。我的毛笔字稍具功力，是周先生砸下的基础。周先生非常喜欢我。

教五年级国文的是高北溟先生。关于高先生，我写过一篇小说《徙》。小说，自然有很多地方是虚构，但对高先生的为人治学没有歪曲。关于高先生，我在下一篇《初中》中大概还会提到，此处从略。

教六年级国文的是张敬斋，张先生据说很有学问，但是他的出名却是因为老婆长得漂亮，外号"黑牡丹"。他教我们《老残游记》，讲得有声有色。我留下印象最深的是大明湖上的对联："四面荷花三面柳，一城山色半城湖"，这使我对济南非常向往。但是他讲"黑妞白妞说书"，文章里提到一个湖南口音的人发了一通议论，张先生也就此发了一通议论，说：为什么要写说"湖南口音"呢？因为湖南人爱说话，又很蛮，俗说是"湖南骡子"。这实在是没有根据。我长大后到过湖南，从未听湖南人说自己是"骡子"。外省人也不叫湖南人是"湖南骡子"。不像外省人说湖北人是"九头鸟"，湖北人自己也承认。也许张先生的话有证可查，但我小时候就觉得他是胡说。不知道为什么，我对张先生的"歪批"总也忘不了。

我在五小颇有才名，是因为我的画画得不错。教我们图画的老师姓王，因为他有一个口头语："譬如"，学生就给他起了个外号："王譬如"。王先生有时带我们出校"野外写生"，那是最叫人高兴的事。常去的地方是运河堤，因为离学校很近。画得最多的是堤上的柳树，用的是 6 个 B 的铅笔。

1991 年 10 月，我回高邮，见到同班同学许医生，他说我曾经送过他一张画：要用大拇指蘸墨，在纸上一按，加几笔犄角、四蹄、尾巴，就成了一头牛。大拇指有胴纹，印在纸上有牛毛效果。我三年级时是画过好些这种牛。后来就没有再画。

我对五小很有感情。每天上学、暑假、寒假还会想起到五小看看。夏天，到处长了很高的草。有一年寒假，大雪之后，我到学校去。大门没有锁，轻轻一推就开了。没有一个人，连詹大胖子也不在。一片白雪，万籁俱静。我一个人踏雪走了一会儿，心里很感伤。

我 19 岁离乡，66 岁回故乡住了几天。我去看看我的母校：什么也没有了。承天寺、天地坛，都没有了。五小当然没有了。

这是我的小学，我亲爱的，亲爱的小学！

愿少年，乘风破浪，
他日毋忘化雨功！

1992 年 8 月 6 日

我的初中

　　初中全名是高邮县立初级中学，是全县的最高学府。我们县过去连一所高中都没有。

　　地点在东门。原址是一个道观，名曰"赞化宫"。我上初中时，二门楣上还保留着"赞化宫"的砖额，字是《曹全碑》体隶书，写得不错，所以我才记得。

　　赞化宫的遗物只有：一个白石砌的圆形的放生池，池上有石桥。平日池干见底，连日大雨之后有水。东北角有一座小楼，原是供奉吕祖的。年久失修，岌岌可危。吕祖楼的对面有一土阜。阜上有亭，倒还结实。亭子的墙壁外面涂成红色。我们就叫它"小亭子"。亭之三面有圆形的窗洞。拳起两脚，坐在窗洞里，可以俯看墙外的土路。小亭之后长了相当大一丛紫竹，紫竹皮色深紫，极少见。我们县里好像只有这一丛紫竹。不知是何年、何人所种。小亭子左边有一棵楮树，我们那里叫"壳树"。楮树皮可造纸，但我们那里只是采其大叶以洗碗，因为楮叶有细毛，能去油腻。还有一棵很奇怪的树，叫"五谷树"，一棵结五种形状不同的小果子，我的家乡从哪一种果子结得多少，以占今年宜豆宜麦。

　　初中的主要房屋是新建的。靠南墙是三间教室，依次为初一、初二、初三。对面是教导处和教员休息室。初三教室之东，有一个圆门，门外有一座楼，两层。楼上是图书馆，主要藏书是几橱万有文库。楼下是"住读生"的宿舍。初中学生大部分是"走读"，有从四乡村镇来的学生，城区无亲友家可寄住，就住在学校里，谓之"住读"。

　　初中的主课是"英（文）、国（文）、算（数学）"。学期终了结算学生的总平均分数，也只计算这三门。

　　初一、初二的英文没有学到什么东西，因为教员不好。初三却有一门奇怪的课："英文三民主义"。不知道这是国民党的统一规定，还是我们学校里特别设置的。教这一课的是校长耿同霖。耿同霖解放后被枪毙了，不知道他有什么罪恶，但他在当我们的校长时看不出有多坏。他有一个习惯，讲话或上课时爱用两手抹煞前胸。他老是穿一件墨绿色的毛料的夹袍。在我的想象里，他被枪毙时也是穿的这件夹袍。

　　初一、初二国文是高北溟先生教的。他的教学法大体如我在小说《徙》中所写的那样。有些细节是虚构的，如小说中写高先生编过一本《字形音义辨》，实际上他没有编过这样一本书，他只是让学生每周抄写一篇《字辨》上的字。但他编过一些字形的歌诀，如："戍横、戌点、戊中空"。"国学常识"课是编过一本讲义的，学生要背："三坟五典八索九丘"，"乾三连、坤六断、震仰盂、艮覆碗"……他讲书前都要朗读一遍。有时从高先生朗读的顿挫中就能体会到文义。"小子识之：苛政猛于虎也！""永州之野产异蛇，黑质而白章……"他讲书，话不多，简明扼要。如讲《训俭示康》："……'厅事前不容旋马'，闭目一想，就知道房屋有多狭小了。"这使我受到很大启发，对写小说有好处。小说的描叙要使读者有具体的印象。如果记录厅事的尺寸，即无意义。高先生教书很严，学生背不出书来，是要打手心的。我的堂弟汪曾炜挨过多次打。因为他小时极其顽皮，不用功。曾炜后来发愤读书，现在是著名的心脏外科专家了。我的同班同学刘子平后来在高邮中学教书，和高先生是同事了，曾问过高先生："你从前为什么对我们那么严？"高先生叹了一口气，说："我现在想想，真也不必。"小说《徙》中写高先生在初中未能受聘，又回小学去教书了，是为了渲染高先生悲怆遭遇而虚构的，事实上高先生一直在高邮中学任教，直至寿终。

教初三国文的是张道仁先生。他是比较有系统地把新文学传到高邮来的。他是上海大夏大学毕业的。我在写给张先生的诗中有两句："汲源来大夏，播火到小城。"1986年，我和张先生提起，他说他主要根据的是孙俍工的一本书。

教初二代数的是王仁伟先生。王先生少孤。他的父亲曾游食四方。王先生曾拿了一册他的父亲所画的册页，让我交给我父亲题字。我看了这套册页，都是记游之作。其中有驴、骡、骆驼，大概是在北方的时候多。王先生学历不高，没有上过大学。他的家境不宽裕，白天在学校上课，晚上还要在家里为十多个学生补习，够辛苦的。也许因此他的脾气不好，多疑而易怒，见人总是冷着脸子。我的代数不好，但王先生却很喜欢我。我有一次病了几天，他问我的堂哥汪曾浚（他和我同班）："汪曾祺的病怎么样？"我那堂哥回答："他死不了。"王先生大怒，说："你死了我也不问！"

教初三几何的是顾调笙先生。他同时是教导主任。他是中央大学毕业的，中央大学是名牌国立大学，因此他看不起私立大学毕业的教员，称这种大学为"野鸡大学"，有时在课堂公开予以讥刺。他对我的几何加意辅导。因为他一心想培养我将来进中央大学，学建筑，将来当建筑师。学建筑同时要具备两种条件，一是要能画画，一是要数学好，特别是几何。我画画没有问题，数学——几何却不行。他在我身上花了很多功夫，没有效果，叹了一口气说："你的几何是桐城派几何！"桐城派文章简练，而几何是要一步步论证的，我那种跳跃式的演算，不行！顾先生走路总是反抄着两手，因为他有点驼背，想用这种姿势纠正过来。他这种姿势显得人更为自负。

教美术的是张杰夫先生。"夫"字的行草似"大人"两个字合在一起，学生背后便称之为"杰大人"。他不是当地人，是盐城人，上海艺专毕业。他画水彩，也画国画。每天写大字一张，临《礼器碑》。《礼器碑》用笔结体都比较奇峭，高邮人不欣赏。他的业绩是开辟了一个图画教室，就在吕祖楼东边的一排闲房里，订制了画架、画板（是银杏木的）。我们这才知道画西洋画是要把纸钉在画板上斜立在画架上画的。二年级以后，画水彩画，我开始知道分层布色，知道什么叫"笔触"。我们画的次数最多的是鱼，两条鱼，放在瓷盘里。我们最有兴趣的是倒石膏模子。张先生性格有点孤僻，和本地籍的同事很少来往。算是知交的，只有一个常州籍教地理的史先生。史先生教了一学年，离开了。张先生写了一首诗送他："侬今送君人笑痴，他日送侬知是谁？"这是活剥《葬花词》，但是当时我们觉得写得很好，很贴切。大概当时的教员都有一点无端端的感伤主义。

教音乐的也是一位姓张的先生，他的特别处是发给学生的乐谱不是简谱，是线谱；教了一些外国歌。我学会《伏尔加船夫曲》就是在那时候。张先生郁郁不得志，他学历不高，薪水也低。

东门外是刑场。出东门，有一道铁板桥，脚踏在上面，咚咚地响。桥下是水闸，闸上闸下落差很大，水声震耳，如同瀑布。这道桥叫做"掉魂桥"，说是犯人到了桥上，魂就掉了。过去刑人是杀头的。东门外南北大路边有四五个圆的浅坑，就是杀人的遗迹。据说，犯人跪在坑里，由刽子手从后面横切一刀，人头就落地了。后来都改成枪毙了，我们那里叫做"铳人"。在教室里上着课，听到凄厉的拉长音的号声，就知道：铳人了。一下课，我们就去看。犯人的尸首已经装在一具薄皮棺材里，抬到城墙外面的荒地里，地下一摊泛出蓝光的血。

东门之东，过一小石桥，有几间瓦房。原来大概是一个什么祠，后来成了耕种学田的农民的住家。瓦房外是打谷场。有一棵大桑树。桑树下卧着一头牛。不知道为什么，我一想起桑树和牛，就很感动。大概是因为看得太熟了。

城墙下是护城河，就是流往掉魂桥的河。沿河种了一排很大的柳树。柳树远看如烟，有风则起伏如浪。我第一次体会到什么是"烟柳""柳浪"，感受到中国语言之美。可以这样说：这排柳树教会我怎样使用语言。

往南走，是东门宝塔。

除了到打谷场上看看，沿护城河走走，我们课余的活动主要有：爬城墙、跳河。

操场东面，隔一道小河，即是城墙，城墙外壁是砖砌的，内壁不封砖，只是夯土。内壁有一点坡度，但还是很陡。我们几乎每天搞一次登山运动。上了陡坡，手扶垛口，心旷神怡。然后由陡坡飞奔而下。这可是相当危险的，无法减速，下到平地，收不住脚，就会一直蹿到河里去。

操场北向，沿东城根到北城根，虽在城里，却很荒凉。人家不多，很分散。有一些农田，东一块，西一块，大大小小，很不规整。种的多是杂粮，豆子、油菜、大麦……地大概是无主的地，种地的也不正经地种，荒秽不治，靠天收。地块之间，芦荻过人。我曾经在一片开着金黄的菊形的繁花的蒿蒿上面（蒿蒿开花时高六尺半）看到成千上万的粉蝶，上下翻飞，真是叫人眼花缭乱。看到这种超常景象，叫人想狂叫。

这里有很多野蔷薇，一丛一丛，开得非常旺盛。野蔷薇是单瓣的，不耐细看，好处在多，而且，甜香扑鼻。我自离初中后，再也没有看到这样多的野蔷薇。

稍远处有一片杂木林。我有一次在林子里看到一个猎人。我从来没有看到过猎人。我们那里打鱼的很多，打猎的几乎没有。这个猎人黑瘦黑瘦的，眼睛很黑。他穿了一身黑的衣裤，小腿上缠了通红的绑腿。这个猎人给我一种非常猛厉的印象。他在追逐一只斑鸠。斑鸠已经发觉，它在逃避。斑鸠在南边的树头枝叶密处，猎人从北往南走。他走得从容不迫，一步，一步。快到树林南边，斑鸠一翅飞到北边树上，猎人又由南往北走，一步，一步。这是一种无声的紧张，持续的意志的角逐。我很奇怪，斑鸠为什么不飞出树林。这样往复多次，斑鸠慌神了，它飞得不稳了。一声枪响，斑鸠落地，猎人拾起斑鸠，放进猎袋，走了。他的大红的绑腿鲜明如火。我觉得斑鸠和猎人都很美。

这一片荒野上有一些纵横交错的小河。我们几乎每天来比赛"跳河"。起跑一段，纵身一跳，跳到对岸。河阔丈许，跳不好就会掉在河里。但我的记忆中似没有一人惨遭灭顶。跳河有大王，大王名叫孙普，外号黑皮。他是多宽的河也敢跳的。

赞化宫之外，有一处房屋也是归初中使用的：孔庙。孔庙离赞化宫很近，往西走三分钟即到。孔庙大门前有一个半圆形的"泮池"，常年有水，池上围以石栏。泮池南面是一片大坪场，整整齐齐地栽了很多松树，都已经很大了。孔庙的主体建筑是"明伦堂"，原是祭孔的地方，后来成了初中的大礼堂。至圣先师的牌位被请到原来住"训导""教谕"的厢房里去了，原来供牌位的地方挂了孙中山。明伦堂的东西两壁挂了十六条彩印的条幅，都是历史民族英雄，有苏武牧羊、闻鸡起舞、班超投笔、木兰从军……其余的，记不得了。为什么要挂这样的画？这时九一八事变已经发生，全国上下抗战救国情绪高涨。我们的国文、历史课都增加培养民族意识的内容，作文也多出这方面的题目。有一次高北溟先生出了一道作文题："救国策"，我那堂哥汪曾浚劈头写道："国将亡，必欲求，此不易之理也。"他的名句我一直记得。他大概读了一些《东莱博议》之类的书，学会了这种调调。这有点可笑，一个初中学生能拿出什么救国之策呢？但是大敌当前，全民奋起，精神可贵。我到现在还觉得应该教初中、小学的学生背会《木兰词》，唱"苏武留胡节不辱"。这对培养青少年的情操和他们的审美意识，都是有好处的。

1992 年 8 月 24 日

自报家门

京剧的角色出台，大都有一段相当长的独白。向观众介绍自己的历史，最近遇到什么事，他将要干什么，叫做"自报家门"。过去西方戏剧很少用这种办法。西方戏剧的第一幕往往是介绍人物，通过别人之口互相介绍出剧中人。这实在很费事。中国的"自报家门"省事得多。我采取这种办法，也是为了图省事，省得麻烦别人。

法国安妮·居里安女士打算翻译我的小说。她从波士顿要到另一个城市去，已订好了飞机票，听说我要到波士顿，特意把机票退了，好跟我见一面。她谈了对我的小说的印象，谈得很聪明。有一点是别的评论家没有提过，我自己从来没有意识到的。她说我很多小说里都有水。《大淖记事》是这样。《受戒》写水虽不多，但充满了水的感觉。我想了想，真是这样。这是很自然的。我的家乡是一个水乡。

江苏北部一个不大的城市——高邮。在运河的旁边。运河西边，是高邮湖。城的地势低，据说运河的河底和城墙垛子一般高。我们小时候到运河堤上去玩，可以俯瞰堤下人家的屋顶。因此，常常闹水灾。县境内有很多河道。出城到乡镇，大都是坐船。农民几乎家家都有船。

水不但于不自觉中成了我的一些小说的背景，并且也影响了我的小说的风格。水有时是汹涌澎湃的，但我们那里的水平常总是柔软的，平和的，静静地流着。

我是1920年生的。3月5日。按阴历算，那天正好是正月十五，元宵节。这是一个吉祥的日子。中国一直很重视这个节日。到现在还是这样。到了这天，家家吃"元宵"，南北皆然。沾了这个光，我每年的生日都不会忘记。

我的家庭是一个旧式的地主家庭。房屋、家具、习俗，都很旧。整所住宅，只有一处叫做"花厅"的三大间是明亮的。因为朝南的一溜大窗户是安玻璃的。其余的屋子的窗格上都糊的是白纸。一直到我读高中时，晚上有的屋里点的还是豆油灯。这在全城（除了乡下）大概找不出几家。

我的祖父是清朝末科的"拔贡"。这是略高于"秀才"的功名。据说要八股文写得特别好，才能被选为"拔贡"。他有相当多的田产，大概有两三千亩田。还开着两家药店，一家布店，但是生活却很俭省。他爱喝一点酒，酒菜不过是一个咸鸭蛋，而且一个咸鸭蛋能喝两顿酒。喝了酒有时就一个人在屋里大声背唐诗。他同时又是一个免费为人医治眼疾的眼科医生。我们家看眼科是祖传的。在孙辈里他比较喜欢我。他让我闻他的鼻烟。有一回我不停地打嗝，他忽然把我叫到跟前，问我他吩咐我做的事做好了没有。我想了半天，他吩咐过我做什么事呀？我使劲地想。他哈哈大笑："嗝不打了吧！"他说这是治打嗝的最好的办法。他教过我读《论语》，还教我写过初步的八股文，说如果在清朝，我完全可以中一个秀才（那年我才13岁）。他赏给我一块紫色的端砚，好几本很名贵的原拓本字帖。一个封建家庭的祖父对于孙子的偏爱，也仅能表现到这个程度。

我的生母姓杨。杨家是本县的大族。在我3岁时，她就死去了。她得的是肺病，早就一个人住在一间偏屋里，和家人隔离了。她不让人把我抱去见她。因此我对她全无印象。我只能从她的遗像（据说画得很像）上知道她是什么样子，另外我从父亲的画室里翻出一摞她生前写的大楷，字写得很清秀。由此我知道我的母亲是读过书的。她嫁给我父亲后还能每天写一张大字，可见她还过着一种闺秀式的生活，不为柴米操心。

我父亲是我所知道的一个最聪明的人，多才多艺。他不但金石书画皆通，而且是一个擅长单杠的体操运动员，一名足球健将。他还练过中国的武术。他有一间画室，为了用色准确，裱糊得"四白落地"。他后半生不常作画，以"懒"出名。他的画室里堆积了很多求画人送来的宣纸，上面都贴了一个红签："敬求法绘，赐呼××"。我的继母有时提醒："这几张纸，你该给人家画画了。"父亲看看红签，说："这人已经死了。"每逢春秋佳日，天气晴和，他就打开画室作画。我非常喜欢站在旁边看他画，对着宣纸端详半天，先用笔杆的一头或大拇指指甲在纸上划几道，决定布局，然后画花头、枝干、布叶、勾筋。画成了，再看看，收拾一遍，题字，盖章，用揿钉钉在板壁上，再反复看看。他年轻时曾画过工笔的菊花。能辨别、表现很多菊花品种。因为他是阴历九月生的，在中国，习惯把九月叫做菊月，所以对菊花特别有感情。后来就放笔作写意花卉了。他的画，照我看是很有功力的。可惜局处在个小县城里，未能浪游万里，多睹大家真迹。又未曾学诗，题识多用成句，只成"一方之士"，声名传得不远。很可惜！他学过很多乐器，笙箫管笛、琵琶、古琴都会。他的胡琴拉得很好。几乎所有的中国乐器我们家都有过。包括唢呐、海笛。我吹过的箫和笛子是我一生中见过的最好的箫笛。他的手很巧，心很细。我母亲的冥衣（中

357

国人相信人死了，在另一个世界——阴间还要生活，故用纸糊制了生活用物烧了，使死者可以"冥中收用"，统称冥器）是他亲手糊的。他选购了各种砑花的色纸，糊了很多套，四季衣裳，单夹皮棉，应有尽有。"裘皮"剪得极细，和真的一样，还能分出羊皮、狐皮。他会糊风筝。有一年糊了一个蜈蚣——这是风筝最难的一种，带着儿女到麦田里去放。蜈蚣在天上矫矫摆动，跟活的一样。这是我永远不能忘记的一天。他放蜈蚣用的是胡琴的"老弦"。用琴弦放风筝，我还未见过第二人。他养过鸟，养过蟋蟀。他用钻石刀把玻璃裁成小片，再用胶水一片一片逗拢粘固，做成小船、小亭子、八面玲珑绣球，在里面养金铃子——一种金色的小昆虫，磨翅发声如金铃。我父亲真是一个聪明人。如果我还不算太笨，大概跟我从父亲那里接受的遗传因子有点关系。我的审美意识的形成，跟我从小看他作画有关。

我父亲是个随便的人，比较有同情心，能平等待人。我十几岁时就和他对座饮酒，一起抽烟。他说："我们是多年父子成兄弟。"他的这种脾气也传给了我。不但影响了我和家人子女、朋友后辈的关系，而且影响了我对我所写的人物的态度以及对读者的态度。

我的小学和初中是在本县读的。

小学在一座佛寺的旁边，原来即是佛寺的一部分。我几乎每天放学都要到佛寺里逛一逛，看看哼哈二将、四大天王、释迦牟尼、迦叶阿难、十八罗汉、南海观音。这些佛像塑得很生动。这是我的雕塑艺术馆。

从我家到小学要经过一条大街，一条曲曲弯弯的巷子。我放学回家喜欢东看看，西看看，看看那些店铺，手工作坊、布店、酱园、杂货店、爆仗店、烧饼店、卖石灰麻刀的铺子、染坊……我到银匠店里去看银匠在一个模子上錾出一个小罗汉，到竹器厂看师傅怎样把一根竹竿做成笸箩的箍子，到车匠店看车匠用硬木车旋出各种形状的器物，看灯笼铺补灯笼……百看不厌。有人问我是怎样成为一个作家的，我说这跟我从小喜欢东看看西看看有关。这些店铺、这些手艺人使我深受感动，使我闻嗅到一种辛劳、笃实、轻甜、微苦的生活气息。这一路的印象深深注入我的记忆，我的小说有很多篇写的便是这座封闭的、褪色的小城的人事。

初中原是一个道观，还保留着一个放生鱼池。池上有飞梁（石桥），一座原来供奉吕洞宾的小楼和一座小亭子。亭子四周长满了紫竹（竹竿深紫色）。这种竹子别处少见。学校后面有小河，河边开着野蔷薇。学校挨近东门，出东门是杀人的刑场。我每天沿着城东的护城河上学、回家，看柳树，看麦田，看河水。

我自小学五年级至初中毕业，教国文的都是一位姓高的先生。高先生很有学问，他很喜欢我。我的作文几乎每次都是"甲上"。在他所授古文中，我受影响最深的是明朝大散文家归有光的几篇代表作。归有光以轻淡的文笔写平常的人物，亲切而凄婉。这和我的气质很相近，我现在的小说里还时时回响着归有光的余韵。

我读的高中是江阴的南菁中学。这是一座创立很早的学校，至今已有百余年历史。这个学校注重数理化，轻视文史。但我买了一部词学丛书，课余常用毛笔抄宋词，既练了书法，也略窥了词意。词大都是抒情的，多写离别。这和少年人每易有的无端感伤情绪易于相合。到现在我的小说里还带有一点隐隐约约的哀愁。

读了高中二年级，日本人占领了江南，江北危急。我随祖父、父亲在离城稍远的一个村庄的小庵里避难。在庵里大概住了半年。我在《受戒》里写了和尚的生活。这篇作品引起注意，不少人问我当过和尚没有。我没有当过和尚。在这座小庵里我除了带了准备考大学的教

359

科书，只带了两本书，一本《沈从文小说选》，一本屠格涅夫的《猎人日记》。说得夸张一点，可以说这两本书定了我的终身。这使我对文学形成比较稳定的兴趣，并且对我的风格产生深远的影响。我父亲也看了沈从文的小说，说："小说也是可以这样写的？"我的小说也有人说是不像小说，其来有自。

1939年，我从上海经香港、越南到昆明考大学。到昆明，得了一场恶性疟疾，住进了医院。这是我一生第一次住院，也是唯一的一次。高烧超过四十度。护士给我注射了强心针，我问她："要不要写遗书？"我刚刚能喝一碗蛋花汤，晃晃悠悠进了考场。考完了，一点把握没有。天保佑，发了榜，我居然考中了第一志愿：西南联大中国文学系！

我成不了语言文字学家。我对古文字有兴趣的只是它的美术价值——字形。我一直没有学会国际音标。我不会成为文学史研究者或文学理论专家，我上课很少记笔记，并且时常缺课。我只能从兴趣出发，随心所欲，乱七八糟地看一些书。白天在茶馆里，夜晚在系图书馆。于是，我只能成为一个作家了。

不能说我在投考志愿书上填了西南联大中国文学系是冲着沈从文去的，我当时有点恍恍惚惚，缺乏任何强烈的意志。但是"沈从文"是对我很有吸引力的，我在填表前是想到过的。

沈先生一共开过三门课：各体文习作、创作实习、中国小说史，我都选了。沈先生很欣赏我。我不但是他的入室弟子，可以说是得意高足。

沈先生实在不大会讲课。讲话声音小，湘西口音很重，很不好懂。他讲课没有讲义，不成系统，只是即兴的漫谈。他教创作，反反复复，经常讲的一句话是：要贴到人物来写。很多学生都不大理解这是什么意思，我是理解的。照我的理解，他的意思是：在小说里，人物是主要的，主导的，其余的都是次要的，派生的。作者的心要和人物贴近，富同情，共哀乐。什么时候作者的笔贴不住人物，就会虚假。写景，是制造人物生活的环境。写景处即是写人，景和人不能游离，常见有的小说写景极美，但只是作者眼中之景，与人物无关。这样有时甚至会使人物疏远。即作者的叙述语言也须和人物相协调，不能用知识分子的语言去写农民。我相信我的理解是对的。这也许不是写小说唯一的原则（有的小说可以不着重写人，也可以有的小说只是作者在那里发议论），但是是重要的原则。至少在现实主义的小说里，这是重要原则。

沈先生每次进城（为了躲日本飞机空袭，他住在昆明附近呈贡的乡下，有课时才进城住两三天），我都去看他。还书、借书，听他和客人谈天。他上街，我陪他同去，逛寄卖行、旧货摊，买耿马漆盒，买火腿月饼。饿了，就到他的宿舍对面的小铺吃一碗加一个鸡蛋的米线。有一次我喝得烂醉，坐在路边，他以为是一个生病的难民，一看，是我！他和几个同学把我架到宿舍里，灌了好些酽茶，我才清醒过来。有一次我去看他，牙疼，腮帮子肿得老高，他不说一句话，出去给我买了几个大橘子。

我读的是中国文学系，但是大部分时间是看翻译小说。当时在联大比较时髦的是 A.纪德，后来是萨特。我 20 岁开始发表作品。外国作家我受影响较大的是契诃夫，还有一个西班牙作家阿索林。我很喜欢阿索林，他的小说像是覆盖着阴影的小溪，安安静静的，同时又是活泼的、流动的。我读了一些弗金妮亚·沃尔芙的作品，读了普鲁斯特小说的片段。我的小说有一个时期明显地受了意识流方法的影响，如《小学校的钟声》《复仇》。

离开大学后，我在昆明郊区一个联大同学办的中学教了两年书。

《小学校的钟声》和《复仇》便是这时写的。当时没有地方发表。后来由沈先生寄给上海的《文艺复兴》，郑振铎先生打开原稿，发现上面已经叫蛀虫蛀了好些小洞。

1946年初秋，我由昆明到上海。经李健吾先生介绍，到一所私立中学教了两年书。1948年初春离开。这两年写一些小说，结为《邂逅集》。

到北京，失业半年，后来到历史博物馆任职。陈列室在午门城楼上，展出的文物不多，游客寥寥无几。职员里住在馆里的只有我一个人。我住的那间据说原是锦衣卫值宿的屋子。为了防火，当时故宫范围内都不装电灯，我就到旧货摊上买了一盏白瓷罩子的古式煤油灯。晚上灯下读书，不知身在何世。北京一解放，我就报名参加了四野南下工作团。

我原想随四野一直打到广州，积累生活，写一点刚劲的作品。不想到武汉就被留下来接管文教单位，后来又被派到一所女子中学当副教导主任。一年之后，我又回到北京，到北京市文联工作。1954年，调中国民间文艺研究会。

自1950年至1958年，我一直当文艺刊物编辑。编过《北京文艺》《说说唱唱》《民间文学》。我对民间文学是很有感情的。民间故事丰富的想象和农民式的幽默，民歌的比喻新鲜和韵律的精巧使我惊奇不已。但我对民间文学的感情被割断了。1958年，我被错划成"右派"，下放到长城外面的一个农业科学研究所劳动，将近四年。

这四年对我来说是很重要的。我和农业工人（即是农民）一同劳动，吃一样的饭，晚上睡在一间大宿舍里，一铺大炕（枕头挨着枕头，虱子可以自由地从最东边一个人的被窝里爬到最西边的被窝里）。我比较切实地看到中国的农村和中国的农民是怎么回事。

1962年初，我调到北京京剧团当编剧，一直到现在。

我20岁开始发表作品，今年69岁，写作时间不可谓不长。但我的写作一直是断断续续，一阵一阵的，因此数量很少。过了60岁，就听到有人称我为"老作家"，我觉得很不习惯。第一，我不大意识到我是一个作家；第二，我没有觉得我已经老了。近两年逐渐习惯了。有什么办法呢，岁数不饶人。杜甫诗："座下人渐多。"现在每有宴会，我常被请到上席，我已经出了几本书，有点影响。再说我不是作家，就有点矫情了。我算什么样的作家呢？

我年轻时受过西方现代派的影响，有些作品很"空灵"，甚至很不好懂。这些作品都已散失。有人说翻翻旧报刊，是可以找到的。劝我搜集起来出一本书。我不想干这种事。实在太幼稚，而且和人民的疾苦距离太远。我近年的作品渐趋平实。在北京市作协讨论我的作品的座谈会上，我作了一个简短的发言，题为"回到民族传统，回到现实主义"，这大体上可以说是我现在的文学主张。我并不排斥现代主义。每逢有人诋毁青年作家带有现代主义倾向的作品时，我常会为他们辩护。我现在有时也偶尔还写一点很难说是纯正的现实主义的作品，比如《昙花、鹤和鬼火》，就是在通体看来是客观叙述的小说中有时还夹带一点意识流片段，不过评论家不易察觉。我的看似平常的作品其实并不那么老实。我希望能做到融奇崛于平淡，纳外来于传统，不今不古，不中不西。

我是较早意识到要把现代创作和传统文化结合起来的。和传统文化脱节，我以为是开国以后，50年代文学的一个缺陷。——有人说这是中国文化的"断裂"，这说得严重了一点。有评论家说我的作品受了两千多年前的老庄思想的影响，可能有一点。我在昆明教中学时案头常放的一本书是《庄子集解》。但是我对庄子感极大的兴趣的，主要是其文章，至于他的思想，我到现在还不甚了解。我自己想想，我受影响较深的，还是儒家。我觉得孔夫子是个很有人情味的人，并且是个诗人。他可以发脾气，赌咒发誓。我很喜欢《论语·子路曾晳冉有公西华侍坐》章。他让在座的四位学生谈谈自己的志愿，最后问到曾晳（点）。

"点，尔何如？"

鼓瑟希，铿尔，舍瑟而作，对曰："异乎三子者之撰。"

子曰："何伤乎？亦各言其志也。"

曰："暮春者，春服既成，冠者五六人，童子六七人，浴乎沂，风乎舞雩，咏而归。"

夫子喟然叹曰："吾与点也。"

这写得实在非常美。曾点的超功利的率性自然的思想是生活境界的美的极致。

我很喜欢宋儒的诗：

万物静观皆自得，

四时佳兴与人同。

说得更实在的是：

顿觉眼前生意满，

须知世上苦人多。

我觉得儒家是爱人的，因此我自诩为"中国式的人道主义者"。

我的小说似乎不讲究结构。我在一篇谈小说的短文中，说结构的原则是：随便。有一位年龄略低我的作家每谈小说，必谈结构的重要。他说："我讲了一辈子结构，你却说：随便！"我后来在谈结构的前面加了一句话："苦心经营的随便"，他同意了。我不喜欢结构痕迹太露的小说，如莫泊桑，如欧·亨利。我倾向"为文无法"，即无定法。我很向往苏轼所说的："如行云流水，初无定质，但常行于所当行，常止于所不可不止，文理自然，姿态横生。"我的小说在国内被称为"散文化"的小说。我以为散文化是世界短篇小说发展的一种（不是唯一的）趋势。

我很重视语言，也许过分重视了。我以为语言具有内容性。语言是小说的本体，不是外部的，不只是形式、是技巧。探索一个作者气质、他的思想（他的生活态度，不是理念），必须由语言入手，并始终浸在作者的语言里。语言具有文化性。作品的语言映照出作者的全部文化修养。语言的美不在一个一个句子，而在句与句之间的关系。包世臣论王羲之字，看来参差不齐，但如老翁携带幼孙，顾盼有情，痛痒相关。好的语言正当如此。语言像树，枝干内部液汁流转，一枝摇，百枝摇。语言像水，是不能切割的。一篇作品的语言，是一个有机的整体。

我认为一篇小说是作者和读者共同创作的。作者写了，读者读了，创作过程才算完成。作者不能什么都知道，都写尽了。要留出余地，让读者去捉摸，去思索，去补充。中国画讲究"计白当黑"。包世臣论书以为当使字之上下左右皆有字。宋人论崔颢的《长干行》"无字处皆有字"。短篇小说可以说是"空白的艺术"。办法很简单：能不说的话就不说。这样一篇小说的容量就会更大了，传达的信息就更多。

以己少少许，胜人多多许。短了，其实是长了。少了，其实是多了。这是很划算的事。

　　我这篇"自报家门"实在太长了。

1992 年 9 月 19 日